LA LUTTE POUR LE DEVOIR

BRAVE FILLE

TEXTE ET DESSINS

PAR

FERNAND CALMETTES

OUVRAGE COURONNÉ PAR L'ACADÉMIE FRANÇAISE

CHARAVAY, MANTOUX, MARTIN

LIBRAIRIE D'ÉDUCATION DE LA JEUNESSE

14, RUE DE L'ABBAYE, 14

PARIS

BRAVE FILLE

Elle a serré plus fort la main de son petit Firmin (page 8)

FERNAND CALMETTES

BRAVE FILLE

ILLUSTRÉ

PAR L'AUTEUR

OUVRAGE COURONNÉ PAR L'ACADÉMIE FRANÇAISE

LIBRAIRIE D'ÉDUCATION DE LA JEUNESSE

14, RUE DE L'ABBAYE, 14

PARIS

A MA COMPAGNE DE LUTTES ET DE LABEUR

A MA FEMME

JE DÉDIE MON PREMIER LIVRE

F. C.

BRAVE FILLE

I

LE FRÈRE ET LA SŒUR

Demain, à l'aube, ils s'embarqueront ensemble, Elise
Hénin et son petit frère Firmin. Ils ont endossé l'habillement
du dimanche pour aller dire adieu à leur mère, qui repose sur
la pente de la dune, en un coin du vieux cimetière. Depuis
neuf ans déjà, la pauvre femme est couchée là, dans la paix
de son dernier sommeil, sourde désormais au bruit de la
tempête, qui jadis l'a réveillée si souvent dans l'attente des
nuits anxieuses.

Elle a quitté les fatigues de la vie longtemps avant son
homme. Lui, vient d'être pris par le flot qui ne l'a pas rendu.
Un soir de vent moyen, on ne sait comment, il s'est engagé
dans un mauvais courant et s'est perdu avec sa barque et six
compagnons, en plein remous du banc le plus dangereux de
la côte. Il attend, à l'abri des rongeurs marins, le jour, pro-

chain peut-être, où la tempête, en fouillant les fonds, lui ouvrira sa prison de sable pour le rejeter sur la côte.

Sa mort a ruiné la maison. Bien qu'il fût patron, il n'avait pour tout bien que son bateau. Gagnant plus ou moins au hasard des marées, il revenait précisément d'une campagne fructueuse, avait bien vendu sa pêche au marché de Boulogne et rentrait, la bourse pleine, le cœur heureux. La mer a tout gardé, l'homme, la barque et le gain.

Du chemin montant de la dune, on aperçoit l'endroit, là-bas à l'horizon. La surface de l'eau est plus claire que sur les bas-fonds et l'éclat du soleil la fait briller d'un frémissement argentin. Elle semble si riante qu'on la dirait inoffensive.

Elise s'est arrêtée, laissant sa pensée s'égarer vers le gouffre maudit. Elle a serré plus fort la main de son petit Firmin, à la façon d'une mère qui a peur pour son enfant.

C'est elle qui l'a élevé, ce frère de douze ans, qu'elle aime pour sa carrure robuste et sa santé vaillante. Elle l'a nourri dans le seul espoir d'en faire un bon marin. C'est elle qui, pour l'endormir, tout petit, lui chantait les chansons du gabier; c'est elle qui l'emportait, à peine réveillé, sur la hauteur pour lui montrer au loin les barques et pour intéresser ses premiers regards au travail de la mer. C'est elle encore qui le conduisait au port pour le faire jouer dans les gréements.

Puis, lorsque l'âge leur était venu, ils avaient suivi tous deux le père en marée, apprenant la manœuvre. Elise en savait sur la pêche autant qu'un matelot. Son bonhomme de père était tout glorieux d'elle; il l'avait toujours à son bord et c'était miracle qu'elle ne l'eût pas accompagné jusque dans la mort. Elle était, cette semaine-là, retenue près de Firmin malade ; elle seule avait voulu le soigner, n'acceptant point de le confier à des mains étrangères. Et voilà comment ils étaient devenus orphelins, la sœur et le frère, sans appui et sans pain.

Aujourd'hui, leur sort semblait assuré. Ils allaient partir, engagés sur un sloop pour la prochaine campagne de harengs. Elise avait obtenu d'un patron, son cousin et parrain, qu'il consentît à la prendre sur son bateau, en dépit de la répugnance qu'inspirent d'ordinaire les matelots en jupons. Mais elle valait bien un homme et demandait un salaire moindre. C'était là son titre le meilleur.

Pour elle, il lui suffisait qu'on lui permît de s'embarquer avec son frère, sans lequel elle se serait trop ennuyée de vivre.

— Je suis fière de toi, lui dit-elle gaiement, tu feras un beau mousse. J'avais si peur de rester seule. Allons, dépêche ; nous avons encore tant de choses à parer pour le départ.

Et de son pas allongé, elle entraînait l'enfant sur la route sablonneuse de la dune. C'était le plein midi. L'âpre soleil du solstice d'été dardait d'aplomb ses rayons brûlants et la jeune fille n'en paraissait seulement pas atteinte. Souple, alerte, elle montait, le buste droit, les reins cambrés, dans toute la vigueur de ses dix-neuf ans. Le galbe de son visage se profilait sur la lumière du ciel avec cette hardiesse un peu mâle des beautés sauvages et, sous son corset brun et sa jupe grise, on devinait la ligne fière qui distingue les races les plus pures.

Tout en tirant son frère, elle eut bientôt gagné la crête ; mais elle s'arrêta brusquement, prise d'un soubresaut involontaire, lorsque, au détour du chemin, apparut devant elle la silhouette d'un grand gars, pâle, aux bras ballants, à la mine un peu triste.

— Vous nous avez fait trop de peur, Silvère ; ce n'est pas la bonne heure de se promener par les chemins. Espériez-vous quelqu'un ?

— Oui, vous, Elise. J'avais l'idée de votre venue et je me suis avisé de vous causer pour une dernière fois. C'est donc sûr que vous embarquez demain ?

— Certainement ; n'avons-nous pas à gagner notre pain ?

— Si vous en consentiez, je ne me gênerais pas de le gagner pour nous deux. Elise, ça me culbute le cœur de vous voir exterminer à des métiers d'homme.

— Que voulez-vous ? Je n'en sais pas d'autre et je n'ai de goût qu'à celui-là.

— Si vous étiez d'accord à nous épouser, vous n'auriez plus de soins que pour garder la maison. Me ferez-vous la misère de me rebuter encore ?

— Silvère, je ne vous veux pas de chagrin, mais c'est mal à vous de me contrarier toujours dans mon devoir. Je vous ai dit mon idée : je ne prétends me marier qu'au jour où mon petit Firmin sera d'âge à faire un vrai marin. C'est à moi de l'aider, puisque je suis comme sa mère.

— Nous lui aiderions tous les deux.

— Oh non ! Il ne se sentirait guère heureux de se savoir à la charge d'un autre. Et puis j'ai l'orgueil qu'il advienne patron, tel que le père. Je ne pourrais pas m'y employer. Quand on a un ménage, on n'a plus le droit de se dépenser au dehors.

— Alors, vous ne me laissez pas d'espérance.

— Tout comme je vous ai dit, plus tard. Accordez-moi le temps d'élever le petit. Je ne refuse pas pour après.

— C'est long tout de même.

Elise n'avait pas quitté la main de son frère, qu'elle tenait serrée dans la sienne. Elle la sentit agitée, frémissante :

— Qu'as-tu, mon petiot fieu ; qui t'ennuie ?

— Penche-toi ; je vas te le conter dans la joue.

Et, les lèvres levées vers l'oreille de sa sœur, d'une voix grondeuse, l'enfant fit ses doléances. Il ne voulait pas que le mariage fût ajourné à cause de lui, se jugeant assez grand pour aller seul à mer. Il soutenait son opinion avec une énergie que l'on n'eût pas attendue de son âge. Il avait pris en parlant son air le plus résolu et, sous ses cheveux ras, sa face largement taillée exprimait une telle décision dans la volonté qu'Elise en fut tout émue.

— Tu es brave, mon petit ; mais tu es trop jeune pour te passer de moi. Vas. Je ne serai pas malheureuse tant que nous resterons ensemble et que tu m'aimeras bien.

De son plus doux regard, elle sourit à l'enfant ; puis, se redressant vers Silvère, elle lui abandonna sa main.

— Silvère, puisque nous sommes d'accord pour plus tard, entrez avec moi dans le cimetière ; nous échangerons nos promesses sur la tombe de la mère.

Et songeuse, sans plus rien dire, elle reprit sa route, s'appuyant d'un côté sur son fiancé, de l'autre soutenant son frère.

Le cimetière était proche. Par-dessus son mur bas, on apercevait, perdu dans les tamaris poudreux et les ronces déjà roussies, quelques tombes de pierre et des croix de bois effritées, chancelantes, presque déracinées par le vent d'Ouest. C'était bien le champ de la mort et, sous ce soleil sans pitié, il ne semblait que plus desséché. Silvère s'arrêta devant cette morne vision. D'un geste inconscient, il retint la jeune fille.

— Elise, ne faisons pas là nos fiançailles. C'est trop attristant.

— Venez tout de même. La mère ne serait pas contente si nous lui manquions de respect. Je n'ai qu'elle à me conseiller, tant que le père ne sera pas revenu sur la terre.

Alors, à travers les sentiers étroits, elle conduisit le jeune homme jusqu'en haut du cimetière, au point le moins abrité. Là, en un coin perdu, une plaque fruste, cassée aux angles, marquait seule la place où les deux enfants savaient leur mère endormie.

— Mère, dit gravement Elise, puisque le défunt père n'a plus son âme parmi nous, c'est à ta volonté que j'obéis. Fais passer ton esprit dans le mien.

Et, à genoux à côté de Silvère, leurs deux mains unies, elle attendit, dans un pieux recueillement, que la bénédiction maternelle eût pénétré son cœur.

Cependant une âcre senteur se dégageait du sol surchauffé et montait aux narines comme une vapeur suffocante. Silvère eut un moment de malaise. Il se releva, essayant d'entraîner Elise, mais longtemps encore elle voulut rester à prier, appelant sur son frère et sur elle la protection de la morte.

II

L'ÉCUEIL DES BANCS

Le jour naissait à peine quand Elise et Firmin apparurent sur le port, poussant devant eux, dans une brouette, leurs ballots de marins.

Ils arrivaient là les premiers. La mer était retirée et, sur le fond de vase, les bateaux couchés attendaient, dans le silence de l'aube, l'heure de leur réveil. Aux traces récentes de radoub, aux manœuvres fraîchement goudronnées, on reconnaissait ceux qui se rhabillaient en vue de leur prochain départ; mais un seul était gréé pour l'appareillage. C'était le *Bon-Pêcheur*, un sloop au ventre robuste, à la carène effilée, bien taillé pour nager à l'aise. Tout était en ordre sur le pont. Les panneaux fermés témoignaient que les resserres étaient pleines et le chargement complet.

Elise fit halte. Du haut de l'estacade, à travers les mâts et les cordages, elle apercevait la baie de Somme qui s'illuminait doucement.

Depuis son enfance, elle la connaissait cette baie claire aux contours gris estompés de brume, qu'elle ne verra pas ce soir. Chaque jour, fidèlement elle était venue lui donner un regard, l'admirer tantôt pleine à l'heure du flux et reflétant l'harmonie du ciel dans ses ondes palpitantes, tantôt mise à sec par le reflux, mais belle encore, avec ses bancs de sable rosé, ses cours d'eau qui serpentent jusqu'à la grande mer. Chaque jour, elle contemplait, vers la rive opposée, les profils fiers de la ville de Saint-Valery, dressée comme une forteresse sur un rocher de verdure ; puis, elle reportait ses yeux heureux vers son bourg modeste qui, sur cette rive, s'abrite discrètement derrière les dunes de sable. Elle ne les verra plus ce soir !

Certes elle les aime, comme on aime son pays ; mais elle aime aussi la grande mer qui, dans le lointain, à dix kilomètres, marque sa ligne cristalline, toute blanche d'écume. C'est la limite de la baie. Souvent Elise l'a franchie dans la barque du père et, pendant trois années de pêche, elle s'est accoutumée à la vie du large. Mais elle n'a jamais quitté les eaux de la Manche et c'est dans des mers nouvelles qu'elle va vivre tout à l'heure, en de longs mois de campagne et de lutte difficile. Alors, le sein gonflé de désir et de vague inquiétude, elle laissa flotter sa pensée vers cet infini du ciel et de l'eau.

Cependant les sables de la baie disparurent peu à peu sous la montée de la mer dont la surface, balayée de rides symétriques, annonçait la présence d'une brise continue. C'était un présage excellent. En moins de six jours on pourrait gagner le lieu de pêche, à cent milles au nord de l'Écosse.

Le « Bon Pêcheur » s'élança vers le Nord (page 18).

Ainsi rappelée au sentiment du départ, Elise rejoignit la descente du port, vint décharger son fardeau jusque sous l'avant du *Bon-Pêcheur* et, tandis que Firmin s'éloignait pour ramener la brouette, elle s'assit là, sur son ballot, les mains jointes, l'esprit ouvert aux régions lointaines qu'elle allait connaître.

Tout en poursuivant son rêve, elle n'entendit point des pas lourds résonnant derrière elle et elle tressaillit sous la secousse d'une main forte qui se plaquait familièrement à son épaule.

— Eh! Lise! tu es plus matineuse que la marée. C'est les vaillants qui se lèvent avant le poisson.

— Ne faut-il pas ainsi, cousin Florimond? On doit prendre plus de peine si l'on veut mériter moins de reproches.

— Tu n'as pas tort. C'est la loi du bon matelot. Sais-tu? · tu marques bien sous ton suroît neuf. Le plus avisé ne te distinguerait guère d'avec les autres fils de la cale.

— Ce sera de même à la manœuvre, cousin Florimond. Je n'en crains guère pour la besogne.

— Parbleu! Tout ira pas mal si ton Firmin ne se montre pas têtu. C'est qu'il a encore une cervelle à sa façon celui-là. Il ne la fait pas toujours travailler de la manière qu'on lui commande.

— N'ayez peur, cousin Florimond. Il vous obéira en douceur tout comme il obéissait au père. Ça se doit au patron.

— Bien sûr. D'ailleurs, je ne le caresserai pas plus qu'un autre. Notre pêche est dure; mais elle fait les fins matelots. En trois saisons, il saura lire dans le métier. Pour lors, tu pourras le quitter seul et t'accoster d'un mari. Un épouseux, ça ne manque jamais aux filles courageuses.

Puis, de cette allure déhanchée que les marins affectent le plus souvent à terre, le patron s'avança jusqu'au gouvernail. Il semblait peser de tout son corps sur le sol, mais à peine eut-il senti sous sa main les bordages du sloop, il reprit son agilité. Malgré ses grandes bottes de cuir et son costume de toile cirée, profitant des saillies et des échancrures, en trois brassées et quatre enjambées il se hissa sur le pont, et là, debout, il apparut vraiment superbe avec sa taille haute, son torse large aux épaules, sa poitrine bombée en avant, ses bras puissants, ses reins robustes. Le marin n'est beau que sur son bateau.

En cet instant, Florimond avait la fierté qui anime tous les chefs à l'heure de l'action. Il aspirait la brise à pleins poumons, comme s'il voulait en éprouver la force, et, de son clair regard, il fouillait le ciel pour y chercher tous les présages.

— Vois donc, Lise! le temps n'a pas l'air fâché tout de même. C'est qu'on ne manque pas de combat quand on travaille avec le vent. Allons, largue le ballot.

Il tendit les bras pour recevoir les sacs. Puis, se penchant à plat ventre, il saisit la jeune fille par les deux mains et, se redressant d'un coup, il l'enleva jusque sur le pont.

— Te voilà de l'équipage, Lise. Si les autres te donnent du retors, je t'en protégerai. Chacun son droit sur un bateau.

— Merci, cousin Florimond. De l'heure que je ferai mon ouvrage sans reproche, ils n'auront rien à médire. S'il y a des mauvais, je m'en défendrai toute seule.

— C'est-il que je ne serai pas là pour les faire taire,
dit une petite voix derrière la jeune fille, une petite voix
effrontée et rogue. C'était Firmin qui venait de rentrer; il se
campa, les bras croisés, le front haut devant sa sœur :

— Il y en a un qui cause contre nous. Je l'ai entendu.
Je lui ferai manger sa langue.

Et fièrement, les deux poings sur les hanches, il fixa le
côté du bourg, comme pour défier l'ennemi qu'il attendait.

De ce côté arrivaient les matelots avec leurs femmes et
leurs enfants. Ils marchaient silencieux autour d'une charrette, qui cheminait lentement sous le poids de leurs bagages.
Dès qu'ils eurent rejoint le bateau, ce furent soudain des
cris et des clameurs pour l'embarquement et pour les adieux.
Puis la marée remonta dans le port, léchant la quille du
Bon-Pêcheur et forçant à reculer les femmes et les enfants,
qui se réfugièrent sur l'estacade, recueillis dans l'attente
du départ.

Doucement le flot souleva le sloop, qui se prit à flotter
à la façon d'un goéland sur l'eau.

— Hissez le foc et la trinquette... Hissez le tapecul... Et
les voiles d'avant, la voile d'arrière se déployèrent comme
pour essayer la brise.

— Dérapez. Et la chaîne de l'ancre, en se relevant,
grinça sur le bois du plat bord.

— Hissez la misaine... Deux cent vingt mètres de toile
à tirer en l'air à la force des poignets. Tous les bras libres
s'associèrent. Elise était de la manœuvre. Se sachant obser-
vée, elle s'exalta; son corps se raidit par l'effort de la tâche...
Oh! hiss!... sa voix sonna claire à travers les cris éraillés

des compagnons... Oh! hiss!... les poulies gémirent sous
les cordages et bientôt la grande voile se balança, prête à
prendre le vent.

— Brassez plein... Les huniers se déroulèrent ; toute la
voilure s'orienta pour s'enfler sous la brise et, mû par un
puissant coup de barre, le *Bon-Pêcheur* s'élança vers le Nord,
gaiement, dans la fraîcheur et la pureté de l'atmosphère
matinale.

Mais un canot vint accoster. On lui jeta une amarre.
Silvère, qui le montait, fut bientôt amené sur le pont. Il
marcha droit au patron et, d'un ton brusque, exposa la raison
de sa visite. Il venait régler un compte avec Barnabé.

Barnabé fut appelé. C'était un de ces matelots de hasard,
moitié terrien, moitié marin, tels qu'on en engage d'ordinaire
pour la pêche au hareng. Loustic et mutin, grand gâcheur
de besogne, il n'avait pas son égal pour attrouper tout un
équipage autour de ses fanfaronnades ; mais il était brave à
son heure, par gloriole, et il s'était acquis parmi les haren-
geux le renom d'un homme qui ne craint rien. Quoiqu'on
ne l'estimât pas autrement, on l'enrôlait par tradition. A
choisir entre terriens, autant valait lui qu'un autre.

Sa langue querelleuse ne ménageait personne. A peine
avait-il connu l'engagement d'Elise sur le *Bon-Pêcheur*, il
avait occupé tout le village de ses hâbleries hostiles. Etait-ce
du bon droit de laisser les filles voler le métier aux hommes ?
Ça ferait des bras solides pour manier la toile au fort de
la bourrasque !

Et, la veille au soir, dans un élan d'ivresse parleuse,
il avait jeté ses dernières menaces. On verrait si lui, laisserait

manger son pain par cette Lison! Il la culbuterait plutôt par-dessus bord.

Dès le matin, à son premier réveil, Silvère avait entendu répéter ces propos vantards, qui, dénaturés en changeant de bouche, prenaient un sens très inquiétant. Par sa nature douce et mélancolique, il avait tendance à s'exagérer le côté mauvais des choses et, perdu de crainte pour Elise, il était accouru sur le port, mais trop tard. Alors il s'était jeté dans son canot, gagnant de vitesse afin de rejoindre le *Bon-Pêcheur* et de prévenir un malheur. Comme tous les esprits timides, il se surexcitait pour paraître plus fort et, dès qu'il se vit face à face avec Barnabé, il grossit sa voix pour la rendre terri-fiante.

— Tu as causé d'Elise, au soir d'hier. Si tu t'avises à la martyriser je te consommerai au retour.

— D'où que tu prends ton droit à la soutenir? C'est-il ta femme? Elle n'est mie pour toi, je m'imagine. Il te manque trop de brai dans les coutures.

— Si je suis venu c'est que nous nous sommes promis.

— Elle t'a promis, à toi, grand remoucheux de la lune. Elle n'a donc de passion que pour les chairs blêmes.

— Tais-toi, gros bouvard, ou je te fais filer ta rogue.

— Il n'y a pas de soin; j'ai mes piquants pour m'en défendre.

Et Barnabé montrait ses doigts raidis pour l'attaque. Petit et trapu, musclé en proportion, il se redressait sur ses jambes courtes, devant le grand gars qui restait là, embar-rassé de ses gestes indécis.

Toutefois la bataille s'annonçait proche, et rien ne semblait vouloir y mettre obstacle. Le pont était presque désert, la meilleure partie de l'équipage s'occupant à ranger les ballots dans la chambrée. Les deux hommes postés à l'avant restaient indifférents, retenus à la manœuvre du foc, tandis qu'à l'arrière le matelot du tapecul, tout en maniant sa voile, regardait et souriait, en amateur de coups de poings. Il semblait vraiment heureux du spectacle inattendu qui se préparait si près de lui. Quant au patron, ne pouvant lâcher sa barre, il sacrait et menaçait; puis, désespérant d'imposer silence aux adversaires, il s'efforçait de couvrir leurs voix et lançait à pleins poumons des commandements.

— Parez à virer. Filez l'écoute du foc.

Et le bateau tournait, tirait des bordées pour éviter la dérive périlleuse du courant; mais, en même temps, la dispute se continuait plus criarde et plus étourdissante.

— Grand enfant de misère, marin de souffrance. Tu craques dans les jointures. Va-t'en au bassin de carénage.

— Mauvais terrien, marchand de tambouille, fallait rester dans ta cambuse. Le poisson qui a vu la terre se gâte en retournant à l'eau.

— Parle pour toi, morue mal salée.

— Crottieau de ver.

Vainement le patron hurlait de sa barre : « Bordez à tribord. » Les hommes ne l'entendaient plus et le foc, restant amarré sur bâbord, imprimait au bateau une direction fâcheuse vers la gauche. Le patron éclata de fureur, tapant fiévreusement des pieds, se tendant en avant, vociférant :

— Assez, Silvère. Je ne peux plus gouverner. Nous arrivons à l'écueil des bancs.

Ses cris se confondaient avec ceux du matelot d'arrière qui excitait Barnabé.

— Hou... H u... le petit, torche la toile au grand. Il brasse à culer. Affale-le par le travers.

Alors, comme s'il obéissait à ces excitations, Barnabé se carra, tel qu'un athlète jetant son défi :

— Accoste un peu, carcasse d'épave, gare aux grappins.

— Je ne te crains pas; comme le poisson, tu ne pues que par la tête.

Et, parmi ces clameurs, les appels inutiles du patron.

— Taisez-vous, tonnerre..... On nage d'un quart en dérive... Nous allons toucher... Bordez à tribord.

Mais ces ordres n'arrivaient pas jusqu'au foc, tant les injures s'entrechoquaient précipitées, hurlantes, pareilles à des bruits de tempête! Et, sur tout ce vacarme planaient les coups de voix du matelot d'arrière :

— Hou... Hou... le petit! Affale le grand par le travers. Il est trop haut mâté; ça le rend mou pour le gros temps..... Chavire-le la quille en l'air.

Barnabé s'élança, les griffes en avant. Mais, du même coup, les poignes larges de Silvère s'abattirent sur lui, le firent rouler jusqu'à la malettôte, le ramassèrent comme un chien meurtri, l'enlevèrent par-dessus le plat bord, le secouèrent sur l'abîme béant.

— Largue, brailla le matelot du tapecul en riant de tout le râclement de son gosier; largue. Il est assez gros pour flotter seul.

Silvère secouait toujours :

— Barnabé, jure de ne jamais faire de nuisance à Elise;
jure ou je te plonge.

Et les deux poignes se resserrèrent dans la chair.

Barnabé eut un cri de bête blessée, un cri qui traversa
l'air de son acuité farouche. Alors, des trous du bateau
sortirent tous les matelots arrachés à leur travail par cet
appel désespéré. Elise accourait la première. Elle jugea
d'un coup d'œil la situation, se précipita jusqu'au plat bord,
rattrapa Barnabé et, d'un demi-tour de bras, le rejeta
sur le pont aux pieds du patron.

Mais, en même temps, sans choc, doucement, à la façon
d'un marsouin qui s'enlise, le *Bon-Pêcheur* s'était relevé sur
son flanc gauche.

— Touché! Tonnerre!... Et ce cri du patron passa
comme un frisson sur tout l'équipage. La poussée de la
brise contre les voiles enfonçait davantage la quille dans le
sable. — Amenez..... En un instant toute la toile s'abattit, et
le *Bon-Pêcheur* resta sans mouvement, en cette allure morne
et penchée, à la fois pitoyable et comique, d'un baleineau
désemparé.

Alors ce furent sur le pont des emportements et des
vociférations. On bousculait Silvère et Barnabé. On accusait
Elise. C'était sa faute à elle. N'avait-on pas prévenu le
patron? Les femmes c'est toujours l'occasion d'avaries. Et
Florimond songeait en lui-même que ses matelots avaient
peut-être raison.

III

SUR LA ROUTE DU NORD

Ce fut une pénible attente. A première réflexion, la
situation ne semblait pas très grave. Si le *Bon-Pêcheur* ne
devait songer à se déhaler tout seul, du moins pouvait-il
être aisément tiré de son engravement par quelques coups
de roue d'un remorqueur. Par bonheur, le banc sur lequel
on était échoué offrait assez de consistance et l'on n'avait
pas à redouter cette mouvance de certains sables, qui peu à
peu cèdent au bateau, s'étirent autour de lui et finissent
par l'engloutir dans une étreinte inévitable.

En temps calme on aurait pu coucher là toute une année,
sans courir plus de danger que dans un lit ; mais les
encoignures du Sud n'avaient pas bonne mine. On y devinait,
à certaines apparences, la présence d'un air de vent qui,
s'il se décidait à venir, pouvait brusquement, en moins d'un
quart d'heure, rendre le flot très dur. Alors le *Bon-Pêcheur*
risquait d'être roulé comme une simple barrique.

Cependant Silvère était reparti dans son canot et s'était chargé de faire les démarches nécessaires afin que le remorqueur fût commandé sans retard à la station maritime la plus voisine. Il était parti dans la matinée; on l'avait observé jusqu'à son entrée au port et, d'après le nombre des curieux qui s'étaient aussitôt massés sur la pointe de l'estacade, on avait pu juger que l'alarme était donnée. Mais on approchait du soir; les délais d'attente raisonnable commençaient à s'écouler et les hommes du *Bon-Pêcheur*, debout sur le pont, exploraient anxieusement la mer.

Florimond était le plus impatient. Grimpé sur le plat bord, il fouillait les lointains avec sa longue-vue. Des bateaux à vapeur passaient et repassaient tachant le ciel de leur traînée fumeuse; mais tous suivaient leur marche inexorable et naviguaient au large du *Bon-Pêcheur*. Pas un qui ressemblât au remorqueur, avec la coque grise et le listel rouge.

En même temps, les menaces venant du Sud se rapprochaient et la mer, sentant le vent, prenait un mouvement de houle creuse et fatigante. Florimond ne se contenait plus. Il courait de l'avant à l'arrière, l'esprit perdu entre le péril qui s'avance et le secours qui ne veut pas venir.

Assise au pied de la misaine, Elise s'abandonnait à la mélancolie de sa pensée. Bien qu'elle fût innocente de l'échouement, elle s'en attribuait une sorte de responsabilité indirecte; c'était pour elle un début malheureux.

Elle tenait Firmin dans le pli de son bras et, tous deux, le frère et la sœur, en leur attitude de détresse, ressemblaient à des naufragés. Lorsqu'il les rencontrait, dans sa course inquiète à travers le pont, Florimond, pensant à son sloop

perdu peut-être, à sa ruine dont il les accusait, les fixait
d'un mauvais regard, comme des réprouvés, et tout l'équipage, partageant le sentiment du patron, les laissait seuls
en un abandon méprisant.

Barnabé triomphait. Il allait à tous les matelots, les excitait contre Elise. Qu'attendait-on pour exiger que cette
créature de malheur fût renvoyée à terre ? On garderait ses
filets pour compenser le dommage dont elle était la cause.
Puis, tout en discutant, il se tournait vers Elise avec des
gestes menaçants.

Firmin ne sut plus maîtriser sa colère. Il se dégagea du
bras de sa sœur et s'avança, son petit poing fermé :

— N'en as-tu pas assez, Barnabé ? Je vas t'en donner
à volonté.

Mais le terrien se savait soutenu ; il risqua sa revanche.
Du pied et de la main, il envoya l'enfant s'abattre lourdement
contre le bord, qui, sous le choc, résonna d'un son dur et
mat. Elise s'était redressée ; elle courut au secours de son
frère. Ce fut le signal de la mêlée. Les esprits surmenés
d'inquiétude étaient par cela même préparés à tous les effa-
rements ; ils s'exaltèrent du cri de Barnabé :

— Qu'on en finisse avec cette Lison. Elle mange notre
pain à tous ; elle envoie son galant pour nous chavirer. C'est
elle qu'il faut jeter par-dessus bord.

Et, se surexcitant de cette provocation, enfiévrés de vengeance irréfléchie, les matelots se resserrèrent autour de
leur victime, tous tendant les mains vers elle, d'un même
mouvement pour la saisir.

Pâle, à genoux, repliée sur elle-même, Elise cachait sa

tête de ses deux bras et couvrait Firmin de son corps; puis elle ferma les yeux pour échapper du moins à l'horreur de cette vision de mort. Des doigts crispés se cramponnaient à sa blouse; elle se sentit attirée, soulevée, portée en l'air, eut l'impression du vide, l'effroi du néant... Résignée, sans haine et sans rancune, elle s'abandonnait à sa détresse et murmurait :

— Adieu! mon Firmin, je vais revoir le père.

Brusquement, elle eut le sentiment d'une chute, vint cogner le bord et, tout étourdie, rebondit dans la mer.

Empêtrée dans les plis cirés de son costume, elle se débattit désordonnément comme un chat qui se noie. Il lui semblait qu'un gouffre s'ouvrait sous elle, que des rires brutaux, des éclats de voix gouailleuse, venus d'en haut, la cherchaient et la poursuivaient jusque sous le flot. Ses oreilles bourdonnaient, ses yeux ouverts voyaient trouble, sa gorge hoquetait par les flaquées d'eau... Alors, vaguement, elle fut prise d'un suprême besoin de vivre, d'une révolte dernière contre cette ironie du destin, qui l'obligeait à mourir avant l'heure, et, dans un barbotis inconscient, elle revint à la surface, pour un instant seulement, le temps d'aspirer encore une bouffée d'air et de vie. Puis, sans espoir, cette fois, et presque sans connaissance, elle s'abîma de nouveau sous son propre poids.

.   .   .   .

Quelle fraîcheur et quel rassérènement? Ses tempes battent moins fort et sa poitrine halète librement, un flot d'air l'enveloppe et la pénètre. Qui donc l'a ressaisie et l'arrache au néant? Tous ses sens renaissent à la réalité. Qu'est-ce? des jurons et des injures? Tonnerre! Tas de requins! Forbans!

Elle rouvrit les yeux. Elle était sur le pont et, penché vers elle, un matelot tout jeune, un blond aux yeux gris de ciel, à la voix douce, la contemplait avec une sorte d'extase discrète.

— Mam'selle Elise ; c'est moi, Chrétien, me reconnaissez-vous? Les gueux, ils vous auraient noyée, comme une mouche, dans la grande tasse. C'était temps de vous recrocher.

— Requins! Forbans!... Alors Elise vit Florimond armé d'un grappin et tapant de droite et de gauche sur les matelots; puis, près d'elle, à côté de Firmin évanoui, elle vit Barnabé étendu, le front balafré de sang.

— Firmin, mon petit...

En cet instant un sifflement sinistre fit grincer les cordages ; et sitôt cette clameur :

— Le vent! Il veut nous abolir...

Elise se redressa. Chancelante encore, elle se maintint debout par un vigoureux effort de volonté. De son pas mal assuré, elle arriva jusqu'à Firmin, recueillit toutes ses énergies et, retrouvant ses forces à mesure qu'elle les remettait à l'épreuve, elle enleva le petit à pleins bras, l'emporta dans la chambrée, le coucha dans une cabine, chaudement enveloppé et bien calé; puis, ruisselante encore, sans se donner le temps de se rhabiller de sec, sans reprendre haleine, elle accourut à la manœuvre pour faire face à ce nouvel assaut de la mort.

La lame s'avançait en bonds effrayants, prête à rouler le sloop sous ses paquets d'eau. Ses lancées furieuses n'étaient plus éloignées que de cent brasses à peine. Les hommes cou-

raient sur le pont, agitant leurs mains en l'air, à la manière
des déments, et Florimond, ne comptant plus que sur la voile
d'arrière, s'en réserva la manœuvre.

— Un homme à la barre. Cap sur tribord.

C'est un poste à rester sous le choc. N'importe! Elise
s'élance.

— Non, pas la fille, tonnerre! Elle serait trop molle des
bras.

Mais la lame a gagné et n'est plus qu'à vingt brasses.
Ce n'est pas l'heure d'hésiter. Elise reste à la barre.

— Arrimez-vous, tonnerre!

Les matelots se sont solidement accrochés aux cordages.
La lame arrive.

— A toi, la Lison... sur bâbord... tonnerre !

De toute la tension de ses muscles, de toute l'exaltation de
sa volonté, Elise a pesé sur le gouvernail. Le sloop s'est
retourné en un haut-le-corps insensé. On dirait qu'il se
couche pour mourir. Les mâts touchent au ras de l'eau...
Tout roule sur le pont, les manœuvres volantes, les
cordages, et le corps de Barnabé. On entre à moitié dans le
gouffre... Elise est toujours debout... Puis de nouveaux
fracas et de nouvelles poussées. Tout roule encore... Le sloop
se relève, se recouche, replonge... Un coup formidable d'embarre le rasseoit sur sa quille... Il nage.

— Hissez tout... brassez plein.

Et, pris comme par un vertige, emporté dans la saute du
vent, le *Bon-Pêcheur* s'élance oubliant les dangers de la passe.
Fier de son envolée libre, il file, s'orientant sur les signaux
des bouées et des balises, virant de tous bords selon les cou-

Le pot de cidre entre les jambes, l'écuelle fumante sur les genoux (page 33).

rants. Il cède à son délire de vitesse et c'est à peine s'il aperçoit le remorqueur, qu'il laisse bien loin derrière lui. Elle
apparaît trop tard la coque grise au listel rouge et, balancée
mollement sur ses aubes, elle poursuit sa course inutile vers
l'épave qui n'en est plus une.

Enfin le *Bon-Pêcheur*, échappant à l'écueil des bancs,
cingle au Nord sous le plein de sa voilure.

Derrière lui, la baie de Somme n'est plus qu'une tache
blanche, les dunes de Saint-Quentin et celles de Berck se
fondent en une ligne bleuâtre; les hauteurs d'Étaples et les
falaises de Boulogne paraissent et disparaissent à leur tour;
puis les sables du Gris-Nez et plus rien, rien que la mer qui
se dore sous les rayons du couchant et s'efface bientôt à travers les ombres de la nuit.

Dès qu'elle a vu la passe franchie et le péril évité, Elise
a quitté la manœuvre pour revenir à la chambrée, près de
son petit Firmin. L'enfant a repris ses sens. Il n'a pas de
blessure. L'émotion de la secousse l'avait seule abattu.

Mais, si peu qu'on ait de fièvre, on est mal à l'aise dans
ce dessous de pont presque fétide. Tout le logement est d'une
seule tenance, une grande pièce commune, où l'on boit, où
l'on cuisine, et sur laquelle s'ouvrent béants les comparti-
ments où l'on dort. Pas d'air. La seule issue prend jour
sur le pont; c'est l'écoutille, qui sert à la fois de porte
et de fenêtre. A cause du gros temps, elle a sa trappe
rabattue et, dans ce réduit si renfermé, rien n'est âpre
comme l'odeur chaude qui s'y concentre, l'odeur de poisson
bouilli et de buée rance, d'oignons grillés et de fumée
de tabac. Assis sur les coffres autour de la pièce, quelques

matelots achèvent, entre deux bouffées de pipes, leur soupe
de pommes de terre et de merlan, tandis que, dans les
cabines, les hommes qui vont prendre la corvée tout à l'heure
dorment deux à deux.

D'ordinaire, à cette heure, on n'entend là que le bruit
des mâchoires ou le ronflement des narines. En dehors du
travail, le matelot est peu parleur; mais, ce soir, à chaque
roulis, un gémissement vient rompre la monotonie de ce
demi-silence. C'est la plainte de Barnabé, qu'on a relevé tout
meurtri et qu'on a logé là, dans la dernière cabine, pour l'y
laisser guérir ou mourir selon sa destinée.

On a tort d'être malade à bord d'un bateau de pêche.
Le couchage y est dur, sur plancher de bois, sans cou-
vertures ni matelas. Les camarades sont de braves cœurs,
mais ils se font vanité de paraître insensibles au mal, au leur
tout aussi bien qu'à celui des autres, et, pour les hoquets
douloureux d'un blessé, ils n'ont pas plus d'oreilles que pour
des lamentations de vieille femme. C'est la tradition entre
marins : on doit mourir sans se laisser entendre.

Elise a d'autres sentiments. Elle est femme et, bien que
son destin l'ait soumise à de mâles travaux, elle est née,
comme les autres, pour soigner et pour guérir. Du fond de
son cœur, elle se révolte à chaque plainte du blessé, dont
elle devine la détresse. Le malheureux, on l'a glissé là, sans
lui donner d'autre attention et, sur cet espace où les matelots
couchent deux à deux pour se caler l'un l'autre, lui ballotte
au caprice du roulis. Du coup de grappin que le patron lui
asséna sur la tête, il a le front ouvert et les cahots, en
éraflant sa blessure sur le bois du plancher, la ravivent.

Vingt fois Elise a voulu courir à lui; mais elle a dans sa main la main de son frère, qui la retient dès qu'elle essaie de s'éloigner.

— Tu n'es pas gentil, mon Firmin. Je ne te quitterai pas pour longtemps! Tu es dorloté. Tu n'as plus qu'à dormir. C'est le tour de secourir Barnabé.

— Non, il est trop offensant pour toi. Ça ne l'opposerait pas de te faire de la misère.

Mais un choc plus houleux a secoué le bateau et la plainte est sortie plus déchirante de la dernière cabine. Elise s'est dégagée.

— Laisse-moi, mon Firmin, je n'aime pas que tu aies mauvais cœur.

Elle va droit à la couchette où gémit Barnabé. On n'y voit rien dans le trou noir. Elle appelle à son aide. C'est Chrétien qui se présente, Chrétien le jeune blond, à la voix caressante.

— Dépêchez, mams'elle Elise. Ce sera votre heure de quart bientôt; vous n'avez pas encore dormi.

— Ne faut-il pas penser aux malades avant de penser à soi?

— Si vous êtes d'accord, je prendrai votre corvée; un homme ça risque moins.

— Merci, Chrétien, je ne crains pas la fatigue; mais, au besoin, j'accepterai d'échanger notre tour de quart. Je puis être utile ici. Éclairez vite.

Chrétien élève la lumière, une chandelle brûlant au goulot d'une bouteille. Sous cette lueur, Elise aperçoit le blessé qui roule de bord en bord, la bouche ouverte, les lèvres sèches.

Et, prompte à la besogne, elle s'emploie de toute son
âme, se coule dans la cabine, essuie le sang sur le
plancher, va chercher des sacs et des paquets, qu'elle apporte pour les tasser autour de Barnabé. Elle l'installe
comme en une gaine capitonnée ; puis elle improvise des com-
presses, fait un bandage, pourvoit à tout. Elle a pris la plus
grande écuelle, qu'elle a remplie d'eau tiède et de rhum.
Doucement, elle la soulève jusqu'à la bouche du blessé. Sous
le parfum rafraîchissant, lui a rouvert les yeux ; il cherche
la boisson de ses lèvres avides et, désaltéré, il se recouche
en jetant vers Elise un long regard reconnaissant.

En même temps, de l'écoutille arrive en sifflant une
chassée d'air, qui tourbillonne à travers les vapeurs lourdes
de la chambrée et qui, passant sur toutes les lumières, les
éteint à la file.

— Il fait doux chez vous, les enfants ! Là-haut, vente
la peau du diable.

Et, malgré l'obscurité, avec sa pratique du logis, Florimond va de cabine en cabine réveiller les hommes de quart.

— Allons la relève. C'est le tour des autres pour la
tambouille.

Les hommes se sont secoués, étirés sur leur couchette.
A tâtons ils ont retrouvé leur chapeau de toile cirée, se sont
filés entre les bancs et sortent dans une nouvelle éclaboussure
du vent.

Enfin entrent ceux qui viennent d'être remplacés. La
trappe se rabaisse ; on rallume les chandelles et Florimond
apercevant Elise lui tape rudement sur l'épaule.

— Tu es un fin matelot. Sans notre secours à tous les

deux, le sloop était roulé comme un cachalot crevé. Qu'ils te médisent à cette heure, les autres ! On a eu un mauvais moment tout de même.

Et, sans plus dépenser d'éloquence, gaiement, dans la tranquillité du devoir accompli et la joie du repos mérité, Florimond s'assit sur le coffre à côté d'Elise, le pot de cidre entre les jambes, l'écuelle fumante sur les genoux. On trouve meilleur goût à la soupe, quand on l'a si bien gagnée.

IV

A LA RECHERCHE DU HARENG

Partout la mer, mais pas partout poisson. Depuis cinq jours qu'il était arrivé sur le lieu de pêche, à cent milles des terres au nord de l'Écosse, le *Bon-Pêcheur* cherchait vainement le fil du hareng. Il tirait de droite et de gauche, prenait la chasse des bateaux qui l'avaient devancé ; mais en quelque place, à quelque profondeur qu'il eût tendu, il n'avait encore péché que de ces mauvais harengs au bec blanc, qui errent isolés en voltigeurs.

C'étaient les becs noirs qu'il fallait accoster, les vrais voyageurs ceux-là, qu'on rencontre foulés par multitudes. Par malheur on n'a pas toujours la chance de mettre le cap sur le bouillon qui passe.

Souvent le hareng révèle sa présence par son odeur propre et ses traînées graisseuses, par son pipiement et son barbotis analogues au bruit que ferait la pluie en frappant l'eau. Le *Bon-Pêcheur* n'avait encore rien senti, rien entendu.

Florimond était désespéré. Il éreintait les hommes à tendre et à relever sans cesse. Sur une longueur de filets de plusieurs kilomètres, on prenait une centaine de becs blancs, de ces rouleurs maigres qui ne valent pas la peine d'être salés. Les matelots devenaient moins maniables et marquaient leur désappointement par leur négligence et leur mollesse dans la manœuvre. Ils voulaient remonter davantage vers le Nord. Peut-être le poisson était-il en retard? On devait aller au-devant de lui, puisqu'il se faisait attendre.

Florimond ne cédait pas : on était sous la latitude où, tous les ans, à la même époque, le hareng se montre ; on devait le voir si on regardait bien. Les matelots ne se laissaient pas convaincre et, plus se prolongeaient leurs recherches vaines, moins ils mettaient de réserve à manifester leur mécontentement.

Elise déployait au contraire toute son ardeur pour aider Florimond dans sa lutte contre la mauvaise chance. Elle s'attirait ainsi la réprobation de l'équipage et, sans cesse, elle était accusée de flatter le patron, de l'encourager dans son esprit d'entêtement. Avant tout, elle était femme de devoir. Elle ne permettait pas que Firmin hésitât jamais sur la discipline. Souvent, lorsqu'elle le surprenait discutant des ordres ou se rebiffant contre des reproches, elle le ramenait à la soumission et à la bonne humeur, qui sont les deux qualités du vrai marin.

Puis, dès qu'elle en avait le loisir, elle descendait vers Barnabé et lui donnait ses soins. Dans les premiers jours, elle avait négligé ses heures de sommeil pour le veiller. Quand elle n'était pas libre elle-même, quand elle était de quart ou de corvée, elle envoyait Firmin, entre deux manœuvres, pour savoir si le blessé n'avait pas besoin de boire ou d'être pansé.

L'enfant, moins oublieux de l'injure, ne se prêtait que de mauvaise grâce à ces mouvements de générosité. Alors Elise le grondait et s'efforçait de le punir par un regard sévère ; mais elle était vite désarmée devant cette face carrée, qui prenait des airs comiques en voulant paraître farouche.

De fait, sans Elise, Barnabé aurait pu mourir d'abandon. Dans son existence surmenée, le matelot ne saurait se consacrer à soigner les autres, puisqu'il ne peut seulement trouver l'heure de manger et de dormir. Mais, comme disait Florimond, les femmes savent amuser le temps et, pour Elise, les minutes semblaient s'arrêter en route, tant elle mettait de cœur à les employer en besogne.

Barnabé en connaissait le prix ; car pour lui les soins d'Elise avaient si bien aidé la nature, qu'il était près de guérir. Il ne montait pas encore sur le pont, mais il allait et venait dans la chambrée qu'il emplissait de sa voix sonore. Dès que les camarades arrivaient, il s'emparait d'eux, les prenait à témoins des mérites d'Elise. Il la vantait avec la même violence qu'il avait mise à la calomnier, ne manquant pas une seule occasion de crier bien fort qu'elle valait à elle seule tout l'équipage, y compris le patron. Il avait entendu conter comment elle avait pris en main le gouvernail, lors de l'échouement, et il ne se gênait pas pour répéter à tout venant que sans elle, à cette heure, on mangerait le sable des bas-fonds.

Il en dit tant et si haut, ce braillard de Barnabé, que Florimond s'impatientait de l'entendre et s'effarouchait de voir

son autorité de patron mise en balance avec le prestige
d'une fillette. Allait-on dire, maintenant, qu'Elise seule avait
sauvé le bateau ? Une enfant aurait-elle pu soutenir une pareille poussée, si lui n'en avait pas atténué le choc par le jeu
du tapecul, au risque de se faire enlever avec la toile.

Il ne se l'avouait pas à lui-même, mais il était impatient
d'assister à ce crédit d'une étrangère sur son propre bateau.
Désormais, il évitait à Elise toutes les corvées qui pouvaient
la faire valoir en courage ou simplement en force. Il affectait
de la ménager, telle qu'une créature fragile et faible, afin de
la diminuer dans son rôle de matelot. Il lui parlait sur un
ton de compassion paternelle :

— Tu ne boudes pas sur la besogne, Lise ; mais ce sont
les forces qui te manquent. On ne t'en veut pas. Il n'y aurait
guère de raison à te demander les mêmes corvées qu'aux
autres.

— Mais, cousin Florimond, est-ce que je ne travaille pas
aussi dur ? Je m'applique pourtant à ne pas laisser voir de
différence.

— Je ne dis pas ; seulement l'huile de bras, ça ne se
trouve pas à volonté pour graisser la manœuvre. Une femme,
ça n'a jamais la force d'un homme.

Elise sentit son cœur se révolter de ces jugements immé-
rités. Elle pâlit ; des larmes jaillirent jusqu'à ses paupières ;
elle les contint afin de ne pas laisser deviner sa tristesse.

— Enfin, cousin, m'avez-vous vu faiblir ? Que deviendrai-
je si vous ne me soutenez pas ?

Florimond était meilleur qu'on ne l'eût jugé sur l'apparence. Il avait d'Elise la plus haute opinion ; mais il craignait

d'en rien laisser paraître devant l'équipage et, gêné de sa
propre injustice, il termina brusquement l'entretien :

— Allons, Lise, ce n'est pas tout de faire marcher la
langue, il faut activer aussi les bras. Nous devons penser à
tendre ; on approche de l'étale.

L'étale, c'est le quart d'heure de repos que prend la mer
après sa descente, avant de recommencer le travail de la montée, et cet arrêt, qui se produit au large deux heures après la
côte, est le meilleur moment pour la pêche. Le courant
devient très faible ; rien ne gêne la rencontre du poisson
avec le bateau.

Ce matin-là, l'almanach du bord faisait prévoir l'étale pour
neuf heures au large. Il était six heures. On ne devait pas
tarder à commencer les préparatifs de l'étente.

Le sondage dénonça un de ces fonds tels que les fré-
quente volontiers le hareng, un fond de quarante brasses
sur lit de gravier. La brise était favorable ; très modérée
depuis la dernière bourrasque, elle se maintenait au moyen
frais. La mer, sans être plate, n'avait pas assez de houle pour
contrarier la pêche. On était au décours de la lune et, suivant
toute apparence, le hareng devait nager haut.

Alors Florimond, après avoir observé longuement le
temps, consulté ses souvenirs et discuté en lui-même, jeta
son commandement à la pleine volée de sa voix :

— Allons, les enfants, tous sur le pont ; mettez les quarts
derrière.

Les quarts sont des barillets qui font l'office d'énormes
flotteurs et viennent s'attacher au filet pour le tenir suspendu
dans la mer. A leur ventre s'enroule, par une dizaine de tours

longs d'une brasse chacun, leur corde d'attache ou martingale et, suivant que le filet doit descendre plus ou moins bas sous le flot pour barrer la route au poisson, on lâche ou on retient plus ou moins de martingale. C'est ce qu'on appelle donner de l'affale. Et c'est par cette manœuvre que l'étente commence.

On sort les barillets de leur resserre ; on boucle leur martingale à la longueur commandée et on les empile sur le pont, afin de les retrouver à portée de la main au moment nécessaire.

Mais on eût dit que le commandement du patron n'avait pas été entendu. Elise s'avança seule pour répondre. Tous les autres matelots demeuraient dans la chambrée, muets, immobiles, comme s'ils suivaient un mot d'ordre.

Cependant la trappe d'écoutille était entrebâillée et rien n'empêchait la voix de parvenir à ceux qui devaient l'entendre. Florimond répéta son ordre sur un ton rudoyant ; il ne réussit pas mieux à se faire obéir. Alors il courut à l'écoutille, d'un coup de pied ouvrit la trappe en grand, se pencha sur le trou béant, se fit un porte-voix de ses deux mains et, de toute la vigueur de ses poumons, se prit à crier :

— M'entendrez-vous, mal bâtis des oreilles ? Tous sur le pont. Mettez les quarts derrière.

Son appel résonna comme un roulement menaçant ; le planchéiage de la chambrée en trembla ; mais les hommes ne parurent pas s'en émouvoir.

— Gare à vous, bourlingueurs de contrebande. Je vas quérir ma barre, je vous réchaufferai les jambes, si vous les avez gelées. Gare ! tonnerre.

Alors, se fit tout un remuement dans la chambrée, un bruit de paroles échangées rapidement à voix basse et de pas s'entrecroisant en tous sens. Puis, un à un, lentement, mécaniquement, comme mus par une même pensée, les hommes montèrent les échelons de l'écoutille et vinrent se masser sur le pont, fixes, résolus, criant tous à la fois :

— On ne sait plus pêcher ici, patron. Vous nous faites perdre notre saison. Nous voulons gagner sur le Nord.

Florimond n'était pas un gars à se laisser intimider, si jeune qu'il fût encore. Il avait vingt-cinq ans à peine ; mais il en imposait par sa taille haute et sa carrure puissante. Il naviguait depuis sa plus tendre enfance, avait l'œil exercé et le jugement fait sur toutes les choses de la mer. Il était réputé comme un des meilleurs patrons de la côte et, fier de son renom, il ne connaissait pas de menaces assez fortes pour le décider à fléchir devant un matelot. Ses hommes le connaissaient bien et le savaient capable de tenir tête à quinze d'entre eux contre lui seul. Il les toisa d'un regard et reprit avec hauteur :

— Vous savez les ordres. Dépêchez. Qu'on mette les quarts. Deux brasses d'affale.

— Non, nous ne tendrons que si l'on gagne au Nord.

— Mettez les quarts, tonnerre ! ou je vous ramène au port. Vous expliquerez vos raisons au commissaire de la marine.

Les matelots s'entre-regardèrent. Chrétien, le plus timide, fit mine d'hésiter. Les autres l'empoignèrent pour l'obliger à rentrer dans le rang.

— On te submergera, si tu fais le traîtreux.

Mais doucement Elise se glissa vers lui :

— Viens donc, Chrétien. L'oreille du matelot est faite pour écouter le patron.

Lui, parut ahuri. Il se balançait sans volonté et son regard clair allait des camarades à Florimond, comme s'il réclamait un ordre ou un conseil. Tout à coup, il secoua ses épaules, détendit ses coudes, repoussa les mains qui essayaient encore de le retenir et s'élança pour obéir.

Longtemps Elise avait cherché des yeux son Firmin. Elle l'aperçut, qui s'abritait derrière un groupe de grands gars et qui, le sourcil froncé, l'œil fixe, semblait se mettre d'accord avec l'allure mutine de ses compagnons. D'un bond, Elise le rejoignit, le prit à l'épaule et s'efforça de l'entraîner par un mouvement d'autorité maternelle, à la fois vigoureux et câlin. Mais le petit homme était grisé par l'air de révolte qui courait sur le pont; il se débattit avec toute la franchise de son esprit obstiné, ne voulant pas qu'on pût l'appeler un lâche. Quand on fait partie d'un équipage, c'est pour partager avec lui tout ce qui vient, le mal comme le bien.

Elise le vit refrogné, si drôle en cette volonté de rébellion, qu'elle fut toute troublée. Elle le saisit à plein corps et, le serrant sur sa poitrine pour l'empêcher de se débattre, lui refoulant les cris dans la bouche sous la pression d'un baiser, elle l'emporta jusqu'à l'arrière du bateau, où l'attendait Chrétien.

— C'est des perfides, s'écrièrent tous les matelots.

Mais, déconcertés par les vides ouverts dans leurs rangs, ils se débandèrent et, moitié grognant, prirent le chemin du travail.

Florimond retrouva brusquement ses façons paternelles :

— Je savais bien que vous étiez plus rugueux tout autour
que dans le milieu. Le cœur est bon, si la grimace est mauvaise. A bord le foc ; serrez le tapecul.

Du même coup, sur l'avant et sur l'arrière, les voiles
s'abattirent afin de laisser la place à la manœuvre. Puis arriva
le moment de parer les filets.

Les filets sont de grands pans de mailles, rattachés l'un à
l'autre en manière de traîne sans fin. Un câble épais et dur,
l'haussière, les vient tendre sur toute leur longueur.

Ainsi raidis, ils s'abaissent dans l'eau comme une immense
cloison. C'est, pour mieux dire, un barrage à claire-voie
dont les mailles sont calculées selon l'épaisseur du poisson
qu'elles sont appelées à retenir. Elles le laissent s'engager
jusqu'à mi-corps, l'arrêtent au renflement du ventre et, s'il
veut faire retraite en arrière, l'accrochent par le revers
des ouïes. Quoi qu'il puisse tenter pour sa délivrance, dès
qu'il est maillé, il reste prisonnier.

Et cette muraille de fil peut se développer sur une lieue
d'étendue. Suivant le temps, on en abandonne à la mer plus
ou moins de longueur. Comme la brise était douce et la lame
plate, le patron voulait profiter du calme pour mettre toutes
ses chances dehors ; il avait ordonné de noyer la tessure
entière. C'était toute une fortune qu'il confiait à la mer.

— Allons, les enfants, cria-t-il, cette fois j'ai l'idée que
nous ne remonterons pas les filets vides.

Cependant la journée s'annonçait chaude. En cette saison,
à cette heure matinale, le soleil était déjà haut ; ses rayons
piquaient aussi durement qu'en plein midi. Une atmosphère lourde pesait sur les hommes et sur les choses.

Toute la fortune de l'équipage flotte à vau-l'eau (page 47).

La corvée de l'étente parut plus lassante aux matelots du *Bon-Pêcheur*.

C'est d'ailleurs, en tout temps, une tâche longue et fatigante, qui tient les hommes en haleine pendant plus de deux heures. Le bateau chassa à la vitesse d'un nœud et demi et les filets ne doivent pas être en retard sur lui pour s'affaler dans la mer.

Une partie de l'équipage s'est rangée vers l'arrière et chacun des travailleurs a son rôle. Trois ou quatre d'entre eux tirent les filets de la resserre, se les passent de main en main, pour les débrouiller et retrouver de distance en distance au long de la monture les cordes d'attache qu'on appelle des bassoins et qui se fixent sur l'haussière. Ainsi déroulés, les filets sont amenés, bassoin par bassoin, jusqu'au bosseman, qui est l'âme de la manœuvre.

Pour bien faire, il n'a pas à s'amuser celui-là. Tandis que les filets lui parviennent à droite, à gauche lui arrive l'haussière, que lui défile un mousse et sur laquelle il noue, d'un seul coup, les bassoins, à mesure qu'on les lui présente.

Il est vraiment le centre d'action; mais, ce jour-là, la lassitude était prompte à venir. Firmin, qui maniait l'haussière, la faisait glisser mollement ; Chrétien, qui tenait le poste du bosseman, y montrait plus de langueur que de raison. Il semblait, par sa mollesse dans la manœuvre, vouloir se racheter de l'empressement qu'il avait mis à s'y rendre et, pour complaire aux camarades, il se conformait à leur attitude de volonté nonchalante.

Florimond avait tout d'abord essayé de réveiller l'ardeur endormie des matelots ; mais il s'était heurté à leur force

d'inertie et, sentant sourdre en eux une passion mauvaise, il
évitait tout choc qui pût la faire jaillir. Ainsi se résignait-il
à voir la besogne mal faite et à ne rien dire.

Elise, au contraire, dévorait à regret son impatience. Elle
ne faisait pas partie de la première équipe des travailleurs
et attendait sur le pont que le moment vînt de remplacer
les postes occupés. Et, tandis qu'elle assistait à ce gâchage
de métier, elle souffrait surtout de voir son Firmin faire
le mauvais ouvrier. Plusieurs fois, elle lui insinua doucement à l'oreille des encouragements, des reproches, des
prières, mais vainement. Alors elle s'énervait de rencontrer
chez cet enfant, qu'elle aimait si tendrement, une telle énergie
dans la résistance.

Et l'haussière et les filets continuaient à se dérouler avec
tant de lenteur, que le bateau courait trop vite pour eux
et les tiraillait, au risque de les déchirer, comme s'il s'impatientait, lui aussi, de leur retard.

Rien n'était pénible à voir comme ce désaccord entre le
sloop et la manœuvre. Agacée, nerveuse, Elise ne put se
modérer davantage. Elle vint à Chrétien, le rejeta vivement
de côté :

— Va-t'en. Tu n'as pas le droit de montrer aux autres à
mal travailler.

Puis elle prit le poste du bosseman :

— Allons, Firmin, vite, mon petiot; défile vite, le bateau
n'attend pas.

Et, s'animant à la tâche, entraînant les matelots, elle sai-
sissait les bassoins comme au vol et les fixait aussi vite sur
l'haussière, nouant sans trêve. Tout son corps se saccadait,

tressautait par la précipitation de ses tours de main. Et le
déroulement se mit à l'harmonie du bateau.

C'est une fureur de travail sur le pont. Tout s'oublie :
l'étouffement de l'air, le découragement récent, l'esprit de
révolte. Tout se ranime et se confond dans une même fièvre
de manœuvre.

Et seul, Florimond garde au fond de l'âme un sentiment
d'amertume et de tristesse. Il sent une autre puissance que
la sienne sur son bateau : il n'est plus qu'à moitié le patron.

V

EN VUE DU LARDIN

Pendant deux heures, tous les hommes se sont employés rudement à gréer les filets. Le dernier pan vient de s'affaler en entraînant le dernier barillet.

Le grand mât se couche à demi; sa toile est serrée tandis que la voile d'arrière se relève pour se maintenir dans le lit du vent. Alors le *Bon-Pêcheur* vire sur lui-même et s'abandonne à la remorque de la tessure, qui l'entraîne doucement dans la dérive du courant.

Deux hommes suffisent pour surveiller le pont, car la pêche se fait toute seule. Les harengs s'emmaillent d'eux-mêmes; on n'a plus qu'à les attendre. Les hommes regagnent la chambrée. C'est l'heure de la soupe et du sommeil.

Cependant Florimond ne peut se résoudre à suivre ses matelots, sans donner un dernier regard à la flottille de barillets, qui se balance comme une file de gros oiseaux espacés en éclaireurs.

Toute la fortune de l'équipage flotte à vau l'eau. Quel risque pour un gain nul peut-être? Florimond ne se sent pas le cœur à l'aise. Si pourtant il avait tort de s'entêter. Le hareng, c'est comme la sardine, ça n'a pas d'habitudes : ici aujourd'hui et là demain. Est-ce vraiment sage de compter sur eux? Mais quel coup de gaffe pour un patron, quand il est obligé de céder à ses matelots? Il s'y résoudra cependant, si le poisson ne se montre pas tout à l'heure.

Fixe d'inquiétude, Florimond observe la mer et la plissure de son front trahit la contention de sa pensée. Si loin que s'étende le regard, il ne rencontre pas une trace, pas un signe. Pas un cétacé, pas un seul vol de ces oiseaux voraces qui accompagnent le hareng comme une proie toujours certaine. Çà et là, d'autres bateaux sont en pêche avec leur grand mât couché et leur voile d'arrière debout au vent. Eux aussi ont adopté les mêmes parages. Si on se trompe, du moins on ne se trompe pas seul.

Toutefois, reste une espérance du côté des bancs de brume, qui là, dans le Nord, barbouillent la moitié de l'horizon. On n'en a guère besoin de ces mauvaises buées qui viennent avant la saison pour égarer plus tôt les bateaux et jeter les filets les uns dans les autres. La chaleur va les attirer. On aura méchant jeu à relever dans le brouillard plus de deux mille brasses de tessure.

Il met de la malice à se cacher ainsi, le Nord. Faute de le voir, Florimond essaie de le sentir et hume à pleins poumons. Quelle fadeur dans l'air ! C'est une odeur d'âcreté douceâtre dont la saveur agile de plaisir les ailes du nez qui la reconnaissent.

Comme il a la joie brusque le patron. Dans ses yeux bleus ont passé des éclairs subits et ses lèvres serrées se sont détendues par un large sourire. De ses deux mains il s'est fait une visière, pour concentrer son regard et fouiller la brume.

Ne dirait-on pas que les buées se dispersent? Sans doute la brise est devenue plus fière et les chasse devant elle comme une fumée légère.

Elles ont laissé libre la surface de l'eau. Tout se précise sous le regard, la couleur de la mer, la densité du flot.

Il est là le lardin, la tache huileuse du hareng. Florimond en distingue le flottement épais, comme il en a flairé le goût saumâtre. N'avait-il pas raison? La foule des becs noirs approche et c'est bien à cette place qu'on devait tendre.

Alors, en deux sauts, il s'est jeté jusqu'à l'ouverture de la chambrée et, de sa voix la plus vibrante, il a fait résonner son appel joyeux.

— Le lardin; tous sur le pont.

Et du même élan, entraînés par ce cri de victoire, les matelots abandonnent leur soupe, se précipitent et se bousculent à l'échelle de l'écoutille, grimpent des pieds, des genoux et des mains. Toutes les narines, tous les yeux se tendent dans la direction que désigne le patron.

— Ne vous l'avais-je pas dit, les enfants. Les voilà, les becs noirs ; toujours fidèles au rendez-vous. Mais ils nagent à mi-flot. C'est à n'y rien comprendre avec la demi-brise qu'on devine là-bas, en ce temps de lune courte..... Nous n'avons pas assez d'affale. Rallongez trois brasses.

Aussitôt le canot du sloop est débarqué dans la mer; quatre matelots s'y laissent glisser par une amarre, deux grands gars pour ramer, Chrétien pour gouverner, un vieux pour changer l'affale.

— A bord, moussaillon. C'est Firmin qu'on appelle. Il doit aider à la manœuvre et disparaît à son tour.

Elise veut le suivre. Elle file au long du cordage ; mais le canot a son nombre d'hommes. Un de plus, on serait gêné.

— Va, la Lison ! ce sera pour une autre tournée ; n'aie pas peur. On te le soignera comme un fieu, ton Firmin.

Elise ne s'est pas résignée. Il est têtu son petit ; mais, dès qu'elle ne l'a plus à ses côtés, elle est comme une mère en détresse et, pendue à l'amarre, elle discute encore :

— Chrétien, laisse-moi la barre ; ça te donnera le temps de finir ta soupe et de dormir une heure.

Trop tard. Les rames ont mordu l'eau et le canot a bientôt dévoré l'espace jusqu'au barillet le plus proche. Prestement Firmin a dénoué trois nouvelles brasses de martingale, puis, de barillet en barillet, le canot s'éloigne, tandis qu'Elise le regarde fuir sous la caresse du flot. Elle n'a pas quitté son cordage ; elle est suspendue au-dessus de l'abîme et, dans l'ennui de son âme, à peine songe-t-elle à elle-même.

— Lise, quoi que tu espères ? Vas-tu les accompagner à la nage ? Il n'est perdu que pour deux heures, ton Firmin.

Puis, allongeant ses bras par-dessus bord, tirant à la fois sur le cordage et sur Elise, Florimond ramena la jeune fille sur le pont. A peine debout, elle vint s'appuyer au plat bord et se reprit à suivre le canot de son regard inquiet et doux.

— Eh, Lise ! Ce n'est pas sain dans notre métier d'avoir le cœur si facile à la dérive. Par où que tu regardes ? C'est d'un meilleur côté qu'il faut te tourner.

Et, de son doigt tendu vers le nord, Florimond désignait
en même temps le flottement d'huile, qui épaississait la surface
de la mer sur plusieurs kilomètres d'étendue.

— Quelle flaquée ! En as-tu souvent vu d'aussi bien
promettante ?

Il entraîna Elise sous le vent du lardin et voulut qu'elle en
flairât la senteur. Lui-même élargissait ses narines en des
efforts nerveux, comme s'il allait aspirer d'un seul coup toute
cette richesse que lui offrait la mer.

— Il y en a plus d'une soupée. C'est dommage qu'ils se
tiennent à mi-flot ; ils ne voyageront guère aujourd'hui, à
moins qu'ils ne changent d'avis sur le midi. Ça ne vit que de
fantaisie tous ces coureurs d'aventures. Je ne sais pas ce
qu'ils ont senti pour s'être mis en tête de prendre du fond.
On voit d'ici les fous qui plongent dur.

Une envolée d'oiseaux gris tachait le ciel comme une
nuée sombre ; mais, pour juger de leur allure, il fallait l'œil
du marin, cet œil habitué à saisir, dans toute la netteté de
leurs détails, les choses les plus lointaines et les plus fugitives.
Florimond les voyait bien ces fous affamés et c'est sur eux
qu'il venait de régler son affale. Ils s'élevaient haut en l'air ;
puis, fermant leurs ailes, ils se laissaient tomber à pic de tout
leur poids pour couler à fond d'eau. C'est leur manière
d'aller pêcher le poisson, quand il nage bas.

Elise ne s'intéressait pas à leurs ébats.

Fixement elle scrutait les mystères de l'horizon du nord
qui, tour à tour, apparaissait comme une barre rigide ou disparaissait mollement derrière des vapeurs sans forme et sans
consistance. C'était un jeu rapide et continu, une poursuite à

toute vitesse de fumées grises et transparentes. Puis des
côtières de brume se profilèrent en forme de falaises et tout à
coup, forçant le cercle qui l'enserrait, se distendit, se dilata
une sorte d'opacité blanche. Le souffle du nord épandait en
lourde buée toute son haleine.

On eût dit le déploiement d'un suaire immense, prêt à
ensevelir sous sa trame épaisse l'infini du ciel et de la mer.
Comme si elle venait d'en sentir la froideur enveloppante,
Élise eut un frissonnement.

— Vite, cousin Florimond. Vite, vite. Voilà le brouillard.
Je vais corner le canot. Comment saura-t-il revenir?

— Il se guidera sur les quarts à tâtons. Il a des malins à
son bord. Je n'en suis pas gêné.

— C'est égal. J'aimerais mieux être avec lui. C'est moi
qui le cornerai. J'ai l'idée qu'il reconnaîtra ma voix.

Et, tandis que la jeune fille courait à la chambrée pour y
chercher la trompe, Florimond, inerte de stupeur, regardait
approcher cette nuée diffuse, qui bientôt allait étouffer, dans
un même silence de deuil, le banc de harengs, la mer, les
bateaux et les hommes.

Les fous criards piaillaient en tournoyant et déjà la
brume les cachait. Florimond jeta un suprême coup d'œil sur
le lardin, qui s'effaçait comme une fortune aussitôt ravie
qu'entrevue. Il aperçut en même temps les bateaux voisins, qui
se hâtaient de relever leur tessure, puis, tout près, louvoyant
et lofant, un flambart, qui, dans ses marches et ses contre-
marches, avait moins l'air d'un bateau de travail que d'un
caboteur en service de pêcherie.

Décidément ce flambart était d'allure suspecte. Depuis

une demi-heure, il cinglait d'un bateau à l'autre et courait
au long des tessures. Ses formes se fondirent en une masse
vague. A travers les ondes brumeuses qui commençaient à
l'envelopper, on le vit s'élargir, s'élever en proportion,
démesurément grandir et s'évanouir enfin dans un nuage
comme un fantôme familier des ténèbres.

Alors le voile de brume se déploya autour du *Bon-Pêcheur*
qui, soudain, fut couvert d'une nuit blanche, humide, froide
et pénétrante. Florimond pressa sous ses doigts sa barbe déjà
ruisselante. Il souffla au travers de la buée pour juger de
l'épaisseur à la résistance et baissa le regard autour de lui
afin d'apprécier exactement le degré d'effacement des choses
les plus proches :

— C'est trop plein pour durer, pensa-t-il. On ne risque
guère à laisser les filets à l'eau.

En même temps, à l'avant du sloop se fit entendre un
ronflement rythmé, une sorte de beuglement bref, suivi d'un
bêlement traînard. On eût dit que le nom du *Bon-Pêcheur* se
modulait en deux mots plaintifs au milieu de cet étouffement
de la nature.

Elise cornait de tout son souffle dans la direction du canot.

Lorsque l'haleine lui manquait, dans les intervalles de
repos qu'elle donnait à sa poitrine épuisée, elle perçait de
ses prunelles noires l'épaisseur blanche, avec l'espoir toujours
déçu d'y découvrir l'ombre chère qu'elle attendait. Puis elle
écoutait, immobile, croyant percevoir le claquement des rames
à la surface du flot.

Ils n'entendent donc pas, tous ceux du canot, Firmin,
Chrétien, les grands gars et le vieux matelot? Alors Elise sonne

encore. Elle a mis ses dernières forces dans ce soufflement qui
se répercute plus loin. Un sourd ronflement a répondu. Dans
cet océan de brume ce ne peut être un écho! C'est l'alarme
d'un autre bateau. Les signaux s'entrecroisent; vont-ils égarer le canot?

Cependant, près d'Elise, une ombre s'est glissée, avec
brusquerie, presque avec rudesse.

— Lise, rends-moi la corne. Ce n'est pas des outils pour
les poitrines grêles. Tu te videras les poumons sans que les
camarades t'en entendent davantage.

Et, d'un coup à faire trembler le pont, Florimond a
soufflé dans la trompe. Sa poitrine s'est creusée sous l'effort.
Ne dirait-on pas que le suaire est enfin déchiré? Deux autres,
trois autres trompes, ont riposté par des roulements presque
sonores.

— Le bruit gagne; c'est la fin de l'ondée. Lise, tu vas
le voir raccoster ton Firmin.

Mais l'accalmie était trompeuse. A peine levé, le brouillard s'est rabaissé plus concentré, plus humide.

Pendant une heure, tandis que dans la chambrée, pour
mettre à profit ce répit du temps, les hommes se grisaient
de tafia, Florimond a fait retentir l'air de ses longs beugle-
ments. Vainement il s'épuise en appels désespérés. Ils ne
reviendront pas ceux du canot, Firmin et Chrétien, les deux
grands gars et le vieux matelot. Muette, tendue sur le gouffre
morne, Elise regarde, écoute, écoute et regarde encore.
Hélas! ils ne reviendront pas ceux du canot.

VI

DANS LA BRUME

Ce n'était pas un caboteur, le flambart que Florimond avait vu lofant sous le vent du *Bon-Pêcheur*. C'était un bateau des ports de l'Escaut, en campagne de hareng ; mais il était monté par un de ces équipages parasites, moins occupés à vivre de leur propre travail que de vol.

Le patron, vieux forban qui avait bourlingué aux quatre coins du monde, ne manquait pas d'audace et d'habileté. Il avait le coup d'œil juste, connaissait le temps mieux que personne et maniait son bateau avec une agilité singulière. Nul, aussi bien que lui, ne savait, pendant la nuit, relever les filets d'un voisin, les secouer tout étincelants de poissons dans ses huches et les rendre vides à la mer. Puis, lorsqu'il ne trouvait pas le butin suffisant, il n'était pas gêné de garder aussi les filets, dont il coupait des pans énormes.

Comme le marsouin, il se jouait du gros temps et, pour favoriser ses rapines, utilisait toutes les trahisons de l'Océan.

Sitôt qu'il eut prévu l'arrivée du brouillard, il vira de bord,
de manière à profiter du moment de sa disparition dans la
brume pour se mettre en panne, à l'extrémité des filets du
Bon-Pêcheur.

C'était le moment même où le canot accostait l'avant-
dernier barillet. Les quatre matelots et le mousse avaient
achevé leur corvée d'affale, sans se douter de la menace
que le nord lançait derrière eux. Ils avaient vu le flambart,
le tenaient en observation et n'en avaient pas pris méfiance
d'abord. Mais, dès qu'ils furent emprisonnés dans le brouillard,
ils eurent tous cinq une même intuition de la vérité et se
concertèrent. Ils ne se distinguaient plus nettement et
s'entrevoyaient tout effacés; leur voix, encavée dans l'épaisseur brumeuse, prenait une étrange sonorité; mais leurs yeux
et leurs oreilles se familiarisèrent promptement avec la demi-
réalité et leur discussion se poursuivit directe, animée,
précise, comme en pleine clarté.

Fallait-il demeurer là en vedette, s'opposer au vol?
C'était risquer de se faire écraser sous le ventre du flambart;
c'était prolonger dans cette mer de buée un séjour hasar-
deux. Les deux grands gars repoussèrent de toute leur
énergie une pareille alternative. Ils ne possédaient pas en
propre leur apport de filets, qu'ils avaient loués pour la
saison, et leur intérêt était moindre à le défendre.

Toujours docile, Chrétien se résignait. Mais Firmin se
révolta. La part de sa sœur était là. Il n'en laisserait pas
arracher une seule maille, dût-il monter la garde tout seul
à califourchon sur un barillet.

Le vieux matelot, lui aussi, était propriétaire de ses filets;

il tint pour que le canot demeurât en sentinelle. Le brouillard
allait mollir. Des brumes comme ça, en fin juin, ça passe par
bouffées, comme une fumée de tabac.

Cependant ils ont, tous les cinq, entendu le jeu des
trompes et en prennent la direction. Des quatre points
de l'horizon leur arrivent les sonneries d'alarme. Où
s'orienter? A force d'attention, on perçoit dans la ligne de
la tessure un cornement lointain et bien rythmé; on dirait
le nom du *Bon-Pêcheur*, que répète la brume.

— Vire, Chrétien... et les grands gars enfoncent les
rames au plein du flot.

— Non..... et le vieux matelot et Firmin s'accrochent
désespérément au barillet.

Entre les deux partis, Chrétien hésite. Mais l'appel
cadencé, l'appel du *Bon-Pêcheur* arrive plus fréquent, plus
plaintif et plus pressant.

— Chrétien, vire ou l'on te saborde. Et, debout, les grands
gars ont relevé leurs rames, prêts à frapper. Chrétien, vaincu,
pèse sur la barre et le canot tourne. Le vieux matelot lui-
même a lâché le barillet, mais Firmin tient toujours, et le
canot, entraîné d'un bord, arrêté de l'autre, oscille furieusement.

— Largue, moussaillon, veux-tu nous chavirer ?

L'enfant se cramponne avec rage..... Largue..... Pour
en finir d'un coup, les rameurs impriment une poussée
vigoureuse. Le canot donne si fort de la bande que les
hommes sont culbutés de leurs bancs; puis il se débat dans
une éclaboussure et part en une brusque détente.

— Halte... misère et malheur... nous avons perdu le fil

La nuit blanche le pénètre jusqu'au cœur (page 58).

de la tessure... Barre à tribord... Non. Écoutez... par bâbord... la corne du *Bon-Pêcheur*... Ça a l'air tout tendre... on croirait la Lison qui sonne pour son fieu. Qu'en dis-tu, moussaillon? Est-ce la soufflée de ta sœur?... Où donc est-il le Firmin?... Firmin?... s'est-il laissé partir par-dessus bord?... Parbleu, c'est lui qui nous a barbotés tout à l'heure?... Pauvre fils!... Il avait trop de tête aussi... S'il avait pu se recrocher au baril, il nous entendrait bien sûr.

Certes, il les entend, mais il ne leur répondra pas. Caprice d'enfant, boutade de petit animal têtu. Qu'ils s'en aillent à la bonne fortune. Tant mieux s'ils s'égarent; ça les punira d'avoir été lâches. Et, pendant que les quatre matelots se perdent dans la brume, lui, flotte à cheval sur son barillet, sérieux comme un gendarme sur sa monture.

Ils étaient bien avisés les autres de vouloir le faire céder, comme si c'était permis de quitter son bien à des voleurs. On avait assez de mal à le gagner. Elise sera contente tout à l'heure. Et, pensant à sa sœur, Firmin est fier de lui.

C'est qu'il a peiné tout de même pour grimper sur le tonnelet. Il avait l'air d'une crapaille qui glisse au long d'une pierre trop ronde. Mais quand on veut, on peut. Puis, tout glorieux, il se met droit en selle, se dandine pour imiter le galop de la chevauchée. Le baril fonce doucement et se relève, comme s'il ondulait des reins et de la croupe. Hop là! hop! la bête a du sang, elle danse sous l'éperon.

Toutefois c'est long deux heures et, perdu dans le néant, Firmin s'est laissé gagner par l'ennui. Tristement il vogue à la dérive et regarde monter le soleil qui tache d'une traînée blafarde l'embrumée blanche. Qu'il s'élève lentement, ce soleil

blême ; il a presque rejoint le zénith et ses rayons n'ont pu
dévorer les vapeurs épaisses. Le brouillard ne s'en ira qu'avec
le jour.

Rien n'est morne comme ce silence à peine rompu par le
râlement de plus en plus rare, de plus en plus lointain, des
trompes. Par intervalles, un frôlement furtif, un battement
rapide de l'eau. C'est un marsouin qui passe, un marsouin
joueur et bon enfant. Il glisse au ras du flot, laissant pointer
son aileron. S'il s'arrêtait là du moins, à faire ses pirouettes
folâtres, à narguer avec ses yeux tout noirs de polisson en
goguette. Mais il ne songe pas à rire. Il est loin déjà. Pas
un oiseau qui vole... Tout est en deuil sous ce froid linceul...

Et la tristesse, et la fatigue accompagnent l'ennui. Noyé
de brouillard, enfoncé dans l'eau jusqu'aux genoux, Firmin
s'affaisse insensiblement, en son âme comme en son corps.
La nuit blanche le pénètre jusqu'au cœur. Il regarde, il écoute,
mais rien que la blancheur, la blancheur muette, sans formes
et sans limites. Ses yeux sont grands ouverts à des dangers
qu'il ne voit pas. Il s'effraie du bruit qu'il n'entend pas. Indif-
férent aux poissons, qui s'agitent maintenant comme pour
annoncer la fin du brouillard, il darde fixement devant lui
ses regards sur le néant silencieux, où s'abîment toutes les
énergies de son être hébété.

Réduit à rien, claquant des dents, entre deux hoquets, il
appelle Elise qui ne peut l'entendre ; ses ongles crispés s'enfoncent dans les douves du baril. Elise ! Pourquoi ne peut-
elle en cet instant soutenir son frère défaillant. Dans la
convulsion de sa terreur, il ballotte sur sa monture qui

l'entraîne en un roulis désordonné. Elise! Elise! L'enfant
tant aimé s'effondre sur lui-même. Il ne tient plus. Il va
couler.

. . . .

. . . .

Où est-il? Au bruit d'un choc sinistre, d'un craquement
de bois qui se déchirent, il s'est réveillé sous des amas de
tessure, demi étouffé, presque noyé sous ce monceau ruisse-
lant. Vaguement il se rappelle. Il était affalé sur son barillet,
perdant ses forces, s'abandonnant, lorsque le bruit des filets
qu'on relève lui avait rendu courage. Devant lui, l'haussière
s'était raidie en lui amenant la tessure à portée de la main.
Désespérément il s'y était accroché, l'avait suivie dans une
remontée rapide, et, lorsqu'il avait senti l'approche du bateau,
il s'était tampé des deux pieds, pour ne pas être écrasé,
raboté par les filets contre le bord. Avec eux, il était retombé
sur le pont; mais il avait épuisé ses dernières forces et il ne
sait plus comment il avait roulé.

Puis sa pensée se dégage; il lui semble que le brouillard
est moins dense. A travers les enchevêtrements du réseau
qui l'environne, il voit des figures qui ne sont pas de son
pays, avec des cheveux trop blonds et des yeux trop clairs.
Alors, lui reviennent à l'esprit le souvenir et la peur du flambart. Des formes inconnues passent avec des gestes sauvages,
armées de gaffes, de barres de cabestan, de rames, de grappins. Où courent-elles toutes et qu'appellent-elles avec leurs
hurlements étranges et leurs clameurs inexpliquées?

Mais au milieu de ces vociférations en patois barbare,
Firmin entend l'écho de voix connues · les appels sonores

de Florimond, les cris éraillés des matelots, puis les bruits
de grappins mordant le bordage.

Puis, par intervalles, la voix claire d'Elise :

— A nous, bord à bord, cousin Florimond. Ils ont peut-
être croché nos hommes avec nos filets.

Puis le tumulte des coups... Sous l'amas de tessure,
Firmin se débat comme un chat qui travaille à sortir du
piège. Il a la fièvre de rejoindre Elise, de partager avec elle
les risques de la lutte, car il l'a compris : ce qu'il entend,
c'est bien l'abordage du sloop et du flambart.

. . . .

Florimond avait fini par s'effrayer de ce brouillard qui ne
se levait pas avec le midi. Il savait que parfois de pareilles
embrumées durent tout le jour et que le vent les suit. Alors,
malheur aux filets qui sont surpris par le gros temps aux
approches de la nuit. Il avait été gagné d'inquiétude aussi
pour le canot ; il le supposait amarré à quelque barillet, mais,
ne le voyant pas revenir, il avait projeté d'aller au-devant de
lui, en relevant la tessure. Et, sur le *Bon-Pêcheur*, la machine
du cabestan s'était mise à fumer à pleins panaches, le rouleau tournant furieusement, l'haussière remontant à toute
vitesse. Les hommes détachaient fièvreusement les filets, se
doublant à tous les postes, dans leur égale impatience d'arracher chacun leur part à l'inconnu brumeux. Soudain la
machine avait haleté, comme si le poids qu'elle avait à tirer
doublait brusquement. Florimond, supposant tout d'abord
qu'elle enlevait le canot amarré sur la tessure, s'était précipité à l'avant pour jeter son alarme à travers le brouillard ;
mais il avait reculé en face d'une apparition.

Un bateau géant, dont la mâture entrevue dans la pénombre indécise semblait toucher le ciel; quelque chose de fantastique. Ensuite, la forme s'était réduite et précisée; des bruits de travail s'étaient entendus : le souffle d'une autre machine, le ronflement d'un autre cabestan, des cris de manœuvre en patois flamand... C'était le flambart qui, de l'autre côté, embarquait la tessure... Tas de forbans... gibiers de galhaubans... Tonnerre... On allait se cogner mufle à mufle... Mais, en un grincement à donner le frisson, l'haussière s'était rompue, s'abattant dans l'eau qu'elle avait flagellée d'un coup de fouet furieux. Et, sitôt après, le choc, le fracas des beauprés brisés au ras de l'étrave, le défoncement des joues, le craquement de tous les membres, les gémissements dans les jointures. Le sloop et le flambart criaient ensemble sous le déchirement de l'abordage.

Alors, travers à travers, pied à pied, hache contre hache, on s'était battu pour la tessure.

. . . .

Cependant Firmin travaille sans repos à sortir de sa prison de mailles; ses doigts restent accrochés, ses jambes et ses bras s'entortillent. Plus il se démène, plus il se sent enlacé, serré dans cet embrouillement de fil.

Et, plus bruyante et plus âpre, il entend la mêlée, les insultes qui s'entrechoquent, les coups qui résonnent et les cris des blessés.

Mort et malheur! Comment n'a-t-il pas pensé à son couteau, depuis qu'il se remue là, vainement, comme une mouche dans une toile d'araignée? Il n'est pas long à s'ouvrir une issue, à se tailler une porte dans l'épaisseur du réseau. Il est debout. Quelle lumière? La brume s'est dissipée soudain. Il voit le *Bon-Pêcheur;* il s'élance : Élise! Elise!

Trop tard. Les deux bateaux sont séparés. Aux bordages du flambart les grappins, coupés par la hache, pendent, comme des griffes mortes, et les matelots aux faces blondes repoussent de la gaffe et de l'aviron le sloop qui s'éloigne meurtri, pantelant.

— Elise... Elise... Firmin a vu sa sœur qui lui tend les bras à bord du *Bon-Pêcheur*.

— A la mer, petit; accoste. Je vais te lancer la bouée.

Sans hésiter, il enjambe le bord; mais des mains, qui ne sont pas douces, l'ont, d'un seul coup, rabattu sur le pont.

— Elise... Elise... Trop tard. Les deux bateaux ont hissé leur voilure et, dans la nouvelle lumière, ils ont repris le vent, sans pitié pour les deux êtres qu'ils séparent.

VII

EN QUÊTE DE RADOUB

Ils s'en retournaient le sloop et le flambart, chacun à leur port respectif pour réparer leurs avaries.

Dès la fin du choc, Florimond avait fait reconnaître l'état de son bateau et il l'avait jugé tel que la nécessité d'un radoub s'imposait sans retard. Le *Bon-Pêcheur* était atteint seulement dans ses œuvres mortes; mais il avait perdu sa guibre, emportée du même coup que le beaupré, et son taillemer était crevassé jusqu'à l'étrave. En outre, les arrachements de son bordage à tribord menaçaient voie d'eau, et, déjà faible dans ses membrures d'avant, il devenait incapable de soutenir le contact d'une lame un peu dure.

Promptement on eut achevé les réparations provisoires. La plaie du bordage fut pansée par un doublage intérieur solidement planchéié et par l'application extérieure d'une compresse étanche. Un grand bout de toile fut lardé, c'est-à-dire enduit, par couches épaisses, d'une matière collante

faite d'étoupe, de goudron et de suif, puis il fut étendu, comme
un emplâtre énorme sur la partie malade.

Les fissures du taille-mer disparurent sous un blindage
d'alèzes fortement clouées. Enfin le seul mât de rechange que
possédât le bateau, un mât de misaine, fut transformé en
beaupré de fortune. Il pesait un peu lourdement sur l'avant,
déjà si faible, et le bateau, tanguant trop du mufle, fatiguait
dans ses liaisons.

Sans doute c'eût été sage de relâcher en quelque rade
d'Écosse ; mais Florimond préférait tout risquer pour essayer
de regagner son port. Rien ne répugne au marin comme les
séjours forcés à terre, et cette sorte de détention lui semble
plus âpre et plus triste sur le sol étranger.

Florimond d'ailleurs était impatient de commencer ses
poursuites auprès des autorités maritimes. Il avait reconnu
les signaux distinctifs du flambart et n'avait pas besoin
d'autres indices pour justifier ses réclamations et pour
obtenir une prompte réparation de ses dommages.

Quant à Firmin, il ne s'en préoccupait guère. Les forbans
des mers du Nord sont pillards et voleurs de tessure, mais
non point mangeurs d'hommes, et, s'ils avaient retenu l'enfant, c'était plutôt par crainte de le voir noyer que par
désir de lui nuire. Surpris dans leur identité, après la levée
subite du brouillard, ils n'auraient pas voulu laisser s'ajouter
à leur délit les chances d'une mort, qui pèserait plus lourd
dans la balance de leurs juges.

Restait le canot, et Florimond en était plus en peine. Il
se fatiguait l'esprit à chercher comment les quatre hommes
avaient pu se séparer de Firmin et quelle direction ils avaient

suivie. Sans l'avarie de son sloop, il eût rattrapé l'enfant,
afin d'en apprendre la vérité ; mais il avait été trop troublé,
dans la confusion de cet abordage inattendu, pour songer à
mieux qu'à sauver son équipage et son bateau.

Et le *Bon-Pêcheur* cinglait au Sud, tandis que le flambart
fuyait vers l'Est. Elise suivait d'un regard inerte l'étranger
qui emportait le seul être pour lequel elle se plaisait à vivre.
Elle cédait à son premier mouvement de stupeur et perdait
sa propre direction.

Cependant le flambart n'était encore éloigné que de deux
encâblures ; il n'avait pas le vent pour lui ; c'était un jeu de le
rejoindre. Elise le contemplait, si proche encore, lorsqu'un cri
lointain vint la faire tressaillir. Son enfant, l'enfant qu'elle
aime, qu'elle a toujours aimé, se débattait pour ne pas être
emmené.

Alors, remuée dans tout son être, se redressant, résolue
et forte, prête à défendre les droits de sa tendresse révoltée,
elle courut à la barre, que maniait Florimond, et s'y jeta des
deux mains avec la volonté d'arrêter la manœuvre.

— Cousin, virez. Je veux retrouver mon petit.

— Tu es folle, Lise ; nous jouons gros si le temps ne se
met pas de notre partie.

— Je ne sais pas. Je veux mon petit.

— Vas le quérir toute seule. Le bateau ne peut t'y
porter.

— Oh ! cousin. Je vous en supplie. Il vous en coûtera
moins d'une demi-heure.

— Le vent n'en demanderait pas tant pour se jeter sur
notre bord.

— Cousin, je vous promets de manœuvrer vite. Nous épargnerons l'accostage. Le petit se lancera à la mer. J'irai le quérir en m'amarrant d'une ralingue.

— Tais-toi, Lise. Je n'ai pas seulement cinq minutes à perdre. La moindre folle brise nous défoncerait les côtes. Je ne saurai trouver de repos qu'après vous avoir tous rentrés au port.

— Cousin Florimond, je me martyrise de savoir mon Firmin entre les mains de ces forbans.

— De quoi tu t'avises avec tes imaginations. Ne sais-tu pas qu'ils te le renverront par le premier bateau? Ce n'est-il pas l'habitude?

— Cousin, cousin. Dépêchez. Le flambart s'éloigne.

— Lise, mollis. Je ne nous ferai pas tous périr pour ta mauvaise tête de frère. Mollis.

Elise ne lâchait pas la barre. On eût dit qu'en se tenant ainsi accrochée à l'âme du bateau, elle s'imaginait l'arrêter et le réduire selon son désir.

Mais Florimond épuisait sa patience à ce jeu de résistance. Elise avait levé vers lui ses grands yeux noirs à la fois volontaires et suppliants; il n'en put supporter le trouble dominateur.

— Hors là, tonnerre! Hors là, Lise. Vas-tu vouloir commander à cette heure, parce que mes matelots t'ont flattée pour me faire tort? M'as-tu jamais vu souffrir un autre maître que moi sur mon bateau? Hors là.

Il enflait sa voix retentissante afin de mieux la faire entendre aux hommes de l'équipage, qui se pressaient autour de lui, attirés par l'intérêt de la dispute.

Pas un qui ne comprît la prudence du patron. A la première lézarde, qui se déclare au flanc de sa maison flottante,
le marin perd sa confiance et, avec elle, sa résolution. Quand
on n'a pour s'abriter de la mort qu'un coffre de bois, encore
faut-il qu'il n'ait pas de crevasse dans son planchéiage. Tous
restaient silencieux, incapables d'oublier leur inquiétude et de
prendre un parti. Cependant ils avaient pour Elise une sympathie déclarée, une admiration naïve pour sa droiture et sa
bravoure. Ils éprouvaient une sorte de respect mystérieux
pour cette créature forte dans son sexe fragile, pour cette
jeune fille vigoureuse et douce, à l'esprit sûr, au cœur fidèle.
Elle avait montré contre le péril cette foi qui jamais ne
renonce, contre le mal cette pitié que rien ne décourage.
Elle les avait gagnés par sa vaillance d'enfant héroïque
et c'est en elle qu'ils reposaient leur force et leur confiance.

Devant elle, ils n'osaient plus affecter des airs de mauvais cœur et se faire vanité de leurs manières brutales. Ils
mettaient tout leur orgueil à paraître plus adroits et plus
braves, à courir sans raison par les gros temps sur les plats-
bords, à marcher en équilibre sur le beaupré, à se jouer
comme des singes dans les manœuvres dormantes. Ils prétendaient, chacun à qui serait le meilleur et, par l'autorité de
l'exemple, Elise était devenue l'inspiratrice de la discipline.

C'était pour Florimond une cause d'envie et de malaise
continuels. Plus cette influence étrangère grandissait sur son
bateau, moins il était patient à la supporter. Il souffrait du
chagrin jaloux, qui rend parfois les plus braves cœurs injustes.

Certes, il regrettait déjà de ne pas avoir facilité par une prompte manœuvre le retour de Firmin. En sa conscience intime, il se molestait de sa propre dureté ; mais, buté dans sa vanité froissée, il se serait plutôt fait tuer à sa barre que de revenir sur son premier refus et d'avoir l'air, en virant, de céder à l'ascendant d'Elise.

C'est alors qu'arriva Barnabé, à peine guéri, mais attiré sur le pont par l'émotion des événements récents. Il apparut avec son dandinement hautain. Sous les linges et les chiffons, qui lui bandaient la moitié de la tête, son nez rond, son petit œil alerte et sa moustache noire avaient un air de crânerie martiale.

De suite, il intervint sur le ton de son arrogance coutumière. Il ne savait pas la vraie raison de la dispute ; mais il n'était pas d'un naturel à s'embarrasser de son ignorance et ne songeait qu'à prendre une revanche sur Florimond.

Arrivé le dernier, il se trouvait, à cause de sa taille courte, perdu derrière la haute carrure de ses camarades. Il sentit que sa voix ne porterait pas droit. En un bond, il rejoignit une manœuvre, y grimpa, s'y agriffa à la façon d'un chat, et, de là, aussi aisément qu'un orateur à la tribune, il lança sa harangue. Il parlait comme les braillards, pour le plaisir de donner de la voix, sans songer seulement qu'en ces premiers instants de péril, son auditoire ne pouvait guère s'intéresser à des bavardages.

— Tais-toi, Barnabé, cria le patron. Les autres n'ont pas le goût de t'entendre. On a mieux à faire que d'écouter les piailleries des fous, quand on se méfie de l'orage.

— Ça te gêne donc d'entendre tes vraies vérités. Si tu

veux nuire à la Lison, c'est que tu es jaloux. Elle vaut mieux
que toi.

Cette apostrophe n'avait guère de rapport avec le sujet
du débat, mais elle répondait assez bien au sentiment intime
des matelots. Tous, avançant leur sourire mauvais, se tournèrent vers Florimond qui chercha son salut dans une
bonne riposte :

— Ce n'est pas l'heure de rire, tas de jobardins. Oubliez-
vous que le bateau a la panse aussi crevée que la tête au
Barnabé.

Les rieurs changèrent de côté, avec cette mobilité
naturelle aux foules ; mais le terrien ne s'avoua pas battu.

— Si la Lison l'avait soigné notre bateau, il n'aurait
pas si mal au ventre.

— Tais-toi, Barnabé, s'écria Elise, tu nous fais perdre
nos bonnes minutes avec tes mauvaises raisons. C'est mon
Firmin qu'on emmène sur le flambart ; je veux virer pour le
ratteindre.

— Faut virer, brailla le terrien.

Et il attendit l'effet de son appel provocateur. Les
matelots ne bougèrent pas, tenus en respect, cette fois, par
la colère du patron qui criait avec rage :

— Tais-toi, bec de pieuvre. Veux-tu faire périr le bateau
à cause de cette mâlebête. Ce n'est-il pas assez d'avoir
perdu notre saison pour elle ? Tant qu'elle sera de notre bord,
nous n'aurons que du mauvais.

Et, brutalement, il repoussa Elise loin de la barre. Alors,
vaincue par l'injustice de son destin, la pauvre fille s'effondra
dans une crise de larmes. De ses grands yeux, noyés par

la tristesse, les pleurs jaillirent âcres, fiévreux, tumultueux,
comme une source inépuisée d'amertumes et de rancœurs.
Sa poitrine haletait en sanglots de détresse et, de sa douleur
et de ses meurtrissures, se dégageait une impression de
mélancolie rude, de pitié instinctive, qui gagna tous les
hommes.

— La laisserez-vous se consommer dans sa misère, cria
Barnabé? Faut virer. C'est les lâches qui font pleurer les
femmes. A nous, la barre.

Le groupe des matelots fut secoué d'un mouvement de
houle. Florimond craignit le déchaînement de la tempête,
s'il n'y parait résolument. De sa main nerveuse, il arracha la
tige du gouvernail et la redressa de tout l'élan de son bras
puissant.

— Tonnerre! La voilà, la barre, qui en veut?

Il la faisait tournoyer en moulinets menaçants. Tous
les hommes s'effacèrent par un mouvement de recul instinctif,
et, glissant prestement le long de sa manœuvre, Barnabé
vint s'abriter sournoisement derrière les compagnons.

— Qui en veut, tonnerre?

Personne pour réclamer, pas plus l'un que l'autre.

En ce moment, le sloop rendit un soupir plaintif, comme
une dernière détente de son flanc comprimé.

— N'entendez-vous pas qu'il râle de la poitrine. Faut lui
faire du souffle. Hissez la hune et le pantalon.

Et ce fut tout. Lorsqu'elle vit le sloop cinglant à toile pleine,
au plus près du vent, Elise comprit que sa dernière espérance
était perdue. Bientôt, à travers le voile de ses larmes, elle
vit le flambart s'enfoncer à l'horizon de l'Est et, meur-

Près d'elle, un matelot annonçait l'approche des lancées les plus fortes (page 78).

trie dans sa tendresse, l'âme saignante, elle s'abîma dans le
néant de son chagrin.

. . . .

Pendant quatre jours et quatre nuits, le *Bon-Pêcheur*
courut sans modérer sa toile, à la même allure. D'une seule
envolée, il franchit toute la mer du Nord, entra droit à l'ouvert du Pas-de-Calais et se retrouva enfin dans les eaux
familières de la Manche.

Mais, en même temps qu'il changea de flot, par une surprise ordinaire en ces parages, il changea de vent. On eût dit
que la brise se fâchait de l'impatience du *Bon-Pêcheur*, et
qu'elle virait elle-même, pour le contrarier dans son élan
présomptueux.

Qu'il se hâte cependant. Depuis une heure, son large
ventre ne glisse plus si fièrement sur la lame et ballotte un
peu durement. Il risque de rouvrir ses blessures. Qu'il se
hâte. Là-bas, du côté du vent, le grain s'annonce. En
avant des grands nuages, qui roulent en boursouflures grisâtres, se dresse une large bande d'un jaune sombre, comme
une falaise de pluie et d'ouragan.

On n'aime guère à la rencontrer, cette côtière au
ton saumâtre, derrière laquelle s'en cachent vingt autres,
qui viendront s'abattre par chassées continues, en un fracas
sans trève.

La bande jaune a grandi. Elle couvre la moitié du ciel
et ses bords touchent au zénith. Elle approche, poussée par
un souffle furieux, portée sur un flot impétueux, telle
qu'une muraille mouvante prête à s'écrouler. Dans un quart
d'heure, elle occupera l'espace tout entier et, devant elle,

galopent trois lames avant-courrières, qui la précèdent de
quelques minutes, comme des postillons de la tempête.

Qu'il se hâte, le *Bon-Pêcheur*. A peine a-t-il réduit sa
toile. Il fanfaronne comme s'il voulait braver la bourrasque
et se faire pousser par elle. C'est qu'il approche du port.
Déjà il a doublé les sables du Gris-Nez et les roches crayeuses
de Boulogne; il a revu les phares d'Étaples; il entend la
bouée qui beugle sur les bancs de Berck, la bouée du *Vergoyer*. Là est le fond le plus haut de ces parages, un fond
qui s'élève à sept mètres au moins près de la surface de l'eau.
La lame y fatigue et s'y brise aussi fort qu'à la côte. Elle a
des bonds à culbuter tous les bateaux.

C'est là que porte le vent du Nord-Ouest, le vent qui
souffle depuis une heure, et, s'il rencontrait le *Bon-Pêcheur*
dans sa saute, il l'entraînerait irrésistiblement sur ce fond
dont on ne revient pas.

Comptera-t-on jamais ce qu'il en a dévoré, d'hommes et
d'embarcations, ce remous de malheur large à peine d'un
kilomètre? A son nom seul, Elise frissonne de terreur mystérieuse. Car c'est lui, le *Vergoyer* maudit, qui l'a faite orphe-
line, et qui garde jalousement le père et ses six compagnons,
sans vouloir les rendre à la terre, à la terre amie.

Florimond tenait la barre. Depuis quatre jours il ne l'avait
pas quittée, pour ainsi dire. Moins que jamais, à l'heure du
péril, il se résignait à remettre en d'autres mains les desti-
nées de son bateau. Avec cette sûreté de coup d'œil, cette
fermeté de manœuvre qui ne l'abandonnaient guère dans la
direction, il avait disputé le *Bon-Pêcheur* à la mer perfide,
se refusant tout repos, se faisant apporter la soupe sur le

pont, mangeant d'une main, gouvernant de l'autre. En cette moitié de semaine, il n'avait pas dormi cinq heures. Ses joues étaient brûlées de fièvre et son œil clair s'assombrissait par la profondeur de son regard pensif.

C'est qu'il la connaît et la redoute cette mer qui n'hésite jamais dans ses colères, cette mer qui fait vivre, mais qui fait aussi mourir.

VIII

SOUS LE GRAIN

Florimond n'espérait plus qu'en la faiblesse du grain, qui parfois, malgré des apparences rudes, a peu de force et passe vite. Il attendait avec impatience les trois lames messagères de la bourrasque, pour juger de la vigueur de celles qu'elles allaient annoncer.

Ces trois lames sont toujours suivies d'un instant d'accalmie. Une trêve de cinq minutes entre la première alerte et le défilé des grains, cinq minutes que le bon marin utilise pour parer à la manœuvre !

Mais quelle manœuvre ? Se maintenir vent arrière et chasser à toute vitesse dans la direction de son port. C'est risquer cent chances contre une seule d'être jeté sur le *Vergoyer*.

Est-il donc un autre moyen de salut qui puisse être tenté ? Mettre à la cape ? N'est-ce pas plus incertain encore ?

Mettre à la cape pour un bateau, cela équivaut pour lui à

faire le mort, afin de déconcerter la tempête qui voudrait
profiter de ses résistances. C'est son moyen de ruser avec elle.
Il semble lui céder; il vient debout au vent, offre le flanc.
Mais, tout en se livrant, il se met en garde contre le jeu trop
rude de son adversaire. Il abat presque toute sa toile pour ne
donner prise que sur sa coque. Il ne se laisse chasser
que par son travers et, dans son jeu de dérive, il forme avec
sa carène un sillage large, plat, solide, qui résiste à la violence des lames, les arrête, les assomme, comme une sorte
de cale sur laquelle elles s'amortissent. Sa malice, c'est d'attirer les paquets d'eau contre un obstacle qui les brise.

Mieux que tout autre, le *Bon-Pêcheur* était habile à tenir
la cape. C'est le propre des bons nageurs, et certes, sans
avaries, Florimond n'aurait rien redouté du grain. Il eût été
quitte pour se laisser rouler en dérive par le vent, qui l'aurait entraîné jusqu'au Tréport ou jusqu'à Dieppe. Mais, précisément, le bateau était le plus entamé dans ses points de
cape.

La cape n'admet que deux voiles : à l'avant la trinquette, à
l'arrière la warie, petit triangle qui s'établit en place du
tapecul, toutes autres voiles serrées. Ainsi, les deux bouts
seuls du bateau conservent de la toile et, seuls, supportent
l'effort du vent. Ils ont besoin d'être solides en conséquence.
Le *Bon-Pêcheur* blessé aurait-il jamais la force de résister
à pareille épreuve?

Donc, pour Florimond, mettre à la cape c'était risquer
l'éventrement certain. Il hésitait encore quand les trois lames
arrivèrent, fouaillées, rugissantes, et balayèrent le pont de
bout en bout

Pour parer au choc, qu'il prévit redoutable, Florimond se déploya dans un large mouvement d'embarre. Mais le premier paquet d'eau le prit à contre-équilibre, l'étreignit, le secoua, l'étourdit, le roula, et, de chute en chute, le laissa sans connaissance sur le pont. La seconde lame allait l'enlever par-dessus bord ; deux matelots purent le rejoindre assez tôt pour le mettre à l'abri dans le premier trou béant, le trou de la machine au cabestan.

. . . .

Cependant les trois lames avaient passé, avec une furie déferlante, qui annonçait la violence des grains. Il fallait agir ou mourir.

— A qui la barre?...

— A la Lison... la Lison...

Et tous les matelots crièrent ensemble le nom de la jeune fille, comme pour témoigner du salut qu'ils attendaient d'elle. C'était un périlleux honneur qu'ils lui imposaient.

Entamé dans ses œuvres maîtresses, déjà gorgé d'eau, le sloop allait être secoué sous le fracas des lames, au moment même où il s'engageait à l'Écueil des bancs, parmi les courants de sable et les remous.

Elise n'hésita pas. Pour elle, dans sa terreur naïve du *Vergoyer*, elle ne voyait rien autre que de le fuir, d'éviter, coûte que coûte, la direction du vent qui s'acharnait à porter par là. N'avait-il pas assez attiré de victimes, ce gouffre de la mort, pour qu'on allât s'offrir à lui, avec la certitude de ne pas lui échapper?

Elise espérait, avec la cape, gagner, de roulis en roulis, la jetée du Tréport. On aura, par ce bord du Sud-Ouest, une

mauvaise passe à franchir, là-bas vers la bouée noire; mais
on s'occupera de s'en défendre quand on l'accostera tout a
l'heure. Entre deux bords, ne doit-on pas aviser le plus avantageux?

Sans faiblir, sans s'étonner seulement du choix qui l'avait
désignée, elle vint à la barre et, vivement, se fit attacher au
mât d'artimon pour braver les chassées de mer qui s'annonçaient énormes. Elle commandait la manœuvre.

— A bord le foc et la misaine. Changez la warie.

En hâte elle fit amarrer aux plats-bords et sur le cabestan les cordages des mâts, afin que les hommes pussent
s'y raccrocher. Elle désigna les postes : quatre matelots aux
pompes, deux en vigie sur l'avant, et tout se trouva paré,
lorsque le premier grain s'abattit, rendant les lames furieuses,
s'unissant à elles pour tout noyer sous les soufflées d'écume
et de pluie. Le pont fut submergé d'un bout à l'autre, et les
embarquées d'eau se précipitèrent dans les trous restés
ouverts. Comment avait-on oublié de fermer les bouches du
bateau ? C'est qu'il boirait jusqu'à couler.

— Parez aux panneaux. Clouez plein.

Tous les couvercles furent rabattus. Afin qu'ils ne
pussent céder à la trépidation et se rouvrir d'eux-mêmes, ils
furent fixés à grands coups de clous et de marteaux.

Il était temps. De nouvelles balayures de mer s'élancèrent.
Furieuses de rencontrer les issues fermées, elles se reje-
tèrent avec fracas contre les bords et ne s'écoulèrent qu'à
regret par les dalots.

— Tout est paré. A la grâce.

Elise se redressait dans la conscience de sa mission.

Près d'elle, un matelot annonçait l'approche des lancées les plus fortes. A leur arrivée elle tendait le dos, s'arc-boutait pour ne pas ployer sous elles, disparaissait dans les tourbillons de poussière humide, reparaissait toujours debout, énergique, invincible.

Bientôt les fouettées de bourrasque cinglèrent l'une chassant l'autre, luttant pour ainsi dire à celle qui flagellerait le plus fort et le plus promptement.

Et de bonds en secousses, de craquements en déchirures, le *Bon-Pêcheur* poursuivait sa dérive à travers l'Écueil des bancs. Parfois les lames gagnaient sur lui de vitesse et le dépassaient ; puis, se retournant par un choc en arrière, elles le disloquaient sous la violence de leur ressac. L'avant rendait un râle douloureux.

Les pompes haletaient sans trêve, tandis que les vigies annonçaient les signaux :

— A bâbord la bouée qui sonne.

C'est la bouée de mouillage des bancs de Somme.

— A tribord la bouée noire.

Le *Bon-Pêcheur* entrait dans la passe. Alerte à la noire ; mais Elise ne la craint pas plus que la bouée à cloche. Dans ces parages si dangereux par leurs sables changeants, elle avait assez navigué d'autres fois avec son père pour connaître tous les pièges et les éviter avec l'assurance d'un vieux pilote.

Impassible et résolue elle pesait plus avec ses nerfs qu'avec ses muscles sur la barre, qui semblait trop grosse pour elle. Elle la maniait à contre-lames et, par un va-et-vient obstiné du gouvernail, elle forçait le sloop à dérober sans cesse le flanc d'avant, pour opposer seulement celui d'arrière. Se butant ici, se reculant de là, le *Bon-Pêcheur* roulait en un tortillement continu, et les bouées et les balises eurent bientôt défilé, comme si elles couraient en sens inverse du bateau.

Hourrah! On aperçoit enfin le phare du Tréport, qui là-bas, dans la direction de la dérive, se détache, clair sur les falaises sombres, blanc comme le môle de l'espérance.

Courage! La lame est dure, mais l'Écueil des bancs est franchi. Avant une demi-heure le *Bon-Pêcheur* accostera la jetée.

Hélas! le grain force encore. Le ciel est noir, la mer est noire; seule l'écume est blanche. Les vagues se ruent plus acharnées contre le bateau. L'une d'elles, implacable, irrésistible, l'a presque englouti dans une éclaboussure géante. Il a disparu tout entier. Pendant vingt secondes, on ne l'a plus vu de la côte. Il se relève ouvert en un nouveau déchirement de l'avant. S'il ne reprend du souffle, il s'affaisse pour toujours. A la grâce.

— Larguez un ris de misaine, deux ris de foc; bordez sur bâbord.

Y pense-t-elle, Élise? De la toile sous une telle violence du vent, qui déjà travaille de sa rage les pans assez hardis pour se déployer contre lui. Le *Bon-Pêcheur* vole tel qu'un oiseau de tempête. En moins d'un quart d'heure, il a roulé jusque sous le feu du phare. Courage. Hélas! le taille-mer s'entr'ouvre et l'avant fonce au ras du pont. Va-t-on s'abîmer près du port? A la grâce si l'on chavire.

— Le foc et la trinquette au vent.

De la toile encore ? C'est du vertige. Le foc n'est pas hissé qu'il se déchire en arrachant le beaupré de fortune. Les lambeaux de toile, avec leur tronçon de mât, battent l'air, prêts à tout fracasser. Mort et misère, le *Bon-Pêcheur* s'affale le mufle sous l'eau !

— Hissez plein la misaine.

C'est une manœuvre à donner le délire. A la grâce. Tant qu'on flotte on espère. Les matelots ont épié un répit de la tempête et soudain la voile s'est établie comme pour un défi suprême. Tout l'avant est plein d'eau ; mais, soulevé par la pesée du vent dans la toile, il se redresse.

Courage ! le phare blanc est tout proche... Quels coups de roulis et quel tangage ! Le *Bon-Pêcheur* ne vole plus, il ballotte désemparé. On dirait un goéland blessé, battant de l'aile en son dernier vol d'agonisant.

Le grand mât craque à se rompre. Que font les sauveteurs ? N'ont-ils pas vu le *Bon-Pêcheur* en détresse ? Dans cinq minutes ce sera trop tard. La misaine s'enfle à crever ; mais la coque est si lourde qu'à peine se laisse-t-elle entraîner.

— Hissez les huniers. A la grâce.

Courage ! le bateau se reprend de vitesse. Le phare blanc n'est plus qu'à vingt brasses. Mais, à l'ouvert du port, c'est un tourbillon de vagues à troubler la raison. Courage. Hélas ! le grand mât s'effondre sur le pont.

— Coupez le gréement.

Les haches travaillent. Le grand mât et la voile, délivrés de leurs attaches, retombent dans l'abîme. Le bateau se relève allégé. Il flotte toujours.

Comme une épave lancée de crête en crête, il s'abat pour rebondir, pour s'abattre encore et rebondir. Sur la jetée, une clameur d'épouvante retentit. Hôô... Hôôô. Le *Bon-Pêcheur* a tournoyé en un plein de remous.

Une lame l'a pris de flanc et l'a culbuté dans le goulet du port. Courage... Hélas! il va se briser contre le mur de la jetée... Non... Elise a fait refluer tout son sang à son cœur ; elle a mis toute sa vie dans un coup suprême d'embarre. Le *Bon-Pêcheur* se retourne, la quille au quai... on dirait plutôt la quille en l'air... Hôô... Il a disparu dans l'abîme entr'ouvert... Non... il rebondit encore... Est-ce pour la dernière fois?... Non... La barre l'a redressé. Hourrah... Les amarres sont lancées et saisies. Deux cents mains les entraînent.

--- Toute la toile à bord.

Le dernier pan, qui reste à l'arrière, s'abat.

Et l'on est dans le port... Hourrah! Elise! ton sloop et tes hommes sont sauvés.

IX

DANS LE PORT

Florimond pardonnera-t-il jamais à celle qu'il accuse de vilenie et de trahison.

Lorsque Elise eut commandé de fermer les panneaux, on avait si bien précipité la manœuvre qu'on avait oublié Florimond, étendu sans connaissance près de la machine au cabestan. On l'avait cloué là, comme un colis dans une caisse.

Secoué par le roulis, battu par le tangage, il était revenu de son évanouissement, avait crié; mais ses appels s'étaient perdus dans le chaos de la tempête. Impatient d'attendre vainement les secours qu'on semblait lui refuser, il s'était saisi des outils du machiniste et pesait de toute sa force contre les rainures. Ne parvenant pas à soulever, il essayait d'entamer cette trappe, qui pesait sur lui comme le couvercle d'un tombeau. Et il cognait à toute volée de son bras. Était-ce possible qu'on ne l'eût pas entendu? Si on le retenait ainsi prisonnier, c'est qu'il était trahi.

Puis il se reprenait à l'espérance, redoublait de vacarme et de cris à perdre haleine; mais encore, la trappe ne se levait pas.

Alors il avait cru comprendre. C'est pour le faire périr qu'on l'enfermait, pour effacer avec lui tout souvenir de la révolte. En cas de naufrage, on ne voulait pas lui laisser les chances d'une épave, l'avantage de ses mouvements libres. Il coulerait à fond avec le bateau, sans pouvoir se débattre, bêtement noyé comme un rat dans une cambuse. Et, songeant que les autres étaient occupés là-haut à se réjouir de sa fin prochaine, il tapait, tapait toujours.

Il épiait les moindres secousses du bateau, en écoutait anxieusement les râles, les plaintes d'agonie. Il entendait le fracas de la lame battant les bordages comme pour les démolir. Un à un, il ressentait les contre-coups de la carcasse, qui tremblait jusqu'au cœur. Tonnerre! Mourir enfermé vivant dans son tombeau.

Et tout cela pour cette Lison, pour cette femelle, qu'il avait recueillie parce qu'elle mourait de faim. C'était bien là la récompense. Une fille d'imposture, une perfide comme toutes ses pareilles, qui lui jetait le mauvais sort.

Il avait refusé de se mettre à la poursuite de Firmin, un drôle encore celui-là et qui ne valait guère les dangers qu'on aurait courus pour lui. Eh bien! elle se vengeait maintenant, la Lison. Elle avait ensorcelé l'équipage : elle était la souveraine sur le pont; tandis que lui, le vrai patron, il était jeté à fond de cale comme le dernier de ses matelots.

Puis, à mesure que s'exaltait son imagination jalouse, Florimond devenait fou de fureur, soufflait la fièvre, s'en-

fonçait les ongles dans la poitrine, se tordait brûlé par le feu
de sa rancune.

Il s'élançait contre la cloison pour la défoncer, pour s'ouvrir un passage et reparaître au milieu de tous ces mauvais
chiens, qu'il fouaillerait selon leur mérite. Il leur appren-
drait ce qu'on gagne à changer de maître. Cette Lison de
misère, cette Lison de malheur. C'est elle qui a tout révolté,
sans doute pour s'emparer de la barre, pour faire dire, au
retour, par tous ses enjôlés de l'équipage, qu'elle sait gouverner comme un patron. Une femme à bord, c'est la mort
d'un bateau. Si du moins, avant de couler, il la tenait cinq
minutes, entre ses doigts, pour l'entraîner râlante dans le
gouffre. Tonnerre !

Dans sa rage de vengeance, il ébranlait à coups d'épaules
les parois de sa prison et s'épuisait à cette lutte inutile. Il
était à terre, anéanti de haine inassouvie, lorsqu'il entendit
s'ouvrir le panneau.

A peine avait-elle vu son sloop en sûreté, solidement
câblé sur le quai, qu'Elise s'était souvenue de Florimond.
Était-ce possible qu'au milieu du désarroi, causé par la bourrasque, on eût oublié le patron ? Si pourtant on avait coulé,
il eût été englouti, sans avoir la consolation de lutter, d'emporter au moins dans son dernier regard un rayon du ciel
clair.

Elise ne s'attarda pas à donner des ordres et, pour aller
plus vite, fit elle-même la besogne. En un instant, elle eut
pris un levier, fait sauter le couvercle ; puis elle s'agenouilla,
pour voir et pour parler de plus près.

— Cousin Florimond... Nous voilà... Tous sauvés.

Elle n'eut pas de réponse.

Triste retour (page 91).

— Vous n'êtes pas blessé, du moins? Vous me faites peur, cousin Florimond !

Il restait inerte, impassible. En deux sauts, elle fut en bas, penchée vers lui, lui tâtant le front et les mains. Elle recula, brusquement effarée, frissonnante. Il s'était redressé, les yeux ouverts, avec une étrange fixité, le doigt obstinément tendu. De sa tête, il touchait le plafond. En se détachant, sur la paroi sombre, son visage s'éclairait de pâleurs inaccoutumées. Elise fut si troublée, qu'elle se rejeta derrière la machine, osant à peine lever le regard, tremblante comme devant son justicier.

— Écoutez, cousin Florimond. Les hommes m'avaient commise à la barre. J'étais toute au bateau. C'est vrai que j'aurais dû penser à vous.

Elle attendait qu'il fît une réponse, dût-il être dur, injuste. S'il parlait, on pourrait au moins juger du degré de sa colère au son de sa voix.

— Cousin Florimond ! Répondez-moi, ne me pardonnerez-vous pas?... Ce n'est pas ma faute !... Je me suis fait du combat pour gouverner à votre place. J'ai le corps brisé autant que l'âme. Ne me martyrisez pas davantage. Répondez-moi, cousin Florimond.

Il ne remua pas les lèvres. Mais ses yeux dilatés et ses prunelles fixes semblèrent s'avancer comme pour venir châtier l'âme timide qui tremblait sous leur menace.

— Grâce, cousin Florimond ! Me broierez-vous le cœur à cause d'un oubli, en un pareil péril de la mer. C'était dans l'ordre de clouer les panneaux. J'ai commandé de la même façon que vous auriez commandé vous-même.

Inflexible, comme son propre spectre, Florimond apparaissait terrible par son immobilité.

— Grâce ! cousin Florimond.

Et la pauvre Elise, éperdue, s'abattit sur ses genoux, le visage caché dans les deux mains.

— Malheur ! Tonnerre ! Enjôleuse de matelots. Tu m'as fait clouer en cave pour être à ton aise de prendre mon poste. C'est ton tour de rester sous le couvercle. Je vas te le rabattre sur la nuque jusqu'à l'arrivée du commissaire. Tu te démêleras d'avec les gens de police, voleuse du bien des autres.

Sous la soudaineté de l'accusation, Elise s'était relevée, rassurée par l'éclat de cette colère tapageuse.

— Je n'ai rien volé du tout. C'est vos matelots qui m'ont choisie. Ce n'est pas ma faute. Vous étiez culbuté, cousin Florimond.

— Tais-toi, traîtreuse, je...

Il s'arrêta tout à coup, interrompu par un appel qui le fit tressaillir : « Holà, patron ! » Il reconnut de suite cette voix, qui sentait la raideur administrative.

— Le commissaire, dit-il plus bas à Elise. Je vas lui conter tes malfaisances.

— Grâce, cousin Florimond.

— Tais-toi, traîtreuse, voleuse.

Et, laissant Elise éplorée, réduite de peur, il remonta vivement sur le pont.

Le sous-commissaire de la marine était là, grand, sec, en sa redingote bien serrée, sévère sous sa casquette à deux galons d'argent. Il avait assisté à la rentrée dramatique de ce bateau étranger à son port et venait, plus par curiosité que par exigence de service. Dès sa descente à bord, il avait réclamé le patron et l'avait ainsi rappelé au souvenir des matelots.

Occupés à débarquer le gréement pour décharger d'autant la coque, retenus aux pompes pour vider l'avant à mesure qu'il se relevait en s'allégeant, les hommes n'avaient guère eu souci de Florimond. D'ailleurs, ils avaient l'esprit si plein d'Elise et de sa courageuse direction, qu'ils oubliaient inconsciemment le vrai patron.

Le sous-commissaire les avait surpris par sa demande imprévue. Au hasard, ils l'avaient conduit jusqu'au trou du cabestan et, prévenus de la dispute, par le bruit lointain des clameurs, ils avaient parlé haut et fort pour n'en rien laisser venir aux oreilles de l'autorité.

D'ordinaire, les matelots ne sont pas fiers en face d'un chef de quartier maritime. Ils ont toujours quelque petit délit à se reprocher ; car la législation sur la pêche est sévère et, s'ils ne travaillaient pas à déconcerter la police, ils perdraient tous leurs gains en amendes et contraventions.

Pas plus que ses hommes, Florimond n'avait de goût à ce genre de visites, et sa conscience lui reprochait de légers griefs. En engageant une femme à son bord, il ne s'était pas mis en désaccord avec la loi qui laisse aux maîtres de bateau la plus entière liberté pour le choix de leurs matelots. Toutefois, dans la crainte d'un refus d'embarquement, lorsqu'il avait déclaré son rôle d'équipage, il avait fait inscrire Elise comme un homme et, sur ce point, il ne se sentait pas le cœur tout à fait à l'aise.

D'autre part, il s'avouait que le coup de barre dont il avait ouvert le crâne de Barnabé pouvait donner lieu à une enquête pour abus de pouvoir ; et, dans cette suite ininterrompue de conflits et de malechances, qui l'avaient assailli depuis son départ, il ne distinguait pas clairement de quel côté passaient les torts ou les raisons.

Prudemment, en dépit des menaces qu'il venait de jeter à Elise, il garda le silence sur elle et se contenta d'exposer les points essentiels, la disparition du canot, le vol de la tessure. A peine fit-il allusion à l'enlèvement de Firmin : un moussaillon sans parents... Il s'arrêta. Du trou de la machine arrivait une bouffée de sanglots.

— Grâce, cousin Florimond.

Lui, continua d'une voix plus forte :

— Un petit déserteur qui s'est accroché au flambart pour courir l'aventure.

— Grâce, cousin Florimond.

— Un rouleur de mer qui culbutait la discipline, qui...

Le commissaire arrêta Florimond d'un geste moqueur.

— Vous y prenez trop d'action, patron. Je vous soupçonne d'un mauvais cas. Je ferai rechercher ce petit.

Et il remonta sur le quai, où s'amoncelait tout ce qu'on avait sauvé du gréement, les barillets et la tessure. Il vérifia l'importance du vol, d'après la cassure de l'haussière et la déchirure des filets, puis il réunit les matelots pour un premier interrogatoire.

Tous répondirent selon l'inspiration du patron, par la même formule : Personne n'avait eu tort sur le *Bon-Pêcheur*. Cependant, Barnabé semblait autrement disposé. Lorsqu'il vit approcher son tour de parole, il se carra fièrement, dandina la tête, afin d'attirer l'attention sur ses bandages et sa blessure.

Florimond l'observait; il le savait incapable de se modérer même devant les gens de police, qui s'emparent de tous prétextes pour faire tort au monde, et il avait lieu de craindre quelque indiscrétion vantarde. On ne gagne que du mal à fanfaronner avec la loi. Alors, il vint se planter, droit, haut dans sa taille, en face du terrien, réduit d'autant dans la sienne. Il le rappela à l'ordre par un léger sifflement et le maîtrisa d'un froncement de sourcils.

Barnabé baissa le front. Il était docile désormais, gardant en mémoire la leçon du coup de barre. On eût dit qu'il avait été touché, pour toujours, dans les lobes révoltés de son cerveau et la seule présence du patron le paralysait. Parfois, il essayait de se reprendre, de brailler en arrière, de se venger sur les autres. Mais comme il baissait le ton, dès le retour du maître; il était taxé à sa valeur par ses camarades. Aussi bien que les autres, il louvoya dans ses réponses, et l'interrogatoire s'acheva sans incident.

Les matelots n'avaient rien laissé deviner de la présence d'Elise. A peine eurent-ils vu le sous-commissaire s'éloigner, qu'ils s'élancèrent au trou du cabestan.

— Sur le pont, la Lison, le marchand d'amendes est reparti pour sa boutique.

Mais, au même instant, intervint Florimond.

— Hors-là tous ! qu'on la laisse crever de pleurer. Le premier qui la défend, je le tortille comme un nœud d'écoute.

Les hommes s'écartèrent lâchement et ce fut fini. La suite

des démarches au bureau maritime; les manœuvres nécessaires pour conduire le *Bon-Pêcheur* à la cale de radoub;
tout cela prit quatre jours, quatre longs jours, pendant
lesquels Florimond ne dérageait pas.

Il savait maintenant comment Elise avait sauvé le *Bon-
Pêcheur*, et quelle dette il avait contractée, involontairement,
envers elle. Cette pensée le torturait. Lui, presque sûrement,
n'aurait pas risqué la cape. Jamais il n'aurait osé dériver
pendant quatre heures, le ventre ouvert, sous un pareil
secouement de la nature. Il aurait couru dans la saute du
vent pour gagner du temps sur la bourrasque; il aurait lofé
dans le courant du *Vergoyer* et, sans doute, il aurait accosté
la mort en route.

Il en a des chaleurs d'estomac, des remontées de sang
dans la tête. Oh! cette Lison! Il ne lui doit pas seulement
son bateau, il lui doit la vie. Autant valait périr. On n'aurait
plus une telle morsure au cœur.

Fallait-il avoir cassé le fil de sa chance? Jamais pareil
chapelet de déveines ne s'était déroulé dans le gousset d'un
bon patron. Qu'allait-on dire au bourg? qu'il était trop fier
aussi et que c'était bien mérité... Toujours être revenu le
premier, avec son rôle d'hommes au complet et ses huches
les plus pleines, et reparaître demain avec le bateau troué,
la tessure perdue, quatre hommes de moins et pas une
queue de poisson. Pourra-t-on croire que ce n'est pas de sa
faute? Un chef a toujours tort quand il est vaincu.

En quinze jours, on avait manqué trois fois périr, on
avait touché la mort, touché la ruine, et tout cela n'avait
atteint que lui. Il ne sera plus le fin patron de la côte. Sa

gloire, c'est une fillette qui la lui entame. Il les entend d'ici,
tous ces mathurins, qui vont chanter dans les auberges du
bourg les prouesses de cette Lison. Qu'ils s'y avisent ! Il leur
passera quatre tours morts autour de leur mauvaise langue,
sans compter la surliure.

De fait, il ne pouvait plus supporter Elise sous son
regard et se détournait d'elle, souffrant même d'en entendre
prononcer le nom. Il l'éloignait par des corvées et s'impatientait d'avoir à la garder deux jours encore à son bord. Il
l'eût bien renvoyée au bourg, avec la moitié de l'équipage,
mais il craignait qu'avant son retour, les langues des matelots n'eussent déjà travaillé et bâti la renommée d'Elise avec
les débris de la sienne.

Et, seulement lorsque tout fut paré, le gréement et les
provisions remisées aux magasins du port, le sloop abattu
en carène sur les chantiers de la plage de l'Est, les adieux
échangés, Florimond reprit la route du bourg avec ses compagnons.

.   .   .   .

Triste retour ! Ils marchaient tête basse, minables en
leurs vieilles chemises de tricot sanglées aux hanches sous
la ceinture du pantalon. Ils allaient pieds nus, avec leurs
ballots à l'épaule et leurs souliers battant par-dessus. Les
matelots ont garde d'user leurs bonnes semelles dans les
mauvais chemins de la campagne. Habitué au plancher
lisse du pont, amolli par le contact perpétuel de l'eau, leur
épiderme s'accommodait mal de ces sentes cailouteuses. Ils
trottinaient, boitillant, comme un troupeau en déroute. Triste
retour !

Ils montèrent l'âpre chemin de la falaise. Lorsqu'ils eurent gagné la crête, pendant deux heures, ils ondulèrent au gré des vallonnements, sur la sente des douaniers. Ils bordaient la mer. Le ciel était pur ; sur la gaieté de la lumière, leurs allures mornes se profilaient avec plus de tristesse.

En avant, Elise, la moins penchée, la moins vaincue. Son regard obstiné explorait l'horizon comme en une dernière espérance. On eût dit qu'elle allait voir arriver, enflé sous la brise, le bateau qui lui ramenait Firmin, et sa pensée flottait, rêveuse et tendre, vers le petit qu'elle n'oubliait pas.

Au milieu, les hommes, ployés à la façon des bêtes de somme, l'œil abaissé vers le sol.

En arrière, le patron, plus abattu, plus terrassé que les autres. Son large dos se voûtait, mais non sous le poids du ballot. Il n'en eût pas craint dix fois autant. Le fardeau qui le ployait, ses robustes épaules n'en avaient pas encore senti de pareil. C'est qu'elle est lourde à porter pour lui la défaite. Jusqu'à ce jour, il s'était ri du malheur, et c'est à peine s'il avait jamais plaint ceux dont il voyait la vie naufragée. C'était son tour à présent. Oh ! cette Lison.

X

VISIONS

Le ciel semblait les narguer. Balayé par les grains, il était limpide et bleu, de ce bleu profond de l'été qui miroite à la surface de la mer.

Deux lieues franchies. Les matelots arrivaient en vue d'un village. Du haut de la crête, ils pouvaient le contempler au-dessous d'eux, planté comme un nid dans un creux de falaise. C'était un village côtier, sans port et sans bateaux. Toutes les maisons se pelotonnaient douillettement au milieu des branchages de verdure. On devait être heureux là. Des pêcheurs y vivaient du produit de la grève, insoucieux de la tempête, et ce coin de nature tranquille, à cette heure matinale, sous le poudroiement du soleil, dégageait un tel rayonnement de gaieté que les hommes s'arrêtèrent, pris d'un vague désir de bien-être et de repos.

Ils cherchaient du regard l'emplacement de l'auberge, lorsque Florimond les rejoignit. Lui, n'avait pas le cœur à se

complaire au bonheur des autres, et son humeur jalouse
se réveilla devant cette vision de la vie sereine.

— Non, certes, on n'ira pas donner le spectacle de sa
misère ; on en sera quitte pour contourner le village par la
route des champs. Ces terriens qui s'enflent la panse à
manger tout leur saoûl, à dormir de même, ils auraient trop
de plaisir à voir défiler des marins naufragés. Les gens
heureux s'amusent du malheur des autres. — Allons, les
enfants, virons sur tribord.

Les hommes ne partageaient pas cet avis. En quittant le
bateau, ils étaient redevenus leurs maîtres et prétendaient
profiter de leur liberté. A terre, le matelot n'a d'autre patron
que sa fantaisie. Barnabé prit la parole.

— Va-t-on s'opposer de boire pour des terriens. On
leur brassera carré derrière, s'ils font des mines de vent
debout.

Et résolument tous s'engagèrent sur la descente.

— Becs salés, tas de museaux secs, leur cria Florimond ;
vous mériteriez d'être gorgés d'eau comme des vieux fauberts.

Puis, furieux, il prit le détour vers la campagne.

Elise ne put résister à la pitié de le voir s'éloigner seul
et si désemparé. Naïve et douce, elle se navrait à la vue de
cet homme robuste, culbuté par le sort, de ce patron fier et
noble en ses luttes contre la mer, pitoyable en sa détresse.
Elle souffrait des injustes soupçons dont il la poursuivait ;
mais, en dépit de tout, elle ne pouvait se défendre envers lui
des mouvements de son âme généreuse. Inconsciemment,
dans un élan de sympathie consolatrice, elle vint à lui :

— Cousin Florimond, acceptez-moi pour vous faire la conduite. On est moins triste quand on voyage à deux.

— Va-t-en, traîtreuse... Va-t-en.

Il ne put en dire davantage. Ses yeux s'injectèrent, ses lèvres balbutièrent des injures fébriles. Il leva tout haut le bras, le rabattit en le claquant au long de son corps et s'enfuit dans le palpitement du jour.

— Vous me faites bien du mal, cousin Florimond.

Et Elise se laissa tomber sur le revers de la route. Pendant quelques secondes encore, elle suivit la belle silhouette de cet homme, qu'elle admirait, auquel elle pardonnait dans l'intimité de son cœur.

Elle avait déposé son ballot près d'elle et s'y accoudait pour soutenir sa tête encore lourde de souvenirs douloureux. Puis son regard emporta sa pensée vers la mer bleue d'abord, où flottaient des voiles blanches ; vers la chute des falaises, qui s'abaissent pour céder la place aux dunes du Nord ; puis vers l'horizon, où la baie de Somme s'enfonce dans le repli des premiers sables. Elise s'est relevée. Là-bas, par delà la masse sombre de Saint-Valery, de l'autre côté de la ligne blanche, qui marque la baie, peut-être apercevra-t-elle son clocher du Crotoy, avec la tour en manière de forteresse ? Non, par ces grands soleils, tout se brouille au loin, à travers les frémissements de la lumière, tout, jusqu'aux formes les plus connues, les plus aimées.

Mais, comme si elle le tenait sous son regard, elle le voit en esprit son bourg natal et la chaumière qu'elle retrouvera vide. Ne peut-elle espérer cependant? Qui sait si Firmin n'a pas rencontré sur la route du flambart un bateau hospitalier,

qui l'ait pris à son bord; qui sait s'il n'est pas déjà de retour,
s'il ne s'impatiente pas du retard de sa sœur, ce petit qui
ne sait pas attendre.

Elise voudrait espérer; mais elle n'est pas assez accoutumée au bonheur pour s'y confier aisément.

Sinon Firmin, du moins retrouvera-t-elle Silvère qui, lui,
la comprendra, la soutiendra? Il est donc quelqu'un qui
l'aime en ce monde. Car pour son petit, elle sait bien qu'elle
lui donne plus de tendresse qu'il n'en saurait rendre. Peut-
être même s'est-il déjà familiarisé avec la vie d'aventures
sur le flambart et ne songe-t-il plus à son bourg? Il est si fier
et si hardi.

A la seule pensée de cet abandon, Elise s'est reprise de
tremblements. Non, le petit a la tête un peu dure, mais le
cœur tendre. A coup sûr il reviendra. N'est-il pas malheureux
plutôt et n'appelle-t-il pas sa sœur en ses heures de désespoir. Son dernier cri de détresse sur le pont du flambart,
Elise l'entend encore.

D'après les signaux distinctifs, on avait su, au bureau du
Tréport, que le flambart appartenait à l'un des principaux
armateurs du plus grand port de l'Escaut, et cela rassurait
Elise. On saurait où s'adresser pour les réclamations. Les
propriétaires de bateaux aiment toujours mieux réparer
leurs torts que de risquer de mauvais démêlés en justice.

Entraînée par l'espérance, Elise se leva, reprit sa marche.
D'une haleine, elle franchit le village et, quittant le bord de
la mer, elle prit, à travers les terres, la route de Saint-Valery,
qui se déroule, interminable et poudreuse, entre deux rangées
d'arbres mal venants, tordus par le souffle de l'Ouest.

Cinq lieues sur cette route morne. Elise en avait le cœur
plus malade que les jambes. Elle ne s'intéressait guère à la
campagne. Tout s'y rapetisse et s'y rétrécit. On n'y peut
entrevoir que des coins de ciel, on n'y respire qu'une brise
concentrée. Des horizons qu'on toucherait de la main ; une
terre si dure à manier, si avare, que, pour lui arracher ses
richesses, on est réduit à se la partager par petits carrés, et
l'on y épuise sa vie à tracer des sillons longs, d'une encâblure
à peine. Qu'est-ce auprès de la mer, la grande mer ? Elle
vous ouvre les poumons, celle-là, avec son souffle que rien
n'arrête, et l'on met, à la sillager de Nord en Sud, moins de
temps qu'il n'en faudrait pour labourer un champ pas plus
vaste qu'un port.

C'est la vie large et généreuse, qui vous ranime tous les
sens à la fois et vous nourrit des forces vierges de la nature.
Elise avait hâte de la revoir cette mer, aussi belle dans ses
colères que dans ses caresses, cette mer qui l'avait faite courageuse et forte, qui ferait Firmin courageux et fort.

Enfin, de loin, au détour du chemin, elle la revit cou-
vrant toute la baie de Somme de ses flots calmes et jaunis-
sant sous les rayons du couchant. Baigné dans la buée d'or,
elle aperçut, de l'autre côté de la baie, le bourg aux maisons blanches ; elle reconnut sa chaumière enfouie derrière les monticules de sable, à mi-hauteur de la dune.
On croirait que la cheminée fume. Firmin serait-il rentré ?
Non, c'est d'une maison voisine. La chaumière est encore
déserte. Elise y dormira seule ce soir.

. . . .
. . . .

Elle n'y a pas dormi. Surmenée d'émotions, sècouée dans son cœur, exaltée par la fièvre d'une longue route, Elise appelait vainement le sommeil qui la fuyait. Jamais elle n'avait connu la chambre si solitaire, si inquiétante par sa grande ombre, où venait palpiter, à travers les vitres, la lueur pâle d'un léger rayon de lune.

D'abord, sa pensée flotta vaguement, entraînée par la mélancolie de la nuit ; puis elle se fixa vers la porte et la fenêtre qui semblaient vibrer sous le tremblotement de la lumière. Alors, à mesure que son esprit s'obstinait à fouiller l'ombre mouvante de ce coin de chambre, Elise fut saisie d'une sorte d'effroi mystérieux, de trouble surnaturel. Elle ne dormait pas et cependant ses yeux ouverts voyaient en réalité des images de rêve.

— Père, est-ce vous ? Père, répondez-moi !

Elise croyait dormir. C'est seulement en songe qu'on a l'occasion de revoir ceux qui sont morts. Tout autour de la chambre, elle promenait son regard pour s'assurer qu'elle était vraiment éveillée.

Non. Elle ne dormait pas. A la lueur douce de la lune, elle reconnut distinctement, l'un après l'autre, les objets familiers, tels qu'elle les avait retrouvés tout à l'heure à son retour : le petit lit en armoire, où couchait Firmin, sous l'escalier du grenier ; le grand buffet, où scintille sous un globe le bouquet de mariage de la mère, une rose énorme feuilletée d'or ; puis, de chaque côté, les deux flambeaux d'étain ; puis les filets, les engins de pêche, suspendus partout, aux murs, aux poutres du plafond. Tous ces vieux compagnons de sa vie d'autrefois, elle les tenait là, sous les

Elle aperçut, de l'autre côté de la baie, le bourg aux maisons blanches (page 97).

yeux, dans leur forme précise, matérielle, avec leurs contours
et leurs couleurs.

Elle ne dormait pas et cependant elle ne pouvait se
tourner vers la porte sans retrouver en face d'elle un visage
triste et doux, à l'œil clair, aux rides bonnes.

— Père, que me voulez-vous ?

Pour la première fois, depuis qu'elle l'avait perdu, Elise
revoyait vraiment son père, tel qu'il était en son vivant, avec
le gros bonnet de loutre, le foulard rouge et le maillot brun.
Il la grondait doucement de s'être donnée tout entière à sa
tendresse pour Firmin, de l'abandonner, lui, le père, au
fond des sables, de n'avoir pas tenté l'impossible auprès des
autorités maritimes, pour demander, comme cela s'obtient
parfois, qu'on draguât la place, qu'on arrachât à l'abîme des
fonds les corps, qui ne peuvent connaître le repos en dehors
de la terre amie.

Et il dénonçait le châtiment. Elise ne reverrait son frère,
trop jalousement aimé, qu'après s'être rachetée de son
abandon filial. Malheureuse Elise ! Elle s'était assise sur son
lit et, les deux mains tendues vers le spectre qui ne la quittait
pas, elle exhalait, avec toute la confiance d'une âme possédée,
ses excuses, ses serments et ses prières.

— Père, je vous le jure, je ne prendrai de repos que je
ne vous aie enterré aux côtés de la mère.

Alors, comme si le visage s'était tourné vers le rayon de
lumière, il s'éclaira subitement.

Elise ne l'avait encore vu qu'à travers la molle enveloppe de l'ombre, qui adoucit les stigmates les plus rudes ; mais, dans sa lumière nouvelle, il apparut étiré par la

souffrance. Le teint, autrefois bruni du grand hâle de la
mer, était livide ; les rides se fronçaient de plissements
rugueux ; les joues, jadis si pleines de bonne humeur et de
santé, semblaient émaciées par une longue agonie. Et les
yeux qui, tout à l'heure, dans le mystère de la nuit, s'éclairaient d'un reflet si caressant, s'ombrageaient, à présent,
d'une sorte de tristesse reprochante, de résignation doulou-
reuse.

Hâve, la face presque aussi blanche que la barbe et les
cheveux, le père semblait relever de ces longues maladies
qui laissent les nuits sans sommeil. C'est qu'il ne dormait
pas non plus dans sa prison de sable, en ces fonds toujours
agités par les roulements souterrains, le contre-coup des
vagues et la lutte à mort des gros poissons entre eux. Ils
n'ont pas de cris, comme les fous piaillards, tous ces chiens
voraces de la mer ; mais ils ont une telle façon de souffler
et de claquer l'eau, que leurs batailles font autant de bruit.
Avec ces voisins-là peut-on connaître le repos ?

Elise a vu toutes ces souffrances empreintes sur le pâle
visage, elle y a lu tous ces reproches. Elle comprend trop
tard. Elle aurait dû chercher le père, le retrouver, le ramener
enfin dans le champ consacré pour dormir.

— Père, père, je vous jure de vous rendre au sommeil
de la terre ; mais après, vous me permettrez de retrouver
Firmin.

Et, pour ne pas retarder d'une heure l'exécution de son
serment, Elise se leva, mit ses plus beaux habits et sortit.

LA PEINE D'ELISE

Il faisait nuit, nuit de lune, tiède et pâle, nuit de silence. Pas un bruit dans le bourg. Pas un souffle ranimant la vie qui sommeille. Ni le grincement du coq tournant sur sa tige en haut du clocher, ni le choc d'un volet contre un mur ; pas même le pas furtif d'un chat en maraude. On n'entend que le battement rythmé des vagues sur la plage et, bien loin, sur la hauteur dans la direction du cimetière, les aboiements plaintifs d'un chien, qui hurle à la mort.

On croirait le chien du capitaine. Depuis quinze jours qu'elle l'a quitté, Elise n'y songeait plus à son bon ami, le brave griffon, tout frisé, qui dit tant de douces choses avec son regard pensif. Elle écoute encore. C'est lui sans doute. On dirait vraiment sa voix, mais plus profonde. Que peut-il appeler avec des cris si tristes et si lointains ? Aurait-il perdu son maître ? Elise est rentrée tard au soir. Elle n'a pas su les nouvelles. Le pauvre capitaine serait-il donc défunt ?

Le capitaine jouissait, dans le bourg, d'un titre supérieur
non pas à son mérite, mais à son rang. Ce n'était qu'un
brigadier de douanes, vivant depuis longtemps en retraite ;
cependant il était plus connu que tous les officiers de la
contrée. Mangeant peu, buvant moins encore, il dépensait le
surplus de sa pension à bourrer de friandises les gamins
du bourg ainsi qu'à nourrir de soupe grasse son chien,
Barbet, son unique compagnon, le compagnon de son existence entière.

Depuis trente-cinq ans, il vivait en étroite camaraderie
avec le même chien, avec ce griffon qui veillait sur sa tombe.
Le même chien ? Du moins ne voulait-il pas faire de différence. Son histoire était fort simple. Comme la plupart des
douaniers, il avait adopté, lors de son entrée au service, la
société d'un chien, d'un griffon aux longs poils bruns, le
premier des Barbet. Certain jour, il avait été sauvé par lui
d'une chance de noyade et, dès lors, il l'avait traité à l'égal
d'un frère, en compagnon fidèle. Et cette amitié avait duré
quinze ans. Quinze ans, la vie d'un chien. Barbet vieilli avait
fini doucement son destin ; mais il laissait un fils tout poilu
comme lui, par mèches longues, frisées en copeaux et
toujours pleines aussi de têtes de chardons, ramassées au
long des haies. Doux comme le premier, le second de la
famille avait le même regard intelligent et bon, la même
tendresse pour le maître. Le capitaine l'avait nourri de
même, lui avait fait faire les mêmes classes, l'avait élevé à
des grades égaux. Tous brigadiers, les Barbet, le fils aussi
bien que le père. Aux jours de grande cérémonie, devant
les officiers supérieurs, qui passaient par le bourg pour

l'inspection, Barbet avançait à l'ordre, le hausse-col de mode ancienne sous le menton et les galons aux pattes.

Il était fier de ces honneurs, car il les avait gagnés à force d'instruction. Il savait l'exercice et c'était là peu de chose. Il n'en tirait guère de vanité ; tous les chiens de régiment en font autant. Sa gloire à lui, personne ne pouvait la lui disputer ; car il n'avait pas son égal pour reconnaître de loin les bateaux de ses amis.

Du poste de douane, planté sur la hauteur de la dune, il les voyait arriver du large et les discernait mieux qu'une vraie personne. Il les annonçait, à sa façon, par des aboiements distincts, que tous les gens du bourg avaient fini par connaître. Pendant les gros temps, lorsque les femmes, guettant la rentrée de leurs maris, apercevaient, perdu dans les blancheurs écumeuses de la mer, un morceau de toile sur une coque noire, on consultait Barbet : Trois jappements, c'est la barque à Baptiste Hénin. Elise, tout enfant alors, en entendant le nom de son père, se prenait à pleurer ; tandis que sa mère, d'un œil où le feu de l'anxiété séchait les larmes, suivait la lutte du petit bateau contre la mer immense.

— Non, ce n'est pas Hénin... On voit deux mâts... C'est le sloop au gros Poidevin... Redis, Barbet.

Le chien ouvrait ses narines, flair au vent ; à travers les longs poils, ses yeux fauves brillaient d'un point étincelant. Trois jappements encore... Oui, c'est la barque d'Hénin. Elle vient de rebondir à se faire sauter l'âme. Un mât seulement, Barbet a raison.

Et lorsque le bateau, roulant à travers cette mer

démontée, s'approchait, reconnaissable à tous, c'est alors que Barbet triomphait, aboyant chaque fois que la coque, disparue dans le gouffre des lames, reparaissait sur leur crête. Puis, lorsqu'après des heures d'angoisse plus longues que des existences entières, tous les gens, amassés sur la dune, voyaient enfin le bateau prêt à toucher le port, alors, tous dévalant pour assister à la rentrée, Barbet les suivait dans leur course folle, et lorsqu'arrivé sur le port, il assistait à l'accostage, alors il lançait ses joyeux aboiements, que répétaient, comme un écho de victoire, tous les chiens dans le bourg.

Et ces souvenirs d'enfance, à la fois si tristes et si doux, venaient distraire Elise, tandis qu'elle s'était arrêtée pour écouter les hurlements de Barbet sur la dune. Pauvre Barbet! Celui-là c'était le troisième, jeune encore et vaillant en proportion. Elise n'avait connu que les deux derniers, mais, pas plus que le capitaine, elle ne faisait de différence.

Tous pareils, les Barbet. Pendant quelque temps, on en voyait deux, un vieux et un jeune, le fils et le père. Ils se ressemblaient comme deux frères. C'était le moment où le premier arrivé dans la vie allait la déserter aussi le premier. Tous dociles à la nature, les Barbet. Et les deux étaient si unis, si bien d'accord dans toute la conduite de leur existence savante et honnête, qu'ils semblaient n'être qu'un. Puis, l'aîné descendait la garde, comme disait son maître, et le bourg n'avait plus qu'un Barbet.

Mais, qu'il en eût un, qu'il en eût deux, il ne connaissait que Barbet, toujours le même, simple comme une légende,

éternel comme une tradition. Qu'importait la généalogie
de famille, puisque le descendant valait l'ancêtre, et que,
d'aïeul en petit-fils, une seule âme intelligente et douce les
animait tous sous des formes semblables.

Devait-il en savoir des histoires sur le bourg, ce Barbet?
Il avait élevé tous les enfants et c'est lui qui les accompagnait
à l'école. Il avait appris leur heure d'aller et de revenir et
fidèlement il arrivait, afin de les veiller pendant la route.
Il instituait sa discipline, détestait l'abus de la force et
l'injustice. Malheur aux plus âgés, s'ils tapaient sur les plus
jeunes.

Protéger les petits, voilà qu'elle était la mission de
Barbet. Il s'appliquait à la remplir avec exactitude, tout
comme son maître la lui avait enseignée! Jamais il ne leur
eût permis de faire seuls le chemin, à ces gamins pas plus
hauts que lui. Ils se groupaient en peloton à ses côtés, leurs
livres sous le bras, les fourchettes d'étain sonnant contre
les plats de fer dans leurs paniers. Barbet ouvrait l'oreille au
bruit de la vaisselle, car ses amis lui réservaient chacun un
bon morceau. C'était la dîme volontaire du faible pour le
fort qui le protège. Il ne rentrait en douane qu'après les
avoir accompagnés à leur porte, l'un après l'autre, tous
jusqu'au dernier.

Longtemps Elise avait fait la route de l'école avec lui. Il
la traitait en préférée et mettait tant de zèle à la défendre,
qu'il montrait les dents avant même qu'on ne l'eût attaquée.
Elle lui gardait toujours la part la plus friande de son
déjeuner, le caressait de sa main mignonne, le regardait
dans les yeux, penchait vers lui sa tête câline. Puis, aux

heures de jeu, ils se retrouvaient tous deux, la fillette et le
chien, sur la dune et s'amusaient à se poursuivre, à s'at-
traper, à se rouler dans le sable : ou bien encore ils inspec-
taient la mer et jouaient à reconnaître les barques, comme
deux brigadiers de profession.

Plus tard, devenue plus grande, Elise avait quitté l'école.
C'est alors qu'elle avait confié son Firmin à Barbet. Par malheur, les relations s'étaient faites moins faciles. Firmin
n'aimait pas qu'on le protégeât, tandis que Barbet prétendait
accomplir exactement sa tâche de protecteur. De ce malentendu étaient nées des brouilles, que ni la médiation
d'Elise, ni celle même du capitaine, n'avaient pu prévenir.

Tout d'abord, Elise avait pris souci de querelles qui se
renouvelaient chaque jour, sans cesse plus vives ; l'enfant
tirant les oreilles du chien, lui marchant sur la queue, lui
glissant des graines à piquants entre les poils du front, autour
des yeux ; le chien traquant l'enfant, le chassant devant lui
par ses aboiements et ses morsures simulées, l'attaquant aux
mollets, de droite et de gauche, l'obligeant à marcher en
queue du peloton, comme un mauvais sujet de classe. Et,
quand Barbet le lui ramenait, Elise retrouvait toujours son
frère barbouillé de pleurs.

Elle le consolait, son enfant gâté, et gardait rancune à
Barbet de la pénitence infamante qu'il infligeait sans miséricorde à ce petit, si beau pourtant dans sa bouderie de révolté.
Et, sous l'effusion de caresses maternelles, elle séchait les
grands yeux humides, les joues brunes où traînaient encore
des larmes ; elle apaisait les derniers hoquets du petit cœur
sanglotant.

— Ne pleure plus, mon petiot chéri. On grondera ce méchant Barbet.

Et jamais on ne grondait Barbet, parce qu'il avait fait son devoir.

Et tous ces détails d'un temps vécu dans l'insouciance du bonheur revenaient à la mémoire d'Elise comme une sorte de rassérénement et de pensée rafraîchissante. Elle allait d'un pas lent, sous les lueurs douces du ciel, égarée en sa rêverie, égrenant un à un ces souvenirs d'enfance, si suaves dans leur mélancolie lointaine. Et, tandis qu'elle s'abandonnait à ce mirage du passé, elle échappait aux dures réalités du présent et n'entendait plus les aboiements de Barbet que vaguement, comme l'écho d'une tristesse oubliée.

. . . .

Elle ne fut rappelée au sentiment d'elle-même qu'en se trouvant arrêtée à la porte d'une maisonnette assez éloignée du bourg et perdue dans les arbres, au bord d'un ruisseau. Elle eut quelque peine à dégager ses idées, ne se rappelant qui l'avait guidée là, ni comment elle était venue. Elle se trouvait à la porte de Silvère.

Était-ce une heure raisonnable pour se présenter chez son fiancé? Elle attendit quelques instants, écoutant si l'horloge de l'église ne sonnerait pas; puis, impatiente, incapable de se résigner à la moindre attente, elle s'orienta sur la lune, dont la hauteur dans le ciel marquait environ le milieu de la nuit.

Après tout, pourquoi tant hésiter? La mère de Silvère n'était-elle pas une femme excellente, qui serait heureuse d'accueillir une âme en détresse? Nettement, Elise se sou-

venait maintenant. Avait-elle donc été si troublée qu'elle oubliait déjà la double tâche, qui s'imposait à ses forces défail-
lantes, chercher Firmin, chercher le père ? Qui devait l'aider,
sinon Silvère ?

En même temps, elle entendait de nouveau Barbet, qui
continuait à pleurer en gémissements longs et plaintifs. Il
la navrait. Elle aurait souhaité d'aller le rejoindre, de le
protéger à son tour et de le consoler. Mais, s'il était dans
le cimetière, comment arriver jusqu'à lui sans rencontrer
les âmes, qui voltigent autour des tombes ?

Et presque involontairement, sous cette impression
funèbre, Elise revit devant elle le spectre de son père,
comme l'évocation d'un remords qui ne la quitterait plus.
Alors, ressaisie de ses craintes superstitieuses, elle cogna
nerveusement à la porte.

Elle attendit longtemps et dut échanger bien des paroles,
avant qu'elle ne réussît à se faire ouvrir. Enfin les verrous
cliquetèrent, la serrure grinça, la porte s'ouvrit de moitié,
et, dans l'entrebâillement, apparut la mère de Silvère, une
femme d'âge, à la voix brève, mais au regard indulgent.
Elle ne s'était qu'à moitié revêtue. De sa chemise, serrée
haut sur la poitrine, de ses manches longues, sortaient discrètement des contours d'épaules et des bras, qui ne manquaient pas de dignité dans leur vieillesse ridée.

— Hé là ! ma pauvre fille, qui te dérange pour te mettre
en route à pareille heure ? Ce n'est pas les vivants qui se
promènent la nuit. Faut te rentourner dans ta maison.

La vieille barrait la porte de tout le développement de
ses deux bras, arrêtant Elise sur le seuil.

— Faut te rentourner, ma pauvre fille. Tu as donc l'esprit des revenants?

La lune éclairait la vieille femme en plein visage, et jamais Elise n'avait surpris sur ces traits nobles et bons un tel air de méfiance et de pitié inquiète. Elle en fut si émue qu'à peine eut-elle la force de parler.

— Maman pilote, j'ai besoin d'un conseil et je suis venue le demander à Silvère. Je ne pouvais retarder.

— Silvère est parti, ma fille. Il s'ennuyait de pêcher à la côte. Le bourg n'était pas riant à son gré depuis ton départ ; il a signé son engagement avec le gros Poidevin, sur la *Jeune-Adolphine*. Il allait avec l'idée de te revoir dans les mers d'Écosse. Ça m'a fait bien du détour.

En apprenant l'éloignement de son fiancé, le seul ami qu'elle se connût, le seul être en qui elle pût espérer, la jeune fille eut l'impression d'un néant, où s'effondraient ses dernières espérances. Tout défaillait en elle, ses jambes et son cœur. Elle s'appuya, pour se retenir au montant de la porte, et la vieille, prenant son geste pour un mouvement d'entrée vers l'intérieur, la repoussa doucement d'une façon qui restait ferme, tout en voulant paraître compatissante.

— Faut te rentourner, ma fille.

Et, du haut de la dune, arrivaient les plaintes de Barbet. Il s'était apaisé de lassitude, pendant quelques moments, et reprenait son chant lugubre, attristant le calme de la nuit.

— Tu l'entends, reprit la vieille. Il est possédé. On a mis en terre, depuis deux jours, le capitaine, qui ne doit pas avoir gagné le repos, puisque Barbet pleure si fort sur lui. Faut te rentourner, ma fille.

— Maman pilote, ne me renvoyez pas. Je n'ose pas demeurer à la maison. J'ai revu le père.

Le visage de la vieille se contracta d'un étrange sourire et, fiévreusement, ses lèvres s'agitèrent sous l'effort de sa pensée trop longtemps contenue.

— Ensauve-toi, ma fille. Tu portes le malheur aux autres. Au soir d'hier, Florimond est rentré de campagne. Il a tout conté. Tu l'as ruiné. Ce n'est pas ta faute. Il y a une âme qui souffre dans ta famille. Ça me fait peur pour mon pauvre Silvère.

— Maman pilote, écoutez-moi. J'ai revu le père...

— Ensauve-toi. Tu portes le malheur......

Et la vieille referma rudement sa porte, tandis qu'Elise s'affaissait sur le seuil, seule en ce monde et sous le poids d'un tel destin.

Mais, en même temps, dans le grand silence, retentit la voix de Barbet; elle avait perdu soudain son acuité farouche et lançait des notes vibrantes, d'une mélancolie sereine, une sorte de cri consolateur, de rappel à l'espérance.

— L'âme de son maître est entrée dans le repos, pensa Elise, et se relevant, mue par un indicible pressentiment, elle s'élança vers le cimetière. L'horloge de la tour sonnait minuit.

XII

L'AMITIÉ DU CHIEN

Abandonnée des vivants, Elise allait chez les morts, dont elle enviait la paix dernière. Elle arriva bien avant que les pâleurs de l'aube n'eussent blanchi l'horizon de l'Est. C'était la nuit pleine; mais, à la demi-clarté de la lune, tout s'animait d'une vie mystérieuse, avec des formes indécises et des couleurs blafardes, presque immatérielles.

En gravissant la dune, longtemps Elise avait reporté son regard au delà de la grande mer, sur la place où le bruissement argenté des vagues marque l'Écueil des bancs. Oui, son père est là comme tant d'autres, sous le flot trompeur. En quel point? La place est grande.

A la pensée de faire des pétitions et des démarches auprès de l'administration, Elise éprouvait un trouble singulier, tant les hommes à galons lui inspiraient de crainte. Elle n'était jamais entrée dans un bureau maritime et savait seulement, par ouï-dire, que les messieurs, qu'on y va voir, sont brusques avec le pauvre monde. Que leur récitera-t-elle?

Qu'elle a vu le père en apparition corporelle, pendant la nuit, et qu'elle en a reçu l'ordre de le retrouver, de le rendre au repos de la terre, qu'elle n'est pas assez riche pour faire la dépense, qu'elle vient implorer ceux qui ont le moyen, à ce qu'on raconte, de faire descendre des hommes habillés en masques au fond de la mer, afin de reprendre au sable ce qu'il engloutit.

Mais on demandera le point exact et le père n'a rien dit. On ne peut cependant consentir à fouiller tout le *Vergoyer*. Sûrement, c'est ce qu'on répondra. Si le père veut être retrouvé, faut qu'il explique où il est.

Alors Elise se fatiguait l'esprit à des combinaisons vaines. Il lui prenait la fureur de courir au port, de s'emparer du premier bateau venu, de naviguer seule jusqu'au *Vergoyer*, et, là, d'évoquer son père, de lui demander un signe de sa présence, n'importe, comme elle avait entendu dire, une petite flamme voltigeant à la surface du flot. Mais, à l'idée de voir apparaître cette âme palpitante, elle se reprenait de tremblements.

Était-elle assez malheureuse ? Peut-être la seule du bourg, elle n'avait plus de parents; toutes les autres filles, à sa place, trouveraient assistance près d'un grand-père, ou d'un oncle. Pour elle, personne, sinon le cousin Florimond, qui la maudissait, ou Silvère, son fiancé, qui l'aimait, mais qui n'était pas là pour la secourir.

Et, ne pouvant se confier à nul être en ce monde, elle voulut entrer dans le cimetière pour voir Barbet, pour prier aussi sur la tombe de sa mère, comme au seul refuge de ses douleurs.

La vieille barrait la porte de tout le développement de ses deux bras (page 109)

Elle sentit sa main frémir en soulevant le loquet de la petite porte et fut effrayée du grand silence. La mer était basse et ne trahissait plus son rude labeur par le roulement de son flot. Rien ne bougeait, rien ne rendait le bruit de la vie dans la nature.

Et Barbet n'aboyait plus ; Elise était venue pour répondre à son appel et, lorsqu'elle arrivait, il se taisait, comme s'il se tenait en méfiance, lui aussi, comme s'il se recueillait pour observer la créature profane, qui osait venir, à cette heure, au champ des ombres, troubler la sainteté du souvenir.

Longtemps elle hésita. Elle restait là, les doigts posés sur le loquet, et n'osait regarder devant elle, à travers les barreaux de la porte, ce préau de la mort, où, sous la lune tremblotante, les croix de bois semblaient danser comme dans un ballet macabre.

Si Barbet criait, jappait seulement !

— Barbet !... Barbet !...

Un hurlement répondit, mais plus profond que la nuit, plus mystérieux que l'infini... Oh ! rien que des esprits !

Et, s'abandonnant à son vertige pour fuir cette obsession de choses surnaturelles, Elise courut, courut sans reprendre haleine, vers la campagne, où l'on est sûr, du moins, de rencontrer des choses qui vivent de la vraie vie : des arbres, qui remuent leur feuillage à l'appel de la brise, des bestiaux dormant du vrai sommeil, dans les prairies qui les nourrissent.

Elle courait éperdue, sautant des barrières et des ruisseaux, s'imaginant qu'elle était poursuivie, entendant un frôlement sur ses pas, courant plus vite encore, s'enfonçant

jusqu'au genou dans les prés humides, heureuse de sentir,
de toucher des obstacles, de se heurter à la matière, d'aspirer les fortes senteurs, l'âpre parfum de l'existence. Elle
se jetait au milieu des troupeaux de bœufs, qui, réveillés en
sursaut, ouvraient leurs grands yeux ronds, puis, brusquement, se relevaient sur leurs genoux, s'affrontaient comme
pour repousser une attaque, et, le danger passé, se recou-
chaient lourdement, reprenant leur bon sommeil d'animal,
leur sommeil sans rêve.

Elise retrouvait le calme à ce contact de la nature,
qu'elle n'eût pas imaginée si rassurante et si bonne. Elle
l'avait méconnue, cette campagne, où tout est fait à la taille
de l'homme, où l'on ne peut avancer d'un pas sans rencontrer
un abri, sans approcher de quelque chose qui vous offre un
appui. Ce n'est pas comme sur la mer, où l'on vogue pendant des jours et des nuits, sans rien voir, sans rien toucher,
que le néant de l'infini.

Ah! la bonne odeur des blés mûrs et des houblons
encore verts! le doux miroitement de la lune dans les mares,
qui reflètent les grandes ombres des arbres. Comme on se
roulerait volontiers, là, tout au bord, dans les hautes
herbes.....

Mais, derrière elle, Elise sentit l'inévitable escorte d'un
être, dont elle ne devinait pas la forme et qui s'acharnait à la
poursuivre. Aussi les bêtes avaient l'air drôles quand elle
passait. Elle n'osait se retourner ; elle mourrait de peur, si,
en regardant, elle allait voir ce qu'elle craignait. Elle reprit sa
course follement, pressant sa poitrine de ses deux mains
pour y retenir son dernier souffle. Elle s'excitait de la peur

de s'arrêter et de se retrouver face à face avec son hallu-
cination funèbre.

Elle espérait, pour dissiper son trouble, en la venue de
l'aube; mais les premiers rayons du jour ne pointaient pas
encore, que, depuis longtemps déjà, elle s'était abattue sur le
revers d'un champ, sans souffle, presque résignée.

Elle ferma les yeux et ne put échapper à l'obsession qui
l'avait poursuivie, qu'elle savait à ses côtés, qui la veillait,
qu'elle n'osait braver.

Alors elle se releva, se reprit à courir... Toujours le frôlement à ses talons.....

Elle s'était lancée au travers d'un champ de blé et s'é-
puisait à s'ouvrir un chemin dans cette épaisseur mouvante.
Elle s'excitait de la résistance, s'embarrassait, trébuchait, se
retrouvait debout.

Son sein haletait; des points lui arrêtaient le souffle aux
côtés; des sueurs la glaçaient jusqu'aux nerfs. Soudain elle
frissonna d'une irrésistible hébétude et retomba vaincue,
livrée à son destin.....

Elle se redressa cependant en un suprême élan de
révolte, pour se reprendre à la vie. Elle empoigna les tiges
fiévreusement, s'y enfonça le visage, et, sourde à tous les
bruits pendant un quart d'heure, elle domina son délire...

Et longtemps, longtemps après, terrassée par la fatigue,
rafraîchie par la senteur herbeuse, réconfortée par le goût
nourricier, elle s'endormit du sommeil animal, du bon
sommeil des bêtes. . . . .

. . . .

Le soleil était haut quand elle se réveilla, l'esprit confus

mais tous les membres rompus par cette lassitude salutaire, qui suit les heures de fièvre et marque le retour à
la santé. Ses yeux, barbouillés d'ombre encore, cherchaient
l'éblouissement de la lumière et ses lèvres, pâlies, s'ouvraient à l'haleine pure du souffle matinal. Elle déployait sa
poitrine pour respirer les parfums vivifiants, tandis que ses
bras s'étiraient pour secouer leur engourdissement.

Brusquement elle se recula, prise de soûleur nouvelle,
en sentant courir sur sa main l'âpre contact d'un lèchement
râpeux, humide. Par un mouvement inconscient, elle se
retourna. Alors, voyant et se souvenant, ressaisie par l'effroi,
elle se jeta la tête entre les mains.

Mais, autour d'elle, comme si la possession de son défunt
maître le quittait à l'instant, Barbet se prit à sauter d'une
danse joyeuse. Il bondissait jusqu'aux mains, jusqu'aux joues,
jusqu'au cou d'Elise, et, follement, en une sorte d'ivresse
caressante, de vertige câlin, d'allégresse fidèle, il jappait et
glapissait par petits coups de voix, modulés comme des
serments de tendresse. Il lui disait à la pauvre Elise qu'elle
ne devait pas craindre, qu'elle ne devait pas désespérer,
qu'elle avait un ami, un ami plus vieux qu'elle, mais tout
aussi vaillant, et désireux de la servir.

Ce n'était pas l'ombre de Barbet, c'était Barbet lui-même,
en vrais poils avec des vrais aboiements. Ce n'était plus le
rêve. Tout au bonheur de cette réalité, Elise s'assit, tran-
quillisée par ce secours inattendu, et, serrant Barbet entre
ses bras, elle lui parla d'abord des années écoulées, d'elle-
même, alors qu'il la protégeait toute petite, de Firmin, qu'il
reverrait bientôt sans doute, aussi fier qu'autrefois. Et Barbet

frottait sa grosse tête contre le sein palpitant de son amie
d'élection. Il la contemplait avec un regard obstinément doux;
mais, elle, dans le débordement de son émotion heureuse,
épanchait la ferveur de ses baisers sur le front tiède, sur les
yeux, qui savaient si bien lire dans le grand livre de la nature,
sur le petit museau, dont le flair subtil retrouvait le sens de
tant de secrets mystérieux.

— Barbet, mon vieux Barbet, tu m'avais donc suivie.
Pourquoi ne te faisais-tu pas reconnaître?

. . . .

Oui, Barbet l'avait suivie. Elle seule avait eu le pouvoir
de lui faire oublier son deuil. Il ne manquait pas de gens
dans le bourg qui auraient souhaité le recueillir comme une
succession rare, comme une tradition curieuse. Le jour même
de la mort de son maître, on était venu l'arracher au cer-
cueil; on l'avait emmené, enfermé dans le poste de douane,
dont il avait été l'orgueil pendant tant d'années. Plutôt que
de subir un nouveau servage, il se serait laissé mourir de
faim. Il avait su s'échapper, rejoindre la tombe, où la terre,
fraîchement remuée, lui exhalait le dernier effluve d'une
amitié perdue pour l'éternité.

Là encore, on était venu le chercher. En aucun pays du
monde, les hommes ne consentent volontiers à voir périr
leurs vieux titres de gloire. Barbet était célèbre sur toute la
côte, depuis Dieppe jusqu'à Boulogne; pouvait-on laisser la
renommée du bourg s'en aller avec lui? Mais, lui, sacrifiait
toutes les vanités à son sentiment. Fidèle à la mémoire du
capitaine, il avait résisté à toutes les tentatives qu'on avait
faites pour l'en détacher.

On s'était résigné. On n'avait pas osé l'enlever de force à sa piété posthume et, sur la tombe du maître auquel il ne voulait pas survivre, il attendait la mort, quand l'air lui avait apporté le parfum attristé d'Elise.

Elle arrivait en un douloureux moment sa vieille amie, sa douce Elise. Il la sentait montant la dune, seule, sans protection, sans sympathie. Alors il s'était rappelé de chers souvenirs, comme le capitaine aimait Élise, comme elle avait été généreuse pour ce solitaire, abandonné de tous en une longue maladie qu'amène la vieillesse.

Et Barbet songeait en lui-même que, si son maître pouvait parler encore, il lui dirait d'aimer Elise, de lui rendre en affection fidèle, en appui vigilant, ce qu'elle avait donné en soins bienfaisants. Il avait renoncé à mourir, voulant vivre pour celle à qui son maître l'eût certainement légué, si la mort n'était venue si soudaine. Lorsqu'elle avait appelé, il lui avait répondu, selon le cri de son cœur, avec une émotion longue et profonde ; mais elle n'avait pas compris et s'était enfuie troublée d'épouvante. Il l'avait rejointe, en sautant par-dessus le mur du cimetière, l'avait suivie doucement, redoutant de l'effrayer encore. Et voilà comme ils se trouvaient à présent unis par la mort et pour la vie.

. . . .

— Tu es tout crotté, mon vieux Barbet, dit brusquement Elise entre deux larmes ; nous allons nous laver ensemble. Et elle entraîna son bon ami le chien jusqu'à la mare la plus voisine.

XIII

L'INJUSTICE DES HOMMES

Elise avait réparé le désordre de sa toilette et Barbet
était propre à ravir, lorsqu'ils entrèrent tous deux dans le
bourg. Et cependant, sur leur passage, les bonnes gens s'écar-
taient, les mères se hâtaient de faire rentrer les enfants dans
les maisons. Lorsqu'ils arrivèrent, la jeune fille et le chien,
sur la grande place du port, ils virent des groupes de marins
et de douaniers qui s'animaient à des discussions vives, ils
entendirent des cris de disputes sortant de la taverne aux
matelots.

La voix de Florimond dominait toutes les autres.

— C'est une ensorceleuse. Elle est damnée.

Au même instant, un homme entra en courant dans la
taverne et, tout aussitôt, les matelots apparurent sur le pas
de la porte; Florimond, au milieu d'eux, criait :

— Regarde, Barnabé. Viendras-tu réciter encore que
j'en ai menti. Regarde l'âme du capitaine qui se promène
avec la Lison.

Ils étaient tous là, les matelots du *Bon-Pêcheur*, tous,
sauf les quatre du canot. La veille, ils avaient bu le jour,
marché la nuit, et ils étaient arrivés du matin, par la baie,
à marée basse. De suite, ils avaient appris ce qu'on redisait
dans le bourg, qu'Elise, depuis la mort de son père, était
possédée, qu'elle jetait le mauvais sort, qu'elle serait délivrée, seulement si son père l'était lui-même.

Et c'était la mère pilote qui était la cause de tout ce
bruit. Dès l'aube, elle était venue, de maison en maison,
conter la visite que lui avait faite Elise, à minuit, l'heure des
revenants. De porte en porte, elle allait répétant ses mêmes
plaintes. Si le père Hénin était apparu pour réclamer du
secours, c'est qu'il avait sans doute une faute à expier. Elle
se rappelait, la mère pilote, qu'autrefois, son homme avait
entendu, par une nuit de mars, à l'entour du *Vergoyer*, les
gémissements d'un vieux corsaire de Berck, qui s'était noyé
peu de jours auparavant, sans avoir pu mettre sa conscience
en repos.

Et elle se lamentait d'avoir fiancé son fils à cette fille
de maudit. C'était trop tard pour prévenir la mauvaise
chance, puisque Silvère était sur mer. Elle ne le reverrait
sans doute jamais. Elle avait assez lutté pour l'empêcher de
s'embarquer. Rien ne l'avait retenu. Un si beau gars, et si
bon. Il touchait à ses vingt-quatre ans. Il aurait pu passer
l'examen à Saint-Valery, pour devenir pilote comme l'était
son père. Il n'aurait pas quitté la baie. Mais les jeunesses
ça n'écoute pas la raison.

Et la vieille maman de Silvère pleurait comme si son fils
était désormais perdu pour elle. Elle venait d'achever son

tour de doléances à travers le bourg, lorsqu'elle apparut
sur un des côtés de la place, à l'instant même où Elise arrivait avec Barbet, de l'autre côté.

Du premier regard, Elise avait compris que les matelots
ne lui étaient pas favorables. Ils la fixaient de leurs yeux
méfiants, presque inquiets. Elle ne s'en expliquait guère
la cause. Mais, pour eux, ils ne doutaient plus de la réalité
des apparences. N'était-ce pas vrai tout de même ? La
Lison aurait-elle pu conduire un bateau toute seule, si elle
n'avait été qu'une femme comme toutes les autres ? A coup
sûr elle avait l'âme damnée. C'était bien à cause d'elle que
le canot s'était perdu avec ses hommes. On pouvait en porter
le deuil de tous les quatre.

Cette idée avait pris subitement un tel crédit sur tous les
esprits que la mère de Chrétien, les femmes des deux grands
gars, les enfants du vieux matelot n'avaient osé sortir
qu'en habillements noirs.

En ce moment rien n'eût détruit la légende qui commençait à se propager sur l'influence maligne d'Elise. La
pauvre enfant, en voyant les regards malveillants, qui lui
arrivaient des quatre coins de cette grande place, se sentit
remuée jusqu'à l'âme. C'est alors qu'elle aperçut la mère
pilote ; elle courut vers elle comme pour se réfugier au sein
d'une affection protectrice. La vieille se recula effarée :

— Hélà ! ma fille. Tu as perdu mon fils, ne me perds
pas de même.

Les groupes de marins et de douaniers s'étaient rappro-
chés ; leurs commentaires bruyants, leurs quolibets lancés
à pleine voix, avaient attiré les habitants épars dans les

rues voisines. Tout ce côté de place fut bientôt envahi.
Elise s'arrêta, n'osant plus suivre son chemin. A droite
c'étaient Florimond et les matelots ; en arrière des groupes
non moins hostiles ; à gauche le port et la mer, la mer plus
traîtresse encore que les hommes.

Alors Elise frissonna de la plante des pieds à la racine
des cheveux. Sans en deviner la cause, elle se voyait seule,
non plus abandonnée, mais répudiée, honnie, montrée au
doigt. C'était la revanche de Florimond.

Qui donc pouvait le rendre si haineux le patron ? Il gesti-
culait avec des cris de triomphe. On savait à cette heure
pourquoi il avait manqué sa pêche, perdu sa tessure, ruiné
son bateau. Le plus habile eût-il pu réussir contre les
maléfices d'une ensorceleuse ?

Et, comme pour donner raison à cette accusation, Barbet,
qui se tenait l'oreille basse, la queue entre les jambes, se
ranima soudain. Il fit le tour de la place, flaira les groupes,
revint à Elise avec des glapissements plaintifs, lui témoigna
son dévouement par des léchements et des bonds câlins.
Elise ne se défendait pas. N'ayant qu'un ami, elle se fût
reproché de le décourager dans l'effusion d'une sympathie
si franche et si brave. Elle se prêtait à toutes les caresses,
qu'elle recevait et rendait.

Entraîné par ces façons confiantes, Barbet commença
sa danse folle. Il bondissait de groupe en groupe, grognant
et renâclant ; puis il se rejetait vers Elise, doux et cajoleur.
C'était sa manière de prouver bien haut à tous ces chrétiens
pervers qu'ils ne valaient pas seulement un chien pour
comprendre les tortures d'une âme souffrante. On eût dit

qu'il s'amusait de son propre spectacle et, s'excitant à son jeu, il le répéta cent fois, de plus en plus fébrilement, jusqu'à se contorsionner en sauts de démoniaque.

Des différents côtés de la place partit la même clameur.

— Ils sont possédés tous les deux ; faut les dénoncer.

— Ils feront tomber des maladies sur le bourg.

— Ils naufrageront les bateaux du port.

— Faut les périr.

Et les plus ivres des matelots se concertèrent pour une attaque à coups de pierres. Le premier, Barbet fut atteint. Il vint se réfugier vers Elise et demeura là, sans proférer une plainte ; il relevait et tenait serrée contre sa poitrine une de ses pattes, engourdie par un mauvais coup.

La violence des assaillants s'enhardit de toute la résignation de leurs victimes et les habitants du bourg, stupides, ahuris de craintes superstitieuses, assistaient à cette lapidation, tranquillisés, pour ainsi dire, par le supplice des deux créatures innocentes, dont ils redoutaient des maléfices imaginaires.

Elise pleurait, sans songer seulement à se défendre. Elle aussi se donnait tort, s'accusait de son malheur. Il lui semblait qu'elle expiait son oubli filial, l'abandon que l'apparition de son père lui avait reproché. Elle croyait comprendre enfin ce que lui voulaient tous ces gens amassés autour d'elle : ils la maltraitaient en fille impie, qui n'a pas eu soin de l'âme paternelle.

Mais pourquoi cet acharnement contre elle seule, alors que tant d'autres avaient laissé leurs naufragés en peine sans être seulement inquiétés. Elle les reconnaissait pour la plupart, parmi les plus acharnés : la sœur du boiteux, les fils à l'ami Joseph, la mère au bel Amédée. N'ont-ils pas aussi des morts sur le fond du *Vergoyer*? Ils ne les ont pas fait rechercher, non plus, et cela les empêche-t-il de s'exciter contre elle, comme s'ils avaient la conscience plus pure? Sans doute, leurs défunts n'étaient pas aussi méritants que le père. Pauvre père, il avait tant d'honnêteté. Mais elle saurait bien l'arracher à la peine, dût-elle fouiller toute seule le *Vergoyer,* et, silencieuse, en attendant cette heure de délivrance, elle s'abandonnait à son martyre.

Elle ne put cependant retenir un cri de douleur ; elle venait d'être atteinte d'une pierre au coin de l'œil. Son cri fut suivi d'un hurlement aigu et, du même coup, Barbet, se lançant sur les matelots, mordit l'un des plus furieux. L'homme tomba sous la douleur ; on l'eût cru touché dans sa vie. Vraiment le chien était-il damné et ses morsures donnaient-elles la mort?

Alors ce fut un effarement sur toute la place. Barbet revenait à l'attaque, les dents au vent. Tous les matelots, abandonnant leur camarade, se bousculèrent jusqu'à la taverne et vinrent s'écraser entre les montants de la porte, en dépit des clameurs de Florimond, qui criait pour paraître plus fort :

— Vous sauverez-vous comme des crabes devant un roquet?

Il jeta un coup de pied dans la direction de Barbet, qui se dressa plus menaçant.

— Florimond, ne fais pas le fier. On a mauvais jeu à braver ceux qui ont l'esprit des morts.

Et le douanier, qui, de l'autre côté de la place, venait de
crier cet avertissement, prit sa course en entraînant tous
ses compagnons dans sa déroute. Mais Florimond était un
esprit raisonneur; il ne cédait pas à des imaginations de
revenants :

— Tas de vieilles femmes! attendez au moins de voir
comme on va le renvoyer d'où qu'il vient, le Barbet. S'il a le
diable à la gueule on le lui fera ravaler.

Il se porta de côté et lança sa jambe, pour abattre, d'un
coup de sa forte semelle, ce démon de chien. Un nouveau
hurlement plus pénétrant, d'une longue sonorité rauque
l'arrêta, un hurlement si profond et si creux, que les derniers
assistants s'enfuirent et, gagné par l'irrésistible panique,
Florimond, en trois bonds, vint s'enfermer dans la taverne.

Alors, dans le vide de cette grande place, Elise et Barbet
s'entre-regardèrent, effrayés de leur solitude.

. . . .

Cependant l'homme mordu ne s'était pas relevé. Il n'avait
pas de blessure, mais il était atterré par l'émotion d'avoir
senti dans sa chair le froid des crocs d'un chien d'enfer. Il
restait aplati, à la façon d'un enfant, que la stupeur d'être
tombé retient inerte sur le sol.

Elise vint à lui et, lorsqu'elle l'eut appelé par un léger
tapotement sur l'épaule, il se redressa de ses deux mains,
laissant voir sur son visage contracté les traces de son épouvante.

— Vous, Barnabé? Vous aussi vous aviez pris parti contre
moi?

— C'est la faute à la bistouille, mams'elle Elise. A l'oc-

casion de la rentrée au bourg, on avait son petit verre. Et
les mathurins qui vous embrouillent la cervelle avec des
histoires de vieille nourrice. On ne sait jamais si c'est vrai
tout de même.

Elise ne voulut pas attendre pour connaître ces histoires.
Barnabé mit quelque bonne volonté à les lui raconter. Du
mieux qu'il le put, il essaya de rapporter ce que les commé-
rages de la mère pilote avaient fait naître de médisances soup-
çonneuses, les suppositions injurieuses contre l'âme souffrante du père Hénin, les vagues accusations d'ensorcelle-
ment, de possession surnaturelle.

Mais toutes ces choses étaient fort confuses dans son esprit :
car, de notre temps, de telles idées ne courent plus le monde et
l'on n'est guère familier avec elles. Il se hâta de conclure :

— Je ne m'y démêle guère, mams'elle Elise. Pardonnez-
moi. C'est la faute à la bistouille.

En signe d'oubli, Elise tendit la main à Barnabé, qui ne
s'en trouva pas encore rassuré. Par intervalles, il jetait des
regards inquiets vers la taverne comme vers un refuge désiré.
Elle eut pitié de lui :

— Vous n'avez pas peur de moi, je suppose, Barnabé.
Vous ai-je jamais fait du mal ? Je ne vous en ferai pas davantage.

— Je ne me méfie pas de vous, mams'elle Elise, mais de
Barbet tout de même ; il a la dent mauvaise.

Comme pour répondre, le chien s'était avancé. Il flaira
Barnabé, se refrogna, plissa le nez, dédaigneux, et, se retournant vers Elise, enfonça sa tête sous un pli de jupe.

— Eh bien ! Barbet, je n'aime pas les chiens mal polis.

Elle reprit sa course follement, pressant sa poitrine de ses deux mains (page 114).

Tu ne regagneras pas ainsi la confiance qu'on nous a retirée.

Puis Elise prit, à pleines mains, la bonne face poilue du griffon et l'obligea de japper en manière d'excuse.

— Caressez-le, Barnabé. Lui non plus ne vous fera pas de mal. Il a de l'esprit autant que les hommes, mais il est meilleur qu'eux. Ce n'est pas un vice, je présume.

Et désormais la paix sembla conclue entre Barbet et Barnabé.

Au fond du cœur, le terrien éprouvait un secret ennui de s'être montré lâche sans raisons honnêtes. Depuis qu'il était embarqué sur le *Bon-Pêcheur*, il avait perdu ses façons libres d'autrefois, son éloquence d'apôtre. Florimond l'intimidait. Ce patron, c'est qu'il avait un regard monté si haut sur de larges épaules. On n'était pas fier à le dévisager. Par bonheur, à terre on n'a plus de maître et Barnabé ne réclamait qu'une occasion de se retrouver lui-même :

— Mams'elle Elise, si vous n'en avez pas de mauvais gré, je me remettrai d'amitié avec vous.

— Pourquoi pas? Devrai-je vous garder rancune à cause d'une erreur des autres ? Vous savez bien que je ne porte pas malheur.

— Oui, mams'elle Elise. Tous les contes du diable, dont on vous accuse, je ne m'y fie guère. C'est des histoires pour les nourrissons. Si vous êtes d'accord je vous défendrai contre les mathurins.

Barbet intervint. Il semblait dire qu'il était, lui, le vrai protecteur et qu'il ne laisserait pas à d'autres le soin d'occuper sa place. Mais Elise l'apaisa d'une caresse et, revenant à Barnabé :

— Je ne méprise pas votre aide. Faut que j'aille voir les messieurs de Saint-Valery ; vous me ferez compagnie. Une femme, ça n'ose pas dire et vous, vous êtes parleur.

Alors tous deux convinrent de l'heure du départ. La baie devait être à sec sur le midi. On aurait le temps de l'allée et du retour avant la mer pleine. Ils se disposaient à rentrer chez eux pour se préparer au voyage, lorsque la porte de la taverne se rouvrit.

Un matelot avait entrebâillé le battant, afin d'épier Elise ; il l'avait vue causant avec Barnabé ; le fait l'avait rassuré. Serait-on plus penaud qu'un terrien ? Et il était sorti, ramenant avec lui les camarades.

Lorsqu'ils furent tous certains que Barbet était inoffensif, aussi bien qu'Elise, ils gouaillèrent à la façon des poltrons qui croient sauver leur dignité par des fanfaronnades. Leurs quolibets tombèrent plus drus que leurs pierres tout à l'heure.

— Elle sera bien gardée, la Lison, par deux bonnes gueules, Barbet et Barnabé.

Puis ils jouèrent de cette consonnance et s'en allèrent clamant :

— Barbet, Barnabé, aussi chien l'un que l'autre, Barbet et Barnabé. Deux aboyeurs et deux terriens.

XIV

L'INSCRIPTION MARITIME

Le bourg avait retrouvé son calme coutumier, quand Elise et Barnabé s'engagèrent, pieds nus, sur le sable de la baie.

Barbet les suivait joyeux. Il semblait renaître à quelque nouvelle jeunesse et s'abandonnait à ses gamineries. Il lançait des crabes en l'air d'un coup de museau, levait les vols de mouettes, sautait les ruisseaux, pataugeait dans les mares, s'égayait de cette belle journée de juillet, limpide et sereine au regard.

En l'honneur de sa nouvelle maîtresse, il oubliait ses devoirs quotidiens et se payait une bordée ; tandis que les enfants du bourg, privés de leur surveillant, se disputaient et maraudaient sur le chemin de l'école.

S'il avait pu le voir, son peloton d'élèves, les uns pleurant, les autres roulés dans les ornières, avec leurs casquettes poussiéreuses, leurs tabliers déchirés et leurs paniers chavirés dans le ruisseau, il aurait été fier. Depuis trois jours qu'il avait quitté son service, la route de l'école n'était plus qu'un champ de bataille. On pouvait dorénavant apprécier dans le bourg ce que valait Barbet.

Mais, ce n'était pas l'heure des réflexions sérieuses et Barbet ne songeait qu'à la gaieté ; car il avait surpris, sur le visage de sa maîtresse, le sourire d'un contentement intime.

De fait, Elise trouvait un charme singulier à marcher sur ce chemin, qui la conduisait au bureau maritime. Cela lui semblait un commencement d'exécution dans la tâche réparatrice qu'elle s'était imposée. Elle en éprouvait un soulagement de l'âme, une quiétude de l'esprit, qui la rafraîchissaient dans tout son être.

Elle ne se faisait guère d'illusion sur les mérites de Barnabé, qu'elle jugeait comme un bavard sans grande moralité ; mais elle se trouvait encore heureuse de l'avoir pour guide et surtout pour porte-parole. Toutefois, emporté par son désir de bien faire, il manifestait certaines prétentions inquiétantes :

— Ne craignez rien, mams'elle Elise. Ces marchands d'écritures, à eux tous, ils ne valent pas un marin. Faut leur parler fier. Tant pis s'ils se vengent après sur les timides.

Elise n'espérait pas grand succès des forfanteries de son compagnon. Au long de la route, elle le sermonna et s'efforça de lui expliquer le but de la visite ; elle exigea qu'il redît là, dans l'intimité de la causerie, les propos qu'il comptait tenir. Et, tandis qu'il répétait complaisamment sa leçon, elle le corrigeait et le modérait, à chaque emportement de langage. Lui, revenait sans cesse à sa même idée :

— On perd tout à se laisser traiter comme d'aucuns, avec insolence.

— Écoutez, Barnabé : j'ai l'idée qu'on gagnerait davantage à parler modestement.

— Non, mams'elle Elise, vous me laisserez dire. Faut les gouverner dur, pour les faire virer du bord que l'on veut.

Elise commençait à regretter d'avoir réclamé un tel secours. Ses joues s'étaient empourprées, son cœur battait vite, quand elle pénétra dans le bureau à côté de Barnabé. Elle jeta derrière elle un coup d'œil inquiet, pour s'assurer que Barbet au moins ne l'avait pas abandonnée. Il était là, grave et fidèle.

La pièce, où l'on entrait, ne prenait de jour que par une fenêtre basse, au fond. Elle se séparait en deux, sur toute sa largeur, par une cloison à hauteur d'appui, derrière laquelle une grande table soutenait avec peine des tas énormes de cartons, de livres et de dossiers.

Une atmosphère de cave, une odeur de poussière moisie montaient aux narines, et les murs, rongés de salpêtre, les casiers, noircis d'humidité, donnaient une impression malsaine.

Mais Elise s'était fait une idée trop respectueuse du bureau pour prendre garde à ces vétustés. Elle n'avait pas osé pénétrer trop avant dans la pièce et restait, attentive, sur le pas de la porte, qu'elle maintenait ouverte. Elle tressaillit au son d'une voix revêche, qui semblait sortir de dessous la table :

— Fermerez-vous votre porte ? Vous laissez entrer la chaleur.

Puis, d'un ton plus sourd :

— Ils sont tous aussi bêtes.

Cette apostrophe arrêta Barnabé dans son premier mouvement d'éloquence; il se retourna brusquement vers Élise :

— Parez à rentrer. Vous allez faire tout naufrager.

Timidement, doucement, Elise s'avança, pas trop loin, se réservant juste la place de rabattre la porte derrière son dos. Et Barnabé commença, assez bas, d'une voix un peu tremblante. Les belles phrases sonores, qu'il avait méditées, n'arrivaient que brouillées et confuses à ses lèvres. L'aspect pleutre du bureau, l'odeur âcre qui s'en exhalait, tout ce milieu semblait si peu favorable aux développements d'un discours brillant et pompeux, que le terrien en avait perdu le fil de sa direction oratoire. Faute de mieux, il dit simplement :

— C'est pour la chose de l'âme au bonhomme Hénin.

— Alors c'est l'affaire de l'église. On ne vient pas déranger le commissaire quand on a besoin du curé.

Du coup, Barnabé bégaya :

— C'est que nous venons pour...

— Vous êtes donc deux ensemble. Avancez, l'autre.

Elise approcha jusqu'à la cloison. Derrière les cartons, elle aperçut caché, presque enfoui, un petit bossu qui, le dos tourné, mâchonnait une croûte de pain en lisant son journal.

Elise avait prévu cet accueil impertinent, qui, pour elle, grandissait plutôt le prestige du commis; mais Barnabé se montrait moins accommodant. Il s'était promis d'être glorieux devant Elise et de ne pas se laisser traiter comme un matelot d'occasion. Toutefois, par un reste de respect, que garde le marin envers les gens d'administration, il ne se départit pas

encore de sa première réserve et se contenta de hausser le
ton :

— C'est-il votre affaire, la chose du bonhomme Hénin ?

— Quelle chose ? Expliquez-vous, si vous avez l'intention qu'on vous comprenne.

— La chose de son corps qui revient, parce qu'il est au
fond du *Vergoyer*.

Du pupitre partit un grommellement : Quels idiots !

Alors, Barnabé ne trouva plus une phrase sensée; rien
que des ripostes injurieuses à faire pleuvoir sur cette bosse
insolente :

— Mal d'aplomb...

D'un regard Elise le contint. Appuyée à la cloison, elle
le fixait, à la fois sérieuse et douce, comme si elle voulait
faire passer en lui toute la confiance de son cœur. Dans le mystère du demi-jour, son profil pur, aux lignes un peu graves,
s'adoucissait du charme de la pénombre, s'enveloppait d'une
grâce naïve et d'une suavité délicieuse. Et lui, dominé par
l'expression de cette beauté suppliante, remuait et fouillait
son sac d'idées, sans en trouver aucune, qui lui parût propre
à gagner la faveur du commis.

Singulier commis d'ailleurs, qui se dérobait à la vue des
gens. Ramassé sur son coude, il tendait vers les quémandeurs
sa gibbosité narquoise. C'était son jeu. Ne pouvant en imposer par la taille à tous les gens du port, qui passaient par son
bureau, il avait pris cette habitude d'indifférence méprisante,
se vengeant ainsi de sa disgrâce injuste contre les favorisés
de la nature.

Il avait l'art de déconcerter les matelots, hommes de

franchise par excellence et qui perdent toutes leurs forces,
dès qu'ils ne tiennent plus leur adversaire face à face et les
yeux dans les yeux. Il les obligeait, pour ainsi dire, à parler
à sa bosse et la leur opposait sournoisement, pour les arrêter
ébaubis, dès qu'il les sentait bien engagés dans la marche
de leurs réclamations.

Il la remuait si dextrement qu'Elise elle-même n'en put.
éviter l'attraction irrésistible. Elle avait quitté Barnabé du
regard, pour examiner l'étrange commis, et, retenue par la
crainte autant que par la compassion, elle restait les yeux
fixés sur ce dos pitoyable et menaçant. Elle semblait imaginer que le sort de sa requête était écrit là, sur cette diffor-
mité, aux mouvements sinueux comme un langage indéchif-
frable. Elle essayait d'y lire une bonne réponse.

— C'est-il vous, reprit Barnabé pour la troisième fois...

Il n'acheva pas sa phrase ; il ne tenait plus de l'impatience
de voir au moins le nez de son interlocuteur ; brutalement, il reprit :

— N'y a-t-il pas un autre côté pour vous parler ? Vous
êtes donc de ces bêtes toutes rondes qui n'ont pas de face.

La tête du commis disparut tout entière derrière la bosse,
qui se déploya large et noueuse. En même temps, Barbet, qui
s'était tenu muet et respectueux jusqu'alors, se redressa, les
deux pattes sur l'appui de la cloison. Il venait prendre sa part
au débat et, puisque les intérêts de sa maîtresse étaient en
discussion, il voulait dire qu'il avait bien le droit d'intervenir. Toutefois, il n'eut pas l'air content, non plus, de rencontrer un dos à la place d'un visage, qu'il attendait, et il exprima
sa déconvenue par des aboiements hargneux.

Le commis se retourna d'un seul soubresaut, comme s'il roulait sur l'axe de sa bosse. Il apparut effaré, blême en son long visage osseux, que bourgeonnaient çà et là des taches brunes. Son œil de malade avait l'atonie des regards vides et sa physionomie exprimait plus de tristesse que de méchanceté.

A la vue d'Elise, il parut interdit, se mit debout, rejeta sa croûte de pain, secoua les miettes, restées sur la proéminence de sa déformation thoracique comme sur une table après le repas, remit en ordre ses cheveux, lança un coup d'œil vers un morceau de miroir logé entre deux cartons; il négligea de se plaindre de l'intervention du chien et se présenta avec son sourire le plus complaisant :

— Mademoiselle, je suis tout à vos ordres. Je ne me doutais guère que ce brin de matelot avait si gracieuse compagnie. Les batteurs de pont ne savent jamais s'expliquer.

— Batteur de pont, batteur de bosse aussi...

Et Barnabé allongea la main. Elise l'arrêta. Elle comprenait que tout espoir était perdu pour elle, si elle n'agissait elle-même. Depuis qu'elle était entrée dans le bureau, elle se familiarisait avec l'idée de n'en pas sortir, sans avoir obtenu ce qu'elle venait y chercher. Elle secoua sa mélancolie rêveuse et releva le front, énergique et fière.

Le petit commis s'en émut sous sa bosse. Il frottait nerveusement ses mains maigres, bouletées à toutes les jointures; puis, avec un air d'obséquiosité galante, de sa voix aigre, qu'il essayait d'assouplir à son désir aimable, il renouvela ses offres de service les plus dévoués.

— Vous compromettiez votre affaire à ne pas la plaider
vous-même, mademoiselle. Votre matelot...

— Présent, le matelot, s'écria Barnabé, heureux de
trouver enfin une occasion pour reprendre son tour de
parole. C'est moi qui conterai l'affaire ou personne. Je n'ai
pas le caprice d'être venu comme un mousse pour regarder
la manœuvre.

Et fièrement, il fixait le commis. Il semblait lui jeter son
défi, à ce bossu malplaisant, qui, bâti comme une carcasse
de pigeon, faisait des grâces avec les dames, en se rengor-
geant comme un tourtereau.

Mais le bossu se jouait de malice. Il obliqua de flanc,
en opposant à Barnabé le profil de son dos grotesque, qu'il
agita avec des intentions d'effet comique.

Barbet ne se possédait plus d'impatience. Debout sur son
train d'arrière, il hérissait les mèches de son front et frémissait de la queue, par battements rythmés ou par trémoussis
volubiles, suivant les mouvements de son émotion.

Et, de tout cela, Elise n'attendait rien de bon pour sa
cause :

— Je vous en prie, dit-elle à Barnabé; laissez-moi parler.
C'est moi qui ai vu le père. Je sais mieux ce qu'il a commandé.

Le bossu décocha vers elle une œillade d'intelligence :

— Oui, mademoiselle, parlez. Le son de votre voix me
consolera d'avoir entendu ces aboyeurs.

— Barbet vous gêne-t-il, monsieur? Je le ferai sortir, si
vous désirez.

— Oui, et l'autre chien par derrière...

Il n'avait pas achevé, que Barnabé, saisissant Barbet aux reins, s'efforçait de le hisser par-dessus la cloison :

— Mange la bosse au mahieu ! mords, mords-le !

Mais Barbet se débattait, refusant de se prêter à ces représailles inopportunes. Barnabé le repoussa et, décidé à servir seul sa vengeance, il abattit son poing sur le commis, qui roula en poussant des cris de bête terrassée.

Aussitôt, d'une pièce voisine, sortit un monsieur, boutonné haut dans sa redingote et coiffé de la casquette aux deux galons d'argent. Il était taillé suivant un type, tout pareil à celui qu'Elise avait vu sur le pont du *Bon-Pêcheur,* au Tréport. Le sous-commissaire apparaissait pour sauvegarder la dignité de son bureau.

D'un coup d'œil, il se rendit compte des faits et, raide, voulant éviter toute explication, il jeta ses ordres :

— Monsieur Émile, vous aurez soin de coller une pancarte à la porte : « Les chiens n'entrent pas ici. » Chassez-moi ces gens.

Sans avoir besoin d'en écouter davantage, Barnabé s'enfuit. Mais Elise ne pouvait se résigner à voir ses espérances effondrées à la merci d'une scène burlesque. Elle releva vers le commissaire ses grands yeux noirs, aux reflets d'or, et doucement suppliante :

— Monsieur. J'ai revu le père... Il s'est noyé... C'est au *Vergoyer...* Il veut qu'on le cherche. Vous avez des hommes pour ça, monsieur.

Le bossu criait toujours. Dans sa chute, il avait renversé sa chaise et fort malheureusement engagé sa bosse entre les quatre pieds. Il s'épuisait en efforts inutiles pour se délivrer.

Le sous-commissaire ne fit seulement pas mine de l'avoir vu
en cette détresse :

— Eh bien ! monsieur Émile, qu'attendez-vous pour
chasser ces gens ?

— Vous ne m'écoutez pas, s'écria Élise. Monsieur, j'ai
revu le père. Il ne sait plus dormir dans les fonds d'eau.....

— Sortez...

Et le sous-commissaire désigna si durement la porte,
qu'Elise s'en alla dans le découragement et les larmes. Elle
faillit être renversée sur le seuil par Barbet qui, se précipitant dehors, lui coulait entre les jambes ; elle n'eut même
pas la consolation d'entendre le chef semonçant, à demi-
voix, son commis :

— Je vous en souhaite beaucoup, des leçons comme
celle-là. Je ne vous plains pas. Celui qui sème le vent récolte
la tempête.

XV

PÉTITIONS ET SUPPLIQUES

La nuit suivante, Elise revit son père, et la nuit d'après, et bien d'autres nuits encore.

— Père, lui criait-elle vainement, enseignez-moi la place où vous êtes. J'irai la faire connaître aux messieurs du bureau. Aidez-moi, si vous voulez qu'on vous retrouve.

Et les nuits se passaient, sans qu'elle obtînt de réponse. Par ses regards seuls, tristes, le père se contentait d'exprimer son désir. Jamais il ne parlait et c'était pour Elise un sujet d'obsession chagrine. Elle aussi avait perdu le sommeil, s'épuisait dans l'attente et les veilles. Elle se cachait la tête sous l'oreiller pour échapper à la vision, faisait coucher Barbet à ses pieds, espérait recouvrer un peu de calme, au contact de cette créature amie.

Mais toujours la même fièvre de sa pensée, les mêmes insomnies, qui lui remettaient en mémoire son devoir impossible à satisfaire, le châtiment immérité, les injures dont les hommes la poursuivaient, et toujours Firmin qui ne revenait pas.

A la suite de nombreux échanges de dépêches, on avait enfin appris la vérité sur Firmin et sur le flambart, qui l'avait emporté.

Après avoir tenté sa course dans la direction de son port, le flambart avait dû renoncer à cette espérance. Atteint d'une déchirure à la carène, c'est à peine s'il avait pu gagner un refuge sur la côte d'Écosse. Il n'y avait réussi qu'à force de sacrifices, en jetant à la mer tout ce qui chargeait sa coque : la tessure, les provisions de sel, une bonne partie du gréement. Pour ne pas perdre en plus son canot, il l'avait mis à l'eau et le remorquait sur son arrière.

C'est ce qui avait séduit Firmin. Avec son caractère de révolté, l'enfant n'avait pu se résoudre à ce séjour forcé parmi des étrangers. Certaine nuit, il s'était sauvé, au hasard, presque sans provisions. Il s'était glissé dans le canot et, coupant l'amarre, avait dérivé à l'aventure, on ne sait dans quel espoir. Au jour seulement, les hommes du flambart avait constaté sa fuite.

Depuis lors, on n'avait pas eu d'autres nouvelles de lui. Seul, dans un canot sur une mer inconnue, quelle audace et quelle volonté? Elise, à cette seule pensée, pleurait plus encore par émotion d'orgueil que par désespoir. Elle était fière de savoir son enfant si brave. Comment eût-elle imaginé qu'elle ne devait pas le revoir? Elle l'avait là toujours présent en son cœur ; elle était sûre de le retrouver dès qu'elle aurait racheté sa faute envers le père.

Elle y travaillait d'ailleurs sans relâche. Vingt jours de

La nuit suivante, Elise revit son père (Page 139).

suite, elle s'était obstinée à retourner au bureau de Saint-
Valery. Pendant le peu d'instants, où elle avait entrevu le
sous-commissaire, elle avait cru distinguer, sous un air de
colère apparente, un fond d'indulgence, de douceur généreuse
qu'elle s'était promis d'implorer. Mais elle n'avait encore
rien obtenu.

Les premiers jours, elle s'était heurtée à la rancune du
bossu ; puis, lorsqu'elle eut réussi, à force de patience, à
vaincre cette résistance du premier bureau, à se faire introduire dans le second, auprès du chef, elle rencontra bien
d'autres luttes.

Naïvement elle racontait ses visions, l'apparition de son
père, les ordres qu'elle en avait reçus. Le sous-commissaire,
en l'écoutant, la regardait avec une sorte de suspicion bien-
veillante, comme on regarde les déments. Sans brusquerie,
avec de douces paroles, il l'éconduisait, attentif à ne pas
réveiller en elle les troubles d'esprit, dont il la supposait
atteinte. Puis, elle reparaissait le lendemain, avec ses mêmes
idées fixes, et, lui, la renvoyait encore, la plaignant au fond
du cœur.

Et, chaque jour, ainsi. Le sous-commissaire avait fini par
consigner sa porte. Il retrouvait Elise sur le seuil. Il haus-
sait les épaules, en manière d'apitoiement.

Mais elle s'attachait à lui, l'escortait à travers la ville, le
retenait longtemps à la porte de sa demeure. Il se défendait,
comme il pouvait, d'abord par des réponses évasives, puis
par des impatiences et, finalement, par des refus brutaux et
des bourrades.

Rien ne la déconcertait. Soutenue par l'indomptable

résolution de sa foi, elle avait intéressé le petit commis, qui n'était pas fâché, peut-être, de voir le chef aux prises avec une solliciteuse douée d'un tel entêtement :

— Revenez demain, disait-il chaque soir, après un nouvel insuccès. Revenez toujours. Il finira bien par céder.

Elle revenait. On commençait à la connaître sur la place de Saint-Valery et les oisifs assistaient à son arrivée comme à son départ. C'était tout autour du quartier maritime un mouvement de curiosité importune. Des matelots, au courant du fait, avaient ouvert des paris, à qui des deux, de la fillette ou du commissaire, gagnerait la partie.

Lui, ne se contenait plus. Il avait menacé de faire intervenir les gendarmes, de se protéger par tous les moyens que la loi lui fournirait. Elise n'en prenait que plus d'action à la lutte.

— Revenez demain, lui répétait le bossu.

Elle revenait, s'accoutumant à la traversée, y trouvant une sorte d'activité bienfaisante. Elle ne se lassa pas; mais elle lassa le sous-commissaire, qui, pour se débarrasser d'elle, consentit enfin à diriger les premières démarches.

Il exigea d'abord une pétition au ministre.

Elise savait écrire, mais elle se jugeait l'esprit trop borné pour une affaire de cette importance. Elle s'adressa au maître d'école, qui ne la comprit pas et refusa de parler de visions. Alors elle consulta le brigadier de douanes et elle en obtint, selon son goût, une belle lettre qu'elle porta, tout heureuse. On la refusa. Le ministre rirait bien qu'on vînt lui raconter des histoires de fantômes.

Elle ne voulut pas céder. Elle invoqua l'aide du notaire

qui lui rédigea une supplique en quatre pages de style noble. Elle ne pouvait suivre le sens des grands mots et des phrases pompeuses, qui sonnaient trop haut pour ses oreilles simples ; mais quatre pages, cela disait mieux qu'une et cette fois on n'aurait rien à reprocher.

Réconfortée par cette pensée, Elise allongeait le pas sur le sable de la baie. Elle avait en poche sa nouvelle supplique, proprement enveloppée dans un mouchoir blanc, pour préserver le papier du frottement et des salissures. Par intervalles, elle tâtait du bout des doigts, vérifiant si les quatre pages ne s'étaient pas envolées au vent de la route.

Quatre pages, il n'en fallait pas moins pour rassurer Elise. Certaine du succès, presque fière, elle entra dans le bureau et vint gaiement à son ami le petit bossu :

— J'ai l'idée que votre monsieur sera content.

Elle dénoua le mouchoir, en tira soigneusement la supplique, exigea que le commis lût tout au long. Tandis qu'il parcourait les lignes, elle l'observait anxieusement, afin de juger l'impression qu'il en ressentait. Il dodelinait de la tête et ses yeux, penchés de biais sur le papier, s'éclairaient de reflets qui leur rendaient leur vivacité malicieuse. Elise crut y démêler une sorte d'approbation satisfaite.

— C'est beau, dites?

— Hé non ! Cela fait pitié de vous voir si mal secourue.

Elise arriva découragée près du sous-commissaire, qui prit le papier, l'ouvrit, le retourna.

— Quatre pages, ma fille. Au moins trois de trop. Une demi suffit, pourvu qu'elle soit bonne.

Il tendit le papier à Elise qui n'eut pas la force de

s'en saisir. Il la vit toute pâle et se reprocha d'avoir été brusque ; il reprit sur un ton conciliant.

Savez-vous? les pétitions? c'est comme toutes les prières ; les plus courtes sont les meilleures.

Puis il fit vers la porte un geste d'indication polie, assez discret, mais significatif. Elise ne bougeait pas de sa chaise. Il la regarda, elle était défaillante. Alors il eut un moment d'impatience fébrile et sonna son commis à tour de bras.

— Monsieur Émile, débarrassez-moi de cette fille.

Le petit bossu accourut effaré, à la façon des infirmes. Ses yeux allaient d'Elise au sous-commissaire. Il semblait demander si vraiment c'était lui qu'on appelait pour un tel secours.

— Dépêchez-vous, monsieur Émile, emmenez-la. Rédigez-lui sa demande et qu'on en finisse avec elle.

Alors autant que ses forces débiles l'y aidaient, le petit bossu souleva Elise et l'entraîna dans son bureau. Il lui tamponna le front d'eau fraîche, la ranima par des soins délicats et de douces paroles ; il se faisait complaisant et tendre. On eût dit qu'il était heureux de soutenir une créature plus faible que lui, de trouver enfin une occasion de s'employer à quelque service digne d'un homme.

Puis, lorsque Elise eut repris ses sens, il la fit asseoir à sa table, lui copia un beau modèle sur du grand papier et lui dirigea la main pour l'aider à signer en bonne place.

Il n'était plus si laid ; sa bosse avait des rondeurs innocentes. Il émut Elise, lorsqu'après avoir essuyé ses doigts toujours humides, il prit le papier par les coins, le plia délicatement et mit tant d'application à écrire l'adresse.

A peine eut-elle vu le nom du ministre s'étaler en belles majuscules sur le dos de l'enveloppe, Elise fut prise d'une joie enfantine, d'une expansion heureuse, comme si elle tenait enfin le talisman de sa délivrance :

— Que c'est beau, monsieur Émile. Il n'y en a pas comme vous, j'en suis sûre, pour dessiner si bien les lettres.

Et, sous le charme de cette flatterie, le petit bossu s'épanouit d'aise. Content de lui-même, sifflotant, il tendit sa main noueuse à Elise, qui la reçut affectueusement :

— Revenez demain, mademoiselle; revenez demain.

Elise était revenue, s'imaginant trouver déjà la réponse à sa supplique. Elle ne se doutait guère des lenteurs nécessaires, des formalités prévoyantes qui protègent la marche des procédures administratives.

Elle eut de nouvelles pâleurs et de nouveaux émois, lorsque le sous-commissaire lui décrivit le chemin qu'allait suivre la pétition, passant par le commissaire de la marine à Dunkerque, arrivant au ministère à Paris, puis au préfet maritime à Cherbourg, et chevauchant, peut-être plusieurs fois de suite, entre les trois villes.

Elle sortit plus troublée, plus découragée qu'au temps où sa pétition n'était pas encore écrite.

Si seulement elle avait Silvère près d'elle, elle le prendrait pour compagnon, voyagerait avec lui jusqu'à Paris et ne craindrait.pas alors de parler au ministre; mais Silvère ne rentrait pas.

Il était parti pour une campagne de quatre semaines, et bientôt six s'étaient écoulées. A vrai dire, un bateau est toujours en retard sur l'espérance de ceux qui l'attendent, et

les occasions ne manquent pas de gaspiller le temps au
large. On a vu des patrons rentrer plusieurs mois après
qu'on avait désespéré d'eux.

Plus les jours se passaient dans l'attente vaine, plus les
gens du bourg poursuivaient Elise de leur haine méfiante.
Ils ne l'approchaient plus et c'est à peine si elle obtenait du
boulanger qu'il consentît à lui vendre son pain. Les enfants
s'amusaient de sa détresse, se poussaient, les uns les autres,
contre elle, puis faisaient mine de s'en sauver comme d'une
bête mauvaise. Jadis, ils l'entouraient en d'autres intentions.
C'étaient tous des compagnons de Firmin; elle leur permettait de jouer dans le bateau du père, leur distribuait des
poissons au retour de chaque marée; ils l'aimaient en ce
temps-là. A cause de ce souvenir, elle leur pardonnait; mais
Barbet ne pardonnait pas.

Il avait quitté tout à fait ses anciennes habitudes et
refusait de faire la conduite à l'école. Plaçant plus haut son
devoir, il se réservait tout entier, lui, son temps et sa fidélité,
à sa maîtresse d'adoption.

Ce changement d'attitude faisait naître de nouveaux
griefs contre Elise. Se pouvait-il qu'une fillette osât garder
pour elle seule le chien du bourg? Et Barbet, qui, pendant
trente-cinq ans, n'avait pas failli un seul jour à sa tâche
et qui, maintenant, trahissait tous ses amis d'autrefois, pour
courir derrière les cotterons d'une mendiante. Il maigrissait
à ce régime; c'était mérité.

De fait, malgré son courage au travail, malgré ses pri-
vations pour elle-même, Elise n'avait pas le moyen de conti-
nuer à son chien le régime des soupes grasses. Comme sa

maîtresse, Barbet ne vivait guère que de pain et d'eau. Il ne
se plaignait pas, aimant mieux le cœur satisfait que le ventre.

Toutefois, la misère le rendait plus fier et, la veille, il
n'avait pas su contenir un mouvement de vanité froissée.
Tandis que les enfants se bousculaient, moqueurs, autour
d'Elise, il avait saisi l'un d'entre eux à la gorge et l'avait à
demi étranglé. Jusqu'alors, il s'était contenté d'éloigner les
plus mutins par des faux coups de gueule, en chien de berger.
Mais, ce jour-là, pour en finir d'une fois avec le ridicule de
ces taquineries, il avait mordu sérieusement.

Par une coïncidence fortuite, l'enfant qu'il avait atteint
portait le même prénom que Silvère, et tout le bourg s'en était
épouvanté. Avait-on besoin d'autre signe, pour être sûr désormais que Silvère avait péri victime du mauvais sort? Barbet
révélait à sa façon la vérité. Ce grand Silvère, si bon enfant,
si tendre pour sa mère. Pauvre mère pilote! Elle avait toujours eu la cervelle hantée de chimères et l'émotion des derniers jours l'avait troublée plus que de raison. Elle ne sortait
qu'armée d'une bouteille d'eau bénite, dont elle aspergeait
les routes, pour exorciser les esprits sur son passage.

De tout ce mal, on accusait Elise; mais elle, en dépit du
bourg, uni tout entier pour la condamner, elle ne perdait pas
sa foi dans l'avenir.

XVI

LA JOIE DU RETOUR

Elle eut cependant une heure de défaillance, certain soir, où le *Bon-Pêcheur* reprit la mer, après plus d'un long mois passé sur le quai de radoub. Gréé de neuf, fraîchement paré pour un nouveau voyage, il était revenu depuis trois jours du Tréport et se balançait, amarré à l'estacade, prêt à prendre voile pour la campagne d'automne. C'est la campagne la plus longue ; il espérait réparer avec elle les désastres de celle d'été.

On était à la première quinzaine d'août. La mer s'étendait comme une nappe d'or reflétée d'argent, sous un ciel tout rose, traversé de bandes bleues. Rien n'était beau comme ce grand calme, noyé dans la richesse de la lumière, et le *Bon-Pêcheur* semblait prêt à s'élancer vers des régions de sérénité heureuse. Mais les bandes bleues taquinaient Florimond. Encore des présages inquiétants dans le Nord ? Cependant que faire ? Après tant de semaines perdues, va-t-on

perdre encore des jours. L'année est au mauvais temps. Qui
dit métier de mer dit métier d'aventure.

Et bientôt le *Bon-Pêcheur* se balança, glissant sur cette
eau si tranquille, qu'elle ne semblait pas avoir attendu la nuit
pour s'endormir. Florimond était debout à la barre, toujours
noble dans le déploiement de ses épaules, toujours puissant
dans le cri de ses commandements.

Du haut de la dune, Elise le suivait de son regard navré.
Elle se rappelait le premier départ, si plein d'espérance, et
comme le cousin Florimond était bon pour elle en ce temps-
là. S'il a tant changé, c'est la faute de la mauvaise fortune.
Elle seule a su le rendre injuste. Peut-on être méchant quand
on est si beau?

Puis la nuit vint envelopper de sa paix salutaire les
hommes et les choses. Le *Bon-Pêcheur* resta longtemps
encore dans le chenal. Pas une soufflée de brise ; il suivait
sa route lentement, comme pour marquer à ceux, dont il se
séparait, son souci de les abandonner.

— Il s'en va sans Firmin et sans moi, songeait Elise ; il
s'en va sans nous regretter.

Elle se trompait. Tout en dirigeant sa barre à travers
le chenal, le grand Florimond songeait aussi. Il se disait
qu'il n'aurait plus de prétexte pour excuser un insuccès,
que les côtières de nuées bleues ne promettaient rien de
bon, qu'après tout il avait dû son malheur à la trahison
du temps et non à celle d'Elise. Sincèrement, au fond de
son cœur, il se chagrinait d'avoir été si dur, de n'avoir
même pas donné à cette innocente le pardon de l'adieu. Et,
puisqu'il s'en était avisé trop tard, il s'attristait, perdu dans

son remords, poursuivi par des terreurs vagues, avec cette
foi du marin, qui voit toujours présent le châtiment de sa
faute.

Puis rien, plus rien que la nuit, la nuit sans lune, d'un
bleu sombre, rompu seulement par les feux qui gardent la
baie. Alors un falot s'est allumé à l'avant du *Bon-Pêcheur;*
on le distingue encore, par moments, lorsque le bateau vire
de bord ; puis il disparaît à son tour. Quand elle n'a plus
aperçu le dernier rayon qui vient de s'effacer, Elise s'est
prise à pleurer et le destin lui semble plus sombre, la solitude plus désolante. Désormais, elle va vivre de misère, sans
espoir. Le *Bon-Pêcheur* lui emporte la dernière ressource
sur laquelle elle eût pu compter, sa part de filets.

Ce n'avait pas été difficile à Florimond d'obtenir, près de
l'armateur du flambart, une indemnité sérieuse qui lui avait
permis de racheter, pour ses hommes et pour lui, un gréement complet de tessure. Il avait confisqué à son profit la
part, dont il aurait dû tenir compte à Elise ; il prétendait
se compenser ainsi des dommages, dont il rendait la pauvre
enfant responsable.

Elise ne possédait rien autre en ce monde, si ce n'est sa
chaumière ; mais eût-elle eu le droit de la vendre, elle s'y
serait refusée. C'était la maison des Hénin, bâtie par l'aïeul,
habitée par le père. Elise la destinait à Firmin, le dernier du
nom, à Firmin qu'elle attend et qui ne revient pas.

Seul, sur un canot, à la veille de la tempête, comment
aurait-il résisté, si faible, au flot qui engloutit les plus forts.
Sans doute il a coulé dans un dernier appel à sa sœur, dans
l'effroi du gouffre, où l'on roule pour l'éternité. Si le petit a

rejoint le père, qui donc retient encore Elise sur cette terre de douleurs. Misère! vivre seule toujours, avec la mort au cœur?

Est-ce donc si malaisé de mourir? En quelques secondes, on dévalerait de la dune, on n'aurait plus qu'à courir à la mer, à fermer les yeux, à marcher dans la vague, sans plus songer à rien, jusqu'à l'oubli dernier. Et tous ceux du bourg se réjouiront, et peut-être Florimond pardonnera.

Alors, inconsciente, poussée par le vertige de la mort, Elise s'est élancée du côté où l'appelle le bruit du flot, le bruit qui étourdit la raison. Dans l'égarement de son délire suprême, elle va, luttant contre le sable, où s'enfoncent ses pieds et qui veut la retenir en dépit d'elle-même. A folles enjambées elle a descendu le revers de la dune, franchi la grève. Elle touche enfin le flot, prêt à la recevoir.

Et, puisque la terre ne veut plus d'elle, elle se confie à la mer. Elle oublie les injures de ceux du bourg; elle aurait voulu le leur dire, puis faire ses adieux au petit bossu, à Barnabé lui-même, à la mère pilote surtout, à cette pauvre vieille, qui fait tant de mal aux autres sans le savoir. Encore, elle aurait voulu laisser un vœu suprême pour Florimond, afin qu'il ne la poursuivît pas au delà de la vie. N'avait-elle pas le droit, puisqu'elle mourait innocente, d'obtenir au moins le repos pour sa mémoire?

Elle sent l'eau déjà lui monter aux genoux. Elle va les revoir tous ceux qui l'aiment, le père, et Firmin, et Silvère, et tous ceux du canot, Chrétien, les deux grands gars et le vieux matelot.

Sûrement ils sont tous là, dans ce lit de tempête. Elle les voit, elle leur parle, au milieu des suffoquements de sa poi-

trine, saisie par le frisson humide. Père, Firmin, Silvère,
Chrétien. Ils sont là, sûrement! Elle leur a tendu les bras :

— Père, venez me chercher... Je ne sais plus avancer...
Père, on m'empêche... Je ne puis plus... je ne puis plus !...

En vain, Elise s'efforce d'échapper à la résistance qui
l'arrête. De toute sa violence, elle se jette en avant. Elle est
durement ramenée en arrière.

— On me recroche ma robe. On me retire de vous,
père... Firmin !...

Dans sa marche à reculons, elle trébuche.

— Quittez-moi... le père m'appelle !...

Elle est entraînée... elle s'embarrasse les pieds dans les
plis de jupe... Elle tombe... elle est sur le sable.

— Je ne vous reverrai plus, père, Firmin, Silvère,
Chrétien.

Ne pleurez pas, Elise, ne pleurez pas. Vous allez les revoir
tous, oui tous, Silvère, et le père, et Chrétien, et votre Firmin
tant aimé. Vous allez les revoir, et c'est Barbet qui vous
l'annonce.

Vous l'oubliiez, Elise, votre Barbet fidèle, mais lui ne
vous a pas laissée mourir. Il vous suivait, triste et silencieux à
votre image, respectueux de votre douleur, et seulement lorsqu'il a pu deviner votre résolution, de toutes les forces de sa
gueule, il vous a arrachée au roulis éternel. C'est votre ami
le plus sûr, votre gardien tutélaire ; vous étiez ingrate de
l'avoir oublié.

Ne pleurez plus, Elise ; Barbet saute joyeusement autour
de vous. Ne reconnaissez-vous pas ses façons d'allégresse. Il
vous a déjà consolée ainsi, quand vous étiez tout autant

navrée. Regardez comme il bondit du côté de l'horizon. Il se retourne vers vous, pour vous supplier de l'écouter, de l'entendre. Il bondit encore. Regardez. Là-bas, il vous montre un falot qui s'engage dans le chenal. Elise, hâtez-vous de monter sur la dune, pour mieux voir quel bateau vous annonce ce point qui brille, si petit encore, comme une étoile messagère. Barbet vous le dit. Quittez vos songes et veuillez enfin l'écouter. Deux jappements, c'est la *Jeune-Adolphine,* le sloop au gros Poidevin.

— Dis-tu vrai, Barbet? C'est bien vrai, vrai, le sloop au gros Poidevin.

Oui, c'est vrai, bien vrai. Voyez plutôt Barbet; il recommence sa danse folle, qu'il interrompt de jappements toujours criés deux à deux. Ne doutez plus; c'est le sloop au gros Poidevin. Il vous ramène Silvère, le premier de ceux que vous attendez; il rentre et veut montrer la route aux autres.

— Oh! merci, Barbet. Je les retrouverai tous et je retrouverai le père.

. . . .

Elise attendit longtemps. Le falot grossissait à peine; la marche du bateau, qu'il annonçait, était si lente, qu'on ne pouvait prévoir l'entrée au port avant le délai d'une heure. Une heure est souvent plus longue qu'une année pour ceux qui espèrent.

— Viens, mon Barbet; vite. Nous le reverrons à l'accostage. La mère pilote va en recouvrer la raison. Faut aller lui conter la nouvelle. Vite, mon Barbet.

Elise eut bientôt traversé le bourg et gagné la maisonnette enfouie dans les grands arbres, au bord du ruisseau. Elle cogna avec toute la vivacité de sa joie :

— Maman pilote, je viens vous quérir pour voir Silvère.

— Qui est là?

— Moi, votre Lise. Maman pilote, Silvère rentre à cette heure.

— Va-t'en. Mon pauvre Silvère n'est plus vivant. C'est des troubles qui t'actionnent pendant la nuit.

— Ouvrez, maman pilote. J'ai vu le falot de la *Jeune-Adolphine* Elle touchera le quai dans une heure.

— Va-t'en. N'apporte pas le mal à nos maisons.

— Non, je ne donne plus le mauvais sort, puisque Silvère n'est pas naufragé. Je n'ai jamais chagriné personne.

— Va-t'en. C'est des troubles. Tu n'as pu rien connaître au falot. Tous les bateaux l'ont pareil.

— Ce n'est pas moi qui ai reconnu. C'est Barbet. Vous savez bien qu'il est plus voyant que nous autres.

— Barbet est damné comme toi. Partez-vous-en.

— Ouvrez, maman pilote. Il court bien trop de peine dans le bourg, pour que j'aie l'idée d'en occasionner davantage. Ouvrez. Vous consulterez Barbet.

— C'est tout de même. Je n'ai pas de goût qu'on me visite au soir. Ça ne dit rien de régalant.

— Ouvrez. Puisque Silvère revient, pourquoi me craignez-vous encore? Allons, Barbet, fais le signe à la mère pilote.

Comme s'il eût compris tout cet échange de paroles, le chien fit entendre les deux jappements bien connus de tout le bourg, pour annoncer le sloop du Poidevin.

Elle va les revoir... Sûrement ils sont tous là, dans ce lit de tempête (page 151).

— L'entendez-vous, maman pilote ? Lui ne s'est jamais trompé.

La vieille avait repris quelque assurance. Elle n'ouvrit pas encore sa porte ; mais, au travers du panneau, le son de sa voix arriva plus franc et plus clair :

— C'est-il sûr que ce n'est pas des imaginations ?

Barbet renouvela son témoignage.

— Alors, si c'est vrai, espère un peu, la fille.

Elise entendit se mouvoir tout un appareil de défense intérieure, des planches, des chaînes et des verrous. Barbet ne jappait plus ; il aboyait en s'élançant contre la porte, qui résonnait sous le choc de ses bonds joyeux et qui s'entr'ouvrit enfin. Il se glissa par l'entrebâillement, pour annoncer à sa manière, par des sauts et des pirouettes, la bonne nouvelle à la vieille femme.

— Hélà ! ma fille, tiens ton chien. Il va me chavirer mon pot bénit.

Elise essaya d'entrer. La porte résistait moitié fermée.

— Espère. Rappelle ton chien.

— Reviens, mon vieux Barbet. Ce n'est pas la raison d'ennuyer le monde, parce qu'on est content. Reviens...

Elle fut interrompue par des volées d'eau qui lui arrivaient au visage et la suffoquaient, tandis que Barbet, aspergé en plein mufle, se reculait avec un reniflement comique.

La porte s'ouvrit de toute sa largeur. Et le chien fêta si bien la vieille, la bouscula si fort sous ses caresses, qu'elle en laissa tomber son pot d'eau bénite, un vieux pichet d'étain, qui vint s'écraser tout bossué sur le carreau.

— Hélà, ma fille ! Par bonheur, je n'en ai plus de besoin. De l'heure que l'eau ne t'a pas brûlée, tu n'es pas damnée. C'était des menteries. Il y a des méchants qui se gaudissent de te nuire. Va, Silvère leur fera chanter d'une autre chanson.

En hâte la vieille quitta sa jupe sombre, courut à son armoire, tira ses vêtements les plus bariolés, tout son costume des jours heureux, le cotteron rouge, le corsage gros vert et le serre-tête à fleurs bleues. Tout en s'habillant, elle jasait, sans compter ses paroles :

— Ils feront la mine longue, ceux du bourg. Faudra bien qu'ils t'en demandent des excuses. C'est des épeurés. Avec leurs idées du diable, ils m'avaient mis la cervelle sens devant derrière. Tu n'en conteras rien à Silvère ; il me dirait de mauvaises raisons.

— Oh ! non, maman pilote. Silvère est trop pieux pour vous dire de vilains reproches. Voudrais-je jamais que ce fût à cause de moi ?

La vieille fut bientôt parée. Dans sa hâte, elle avait noué son serre-tête de travers, enroulé son fichu comme un torchon, relevé les basques de son corsage dans sa ceinture. Doucement, en fille délicate, avec une sorte de respect attendri, Elise rassujettit le bonnet, étala la pointe du fichu, rabattit les basques.

— Maman pilote. Faut être belle pour que le fils soit fière de vous revoir. Il va vous regarder d'aise.

Et l'on sortit. On dut crier la nouvelle à chaque maison, prévenir les femmes de tous les marins que ramenait la *Jeune-Adolphine*.

Et, se recrutant partout des mères, des épouses, des filles, la compagnie se trouva nombreuse sur la route du port ; Barbet en avant, sautant, aboyant, faisant des grâces à la façon d'un ménétrier en tête d'un cortège de mariés.

Depuis longtemps Elise n'avait connu tant de bonheur. On ne la craignait plus dans le bourg. La mère pilote l'avait accueillie comme une fille et les femmes lui parlaient avec complaisance.

Lorsqu'elles arrivèrent sur l'estacade, le falot brillait tout proche, à l'extrémité du chenal, presque à l'ouvert du port. C'était bien lui, le falot du Poidevin ; il était hissé tout en haut du grand mât ; sous sa lueur, dans l'ombre de la nuit, les voiles blanches dessinaient la forme de la *Jeune-Adolphine*. Deux longs jappements l'annoncèrent.

— Ho ! du Poidevin, clamèrent toutes les femmes ensemble, entraînées par un même élan d'irrésistible émotion.

— Route au port ! répétèrent vingt voix dans la nuit, vingt voix aux sonorités franches, aux timbres connus.

Et lorsque le sloop vint à passer sous les feux de l'estacade, lorsque les jets de lumière rouge, inondant le pont, eurent dessiné la masse du Poidevin à la barre et les silhouettes élancées des matelots aux manœuvres, ce furent, parmi les femmes, des cris d'allégresse, des sanglots de joie, et la mère pilote, attirant Elise sous ses lèvres, la retint longtemps embrassée. Elle avait reconnu Silvère.

XVII

SUR LE VERGOYER

Il revenait riche, pour quelque temps du moins, le grand Silvère ; car la *Jeune-Adolphine* avait fait un beau début de campagne. Elle était si lourde de son chargement de poisson, qu'à peine avait-elle pu se traîner jusqu'au marché de Dieppe, plus avantageux que celui de Boulogne. C'est ainsi qu'elle se trouvait gagnée de retard. Mais, la pêche vendue, on était copieusement payé de ses peines.

Avant de reprendre la route du Nord, pour le second voyage, on venait passer une semaine près des mères, des femmes et des filles, près de celles qui défilent lentement, jour par jour, comme un chapelet de douleurs, les longs mois d'absence.

Le lendemain du retour, Silvère ne quitta pas Elise. Tout le jour, pour le plaisir de se retrouver ensemble, ils se promenèrent sur la dune, heureux d'échanger enfin des confidences trop lourdes pour leur cœur. Discrètement, elle lui apprit la persécution dont elle avait été l'objet, et se tut sur le rôle de la mère pilote ; mais il avait su la vérité d'autre part. Elise ne lui semblait que plus touchante et plus digne d'être aimée.

— Lise. Je ne ferai pas le second voyage. Je n'aurais pas le courage de vous laisser seule au bourg. Vous avez des façons si parlantes. Il n'y en a pas une pour avoir le cœur dans les yeux comme vous. Dès que vous avez été partie, je n'y tenais plus de vous rejoindre. Je vous ai souvent cherchée dans les mers du Nord et je ne dormais guère, pour mieux fouiller les quatre coins de l'horizon.

— Merci. Vous êtes bon de m'avoir aimée. Moi aussi, je vous ai souvent appelé quand vous étiez loin.

— Marions-nous, Lise. Je ne quitterai plus le bourg. Notre mère pilote en sera tout aise.

— Écoutez, Silvère, tant que je n'aurai pas retrouvé le père, je risquerais d'amener le chagrin entre nous. Plus tard, je serai heureuse de vous être unie, pour vous soigner, vous reconnaître du bien que vous m'avez fait. Vous êtes le seul à ne pas m'avoir abandonnée.

— Mais si le père ne revient jamais, ne pourrons-nous pas nous épouser tout de même. Voudrait-il faire ce tort à son enfant ?

— Cherchons-le. Je ne supporte plus l'imagination de le savoir roulé sans miséricorde. Si vous l'aviez vu comme moi, vous m'aideriez à l'arracher aux mauvais fonds.

— Ce n'est pas la volonté, c'est le moyen qui nous manque..... Quoi donc ? Vous vient-il du mal, Lise, pour trembler comme ça ?

— Ne voyez-vous pas l'homme qui nous regarde? Il est caché dans le *Creux aux corneilles.*

Le *Creux aux corneilles* n'est qu'un grand trou pratiqué dans le sable par les chasseurs qui s'y couchent pour attendre au passage les oiseaux voyageurs. Aux premiers jours de l'automne, il sert d'embuscade contre les corneilles grises du Nord, qui passent sur le bourg, lors de leur descente vers les pays les moins âpres. C'est d'elles qu'il a pris son nom.

Avant qu'Elise et Silvère ne s'en fussent approchés, une silhouette en sortit, ramassée sur elle-même, rampante en ses formes trapues, s'effaçant comme pour échapper aux regards qui la poursuivaient.

— Quoi cherchait-il là, ce Barnabé? Il ne peut cependant trouver grand'chose à méfaire dans ces parages de sable. Ho! du Barnabé!

Le terrien demeura sourd à l'appel et, détalant au plus vite, disparut bientôt derrière les vallonnements de la dune.

— On aime mieux voir ses talons que son nez. Elise! Il ne vous a pas fait de nuisance au moins pendant mon absence.

— Tout au contraire, il a été meilleur que les autres; mais c'est votre venue qui le dérange. Depuis le matin, je rencontre partout ses yeux qui me bravent.

Et Elise s'appuya plus pressante et plus craintive sur son fiancé. Il la tenait par la main; sous cette étreinte tiède, elle sentait une ferveur caressante lui réchauffer le cœur.

— Silvère, jamais je n'ai trouvé si bon goût à la douceur d'être aimée.

Elle élevait son regard tranquille et doux vers son fiancé, à la taille si haute qu'il lui semblait le soutien désiré, le refuge attendu :

— Je me sens fière à présent. On est faible à lutter seule.

— Lise, la Lise aimée, mes deux bras, toutes mes forces sont à vous pour la vie, pour le bonheur de vous aider...

Il s'arrêta. Elise était reprise de tressaillements :

— Silvère, regardez, là, derrière nous. Il me cherche encore. Ses yeux ont l'air méchant.

— Qui ? le Barnabé toujours. Attendez-moi. Je vais m'aviser de vous en délivrer.

— Oh non ! ne me laissez pas seule. Je n'ai de joie qu'à me savoir près de vous.

— Écoutez, Lise : ce n'est pas galant d'être dévisagé par des mauvais regards, j'en débarrasserai le chemin.

Silvère s'élança dans la direction de Barnabé, qui s'enfuit devant cette démonstration, en grommelant des menaces.

Ce n'était pas le premier jour où Barnabé poursuivait Elise ; mais elle n'en voulait rien dire, de peur de susciter entre Silvère et lui une inimitié, qu'elle redoutait. Toutefois elle ne put résister aux insistances de son fiancé ; elle lui laissa entrevoir un petit coin de la vérité.

Après la première visite au bureau de Saint-Valery, le terrien était rentré tout faraud au bourg. Il avait rempli l'auberge de ses criarderies, proclamant la belle manière dont il avait châtié l'insolence du petit bossu, jurant de retourner, dès le lendemain, manger le nez du sous-commissaire. Il avait donc voulu accompagner Elise pour la seconde visite ; mais elle s'y était refusée, jugeant dangereux ce plaideur qui

gâtait les meilleures causes par ses propos rogues. Il s'était
fâché, poursuivant Elise, prétendant lui servir de champion
en dépit d'elle-même, lui faire rendre raison malgré elle
et malgré tous. Elle avait dû lutter, le repousser. Il l'avait
accompagnée jusqu'à Saint-Valery ; seul un reste de crainte
l'avait retenu en dehors du bureau. Il était revenu, dans
les mêmes intentions, plusieurs jours de suite ; puis il s'était
lassé et, pour se venger de ce dédain, avait repris rang parmi
les ennemis de la jeune fille.

Ce n'était pas tout ce qui l'y entraînait ; mais Elise n'eût
pas jugé digne d'elle-même d'en faire la confidence à son
fiancé.

Ce Barnabé, avait-il le cœur assez mal placé ! Lors de la
traversée pour la première visite, il n'avait pu se retenir de
faire paraître ses projets disgracieux. Si on retrouvait le père
avec l'argent en poche, Elise serait riche et il lui avait offert
de l'épouser. La croyait-il donc capable de ne pas rester
fidèle à la parole promise ? En ce temps-là on croyait Silvère
perdu ; mais, pour elle, il aurait vécu toujours ; elle ne
l'aurait pas trahi mort, plus qu'elle ne saurait le trahir
vivant.

Tout attendrie de ses propres pensées, elle souriait au
grand ami, dans la pleine confiance de son cœur :

— Silvère, je suis heureuse. Nous allons travailler
à retrouver le père. Menez-moi dans votre canot sur le
Vergoyer. J'imagine que nous reconnaîtrons la place. Ce
sera plus engageant pour demander du secours à Saint-
Valery.

.   .   .   .

Et, le lendemain, bien avant le lever de l'aube, ils s'embarquèrent tous trois, les deux fiancés et Barbet. La brise, qui s'était levée avec le jour, les poussait allègrement. La lame était douce et la course rapide. En une demi-heure, ils eurent gagné la haute mer. Alors, devant eux, au large, ils reconnurent à la surface, scintillant sous le soleil levant, la place qui cachait, comme sous un sourire de l'eau, le gouffre perfide.

Pénétrée d'une mystérieuse émotion, Elise se rapprocha de Silvère. Elle éprouvait une invincible attirance, un charme pénétrant, à vivre de cette vie nouvelle, à la fois protectrice et caressante. Ce grand Silvère, si faible en sa tendresse, elle l'aimait, le respectait, pour la foi qu'il avait en elle.

— Silvère, j'ai l'idée que nous retrouverons le père et qu'il nous commandera de nous marier.

On approchait du *Vergoyer*. Le miroitement du soleil refléchissait des éclairs aveuglants ; un grondement sourd sortait des profondeurs de la mer, effrayant, comme tous les bruits dont on ne perçoit pas la cause. Le canot engagé dans l'aire du gouffre commençait à résonner sous le battement du flot.

Cependant vint le moment de faire l'estime des fonds.

Elise saisit la sonde ; puis elle alla se pencher par-dessus le bord, vers le mufle. Elle fit tournoyer le plomb au bout du fil et, d'un coup sec, le lança, au plus loin en avant dans la mer. Et lorsque le canot, poursuivant sa course, passa sur l'endroit où le plomb touchait à fond d'eau, Elise raidit le fil, et, le halant à bord, vérifia le nombre de brasses qui avaient plongé.

— Dix brasses, Silvère. Nous sommes sur le haut du bas ; le père a naufragé dans le creux.

De brasse en brasse, il fallut sonder pour trouver la plus grande profondeur. Silvère observait la surface. Sur les points où la lame lui semblait moins dure, il supposait la hauteur d'eau plus grande et portait là ; mais c'était une surprise. Sept brasses seulement.

De nouveau le canot virait. Misère ! plus que cinq brasses ! et l'on changeait encore de direction. Douze brasses enfin... dix-huit... vingt-deux... Portez droit... Nous approchons... Misère ! le fond se relève... Neuf brasses seulement... Et longtemps, longtemps ils cherchèrent le creux le plus profond, le creux de soixante brasses au moins.

— Lise, l'heure passe. Il ne faut pas nous attarder, si nous prétendons rentrer avec la marée de jour. Nous n'aurons pas la brise pour nous au retour. On reviendra demain. On aura consulté les plus avisés du bourg.

— Essayons encore, Silvère. Peut-être lasserons-nous la malechance. On ne cherche pas toujours, sans que rien se trouve.

Et, dix fois, Elise renouvela vainement l'épreuve de la sonde.

— Assez, Lise. Virons. La marée baisse. Nous ne retrouverons pas d'eau pour regagner le port.

— Pour lors, attendons le soir. Sans doute en appelant le père, il se fera reconnaître. Avec vous je n'ai plus peur.

— Non, c'est des mauvais parages pour les voyages de nuit. Un coup de nord-ouest et le canot danserait, quille au vent. Nous...

Il eut la parole coupée par un aboiement.

Barbet s'était redressé, les pattes appuyées au plat-bord, les oreilles droites, les narines largement ouvertes.

Elise se rejeta sur l'arrière et, tout émue, palpitante, se recogna sous la protection de Silvère. Tous deux se taisaient, le cœur occupé par l'attente, et le canot continuait sa route, sans qu'ils songeassent maintenant à virer vers le port. Appuyés l'un à l'autre, immobiles, ils semblaient unis par un même sentiment de tendresse confiante et d'intimité familiale.

— Silvère... Elise...

En même temps un grognement aigre, violent, les interrompit.

— C'est là qu'est le boiteux, sans doute. Vous savez, Silvère, le petit roux, qui faisait tant de mal dans le bourg. Vous souvenez-vous comme Barbet aboyait après lui ? C'était de même, tout à l'heure.

Le canot cinglait toujours ; Barbet jappa cinq fois. Elise cacha sa tête contre la poitrine de Silvère et, tout bas, elle murmura :

— C'est la chaloupe à l'ami Joseph. Ils sont tous là, donc ?

— Oui. C'est pour sûr le bas de la côte. On y dévale, quand on chavire en haut.

— Oh ! Silvère, entendez-vous encore Barbet ? Nous sommes sur le *Fond des naufragés*.

Huit jappements. Le sloop au bel Amédée. Ils sont tous là. Combien aussi de Berck et de Cayeux, que Barbet ne reconnaît pas.

— Entendez-vous ?... Trois fois... Est-ce bien sûr ? Trois fois seulement..... Trois fois..... C'est le père ! Et tandis que Silvère abattait la voile pour arrêter le canot, Elise appelait :

— Père, êtes-vous là ? Me pardonnerez-vous, puisque je vous ai retrouvé. Père, êtes-vous là ?

Au même moment, l'ancre fila, et tant que le canot se tint en panne, en cet endroit, Barbet recommença son témoignage fidèle : trois jappements. C'est la barque du père et de ses six compagnons.

Elise reprit la sonde, la laissa glisser sous le flot. Quand elle la sentit à fond, elle fut secouée d'un frisson involontaire. Lentement, elle releva le fil, tira le plomb à bord, le souleva délicatement. Enduit de suif, à sa surface inférieure, il ramenait une couche légère de sable fin. Elle le contempla, longuement recueillie.

Silvère n'osait arracher Elise à cette exaltation pieuse. Le grand soleil de midi répandait la splendeur de sa lumière, et, sous ces rayons éclatants, qui l'enveloppaient tout entière, la jeune fille semblait s'épanouir et se vivifier d'une force inconnue.

— Lise, larguons la bouée. Si nous ne partons sur l'heure, nous trouverons la baie tout au sec.

Rappelée à la réalité, Elise se hâta de mesurer la hauteur de fil plongé :

— Soixante brasses, sur du sable fin. C'est bien le fond dont parlent les anciens, le *Fond des naufragés*. Père, si vraiment vous êtes là, me pardonnez-vous ?

En cet instant, Barbet jeta trois notes vives, trois notes heureuses; puis il entonna un aboiement d'allégresse. Il rendait réponse à Elise. Il annonçait le pardon du père, la fin de toutes les misères, la joie de vivre désormais dans la santé du corps et la paix de l'esprit.

Alors, oubliant les jours mauvais pour de nouvelles espérances, Elise revint s'asseoir près de son fiancé et lui offrit sa main.

— Silvère, le père me donne à vous. Vous seul ne m'avez pas rebutée. Je n'ai plus peur d'être aimée.

XVIII

DE CANOT A CANOT

Après une dernière pensée consacrée au souvenir, ils quittèrent le *Fond des naufragés*. A la place indiquée par Barbet, Silvère avait abandonné l'ancre, amarrée d'un flotteur, comme point de remarque, en vue des démarches futures. Enfin le canot vira du côté du port. Mais il avait le vent debout ; il avançait si lentement, qu'il dut bientôt renoncer à profiter de la marée de jour.

Elise s'était rendu compte de ce contre-temps, sans avoir besoin que Silvère le lui annonçât. Que lui importait ? Elle avait retrouvé sa confiance en l'avenir et s'y abandonnait sans réserve, dans toute la révolte de ses souffrances passées. Penchée vers Silvère, elle exprimait, par l'ardeur de son regard, un tel désir reconnaissant, que le jeune homme ne put contenir son émotion :

— Elise, vous savez bien que je donnerais à bon cœur ma vie pour vous. De cette heure, nous n'allons plus connaître le chagrin à nous deux.

Il était heureux, car il la sentait confiante et la ramenait au port (page 174).

— Qu'annonce encore Barbet ? Est-ce après ce mauvais canot qu'il en a si fort ?

— Oui, là-bas, la voile brune, qui nage dans notre sillage.

— On imaginerait qu'elle nous suit bordée pour bordée ; je veux en faire l'épreuve.

— Silvère, ne nous gênons pas des autres, quand nous n'avons pas à leur faire service. Ne faut-il pas laisser à chacun sa guise.

Silvère s'entêta, changea l'allure de sa course, vira de fantaisie, lofa de caprice, porta sur le canot, et celui-ci rendit manœuvre pour manœuvre.

La chasse dura cinq heures. On se maintenait au large, en attendant la marée, pour caboter plus à l'aise que dans le chenal, et, quelque direction que prît Silvère, sans cesse, il voyait derrière lui, couchée pareillement sous le vent, la petite voile brune, qui courait dans les mêmes eaux. Cela devenait irritant. Silvère ne quittait pas du regard cette ennemie inconnue. Mais, quoi qu'il tentât pour la rejoindre, toujours la voile brune lui échappait, sans qu'il réussît à la reconnaître :

— Ce n'est pas du bourg. Sans doute un canot de Cayeux. Parbleu, nous n'avions donc pas l'œil ouvert. Avec son mât trop court, je le devine. C'est le *Marie-Albert* de Saint-Valery, le canot de l'oncle au Barnabé. Ils sont deux à bord ; j'imagine qu'il en est un, le mauvais terrien.

Alors Elise fut reprise de pénibles pressentiments. N'aurait-elle jamais un quart d'heure de joie, qui ne fût traversé par des instants de crainte. Que pouvait-il désirer, ce

Barnabé, qui s'attachait à elle, comme si elle lui appartenait?

— Je le rattraperai, s'écria tout d'un coup Silvère. Nous chavirerons ou j'en aurai mon contentement.

Il mit le cap sur la voile.

— Je vous en supplie, Silvère ; renoncez à cet abordage inutile. Lorsque nous aurons rejoint Barnabé, que lui opposerons-nous? Le mal vient assez vite sans aller nous mettre sur sa route.

— Lise, puisque nous avons un temps de loisir, employons-le à bien faire. Attention à la toile. Bordez sur tribord.

Tendu sur sa barre, Silvère n'écoutait, ne parlait que pour les commandements. Et les manœuvres changeaient si vite, qu'on en recevait des chocs et des secousses à culbuter. On gagnait de vitesse sur la voile, par des bordées habiles, en la chassant au travers. Elle reprenait aussitôt son avance et les esprits s'animaient si bien, l'un à diriger la fuite, l'autre la poursuite, qu'ils ne songeaient plus seulement à surveiller leur course. C'est miracle, si vingt fois, ils n'échouèrent pas sur les bancs.

Un instant, les deux embarcations furent si proches que les hommes se dévisagèrent et, presque sans raison, excités par l'échange de leurs regards méfiants, se lancèrent à la face une envolée d'injures :

— Grand balandeur. Tu ne l'auras pas à bon gré la Lison. Je viendrai te la recrocher, à la demande qu'elle te suivra.

— Avise-t'en. On te coupera les grappins.

L'oncle de Barnabé, un vieux au nez grognon, se refrognait muet en sa mauvaise humeur. Elise intervint suppliante :

— Je vous en prie, Silvère ; laissons les autres tranquilles, si nous voulons qu'on nous donne aussi notre repos.

— Non. Je secouerai les poils à ce mauvais chien-là. Quoi
nous veut-il, de nous flairer de son museau disgracieux? A
tribord... à bâbord...

Et, sous le ballottement des ordres, on courait dans un
secouement continu. Tout à coup, Elise jeta un appel de
détresse :

— Silvère! Nous sommes revenus au *Vergoyer!*

Silvère n'entendait plus. Il ne savait pas ce qu'il risquait,
où il allait. Il ne voyait rien qu'une voile brune, qui lui échappait sans cesse et qu'il s'était juré d'atteindre, dût-il la
poursuivre jusque vers les côtes d'Angleterre.

Chaque seconde amenait de nouveaux virements et de
nouvelles secousses et, sur le flot du *Vergoyer*, les deux
canots ricochaient en bonds désordonnés.

— Nous l'attraperons, Lise... A bâbord.

— Silvère, n'allez pas gagner de la peine. Voilà notre
bouée. Nous revenons au *Fond des naufragés*.

— Taisons-nous. A bavarder on gâche sa besogne...
Nous perdons de l'avance... à bâbo... Lise... à bâ... Lise...
Lise.

— Qui vous donne à pâlir ainsi? Vous me faites peur.

— Lise... Lise...

— Assez, Silvère ; nous risquons la mort à chaque changement de bord. Attendrons-nous que le *Vergoyer* nous
dévore à notre tour? C'est une pitié de vous voir si blême.
Parlez-moi. Quittons la chasse; je vous le demande par
amitié.

— Lise...

— Souffrez-vous enfin?... Répondez-moi... Est-ce d'un choc? Si nous ne sortons du gouffre, nous y chavirerons pour sûr.

— Lise... la... la...

— Dites vite. Vous me martyrisez d'anxiété.

— La... la voile...

— Misère, est-ce possible? D'où qu'elle a viré donc?... On ne la voit plus... Ho! du Barnabé!...

En vain Elise appelle, appelle encore; Barnabé ne lui répondra pas. En la minute où elle l'a perdu de vue, il a pris une bordée en désaccord avec la lame et s'est laissé retourner si facilement, qu'il a semblé consentir.

Ce pauvre Barnabé, n'eût-il pas mieux agi de se rembarquer sur le *Bon-Pêcheur*? Mais, à l'idée de se retrouver face à face avec Florimond, pendant de longues semaines, entre deux planches, sans pouvoir jamais fuir, il avait souhaité rompre son engagement. Volontiers, on avait accueilli sa demande. Les mauvais compagnons ne laissent pas de regrets.

Et c'est en pensant à lui, qu'Elise et Silvère quittèrent le *Vergoyer*. Pauvre Barnabé. Il n'était pas méchant au fond du cœur. Plus dangereux encore dans ses amitiés que dans ses haines, il compromettait ses bonnes intentions par sa mauvaise langue. A coup sûr il se plaisait aux taquineries; mais il meurt sa propre victime. Ne doit-on pas lui pardonner?

Longtemps Elise demeura pensive. Elle était revenue s'appuyer à l'épaule de Silvère et, lui, se prêtait délicatement à ce rôle protecteur. Il avait établi la voile sur le meilleur

bord, afin de n'avoir pas à la changer. Tout en maniant la
barre, il épargnait ses mouvements, se contractait, pour ne pas
remuer son épaule, où le front d'Elise se reposait sans heurt,
dans un recueillement de mélancolie. Douce Elise ! Il n'osait
pencher le visage pour la regarder ; mais il la devinait rêveuse, dominait toutes les secousses de son grand corps, se
concentrait en une sorte d'adoration respectueuse.

Il l'enveloppait de ses pensées caressantes ; il sentait à
son épaule la tiédeur du front et le frôlement des cheveux à
sa joue. Il écoutait la respiration délicate et lente, qui se
rythmait avec la respiration plus rude de Barbet. Les palpita-
tions de la poitrine, appuyée à la sienne, le pénétraient d'un
frémissement subtil. Il lui souriait, à sa chère Elise, doucement, en lui-même, de ce sourire profond, qu'ont les pères
pour les enfants fragiles, auxquels se dévoue leur tendresse.

Elise suivait le cours de sa pensée, à la fois douce et attristée. Elle tenait Barbet entre ses bras croisés et, câlinement,
lui fermait la gueule, pour le contenir dans ses façons
joyeuses. Vraiment, il manquait de réserve. Depuis le moment
où la voile brune avait disparu, il avait fait sonner ses gais
aboiements. Même en ce moment, malgré les doigts qui
l'enserraient de toute leur force, il entrebâillait le museau et
lançait des petits cris de contentement. Elise en sursautait
de son rêve.

— Tu n'as pas de respect, Barbet. Allons, tais-toi. C'est
du vilain de se réjouir de la fin des autres. Tais-toi.

Rappelé aux convenances par une tape légère sur le nez,
Barbet se recognait entre les bras, qui le pressaient plus fort.
Alors Elise revenait à ses pensées, et, tendre comme un fiancé,

attentif comme un ami fidèle, Silvère la soutenait. Il était heureux ; car il la sentait confiante et la ramenait au port.

Ils s'engagèrent dans le chenal, en suivant la marée, à mesure qu'elle rentrait elle-même dans la baie. Déjà les dernières lueurs du crépuscule n'éclairaient plus la surface de la mer, qui ne reflétait rien, que le ciel noir sans lune et sans étoiles. La brise n'avait pas changé depuis le matin et Silvère comptait moins sur elle que sur le courant de la marée. Il maintenait la barre fixe et, n'ayant pas de manœuvre à faire, s'abandonnait à respirer l'amour de sa fiancée.

Il tressaillit brusquement sous l'intuition d'un danger. Alerte ! Ce n'était pas l'heure des songeries. En nuit on risque les rencontres. D'ailleurs, n'avait-il pas charge d'âme ; ne devait-il pas veiller pour cette enfant, qu'il tenait là, palpitante sur son cœur ?

— Écoutez, la Lise, je n'aurais pas voulu vous contrarier dans votre rêve. Derrière nous, le remorqueur traîne un grand bateau. Aux commandements, je présume une goélette. Elle nous culbuterait sans façon. C'est à nous d'allumer nos falots.

Il avait raison. La lanterne balançait à peine son feu à la flèche du mât et, déjà, retentissait, dans la direction où s'entendait le bruit, un appel jeté par une voix, que l'émotion rendait douce et pénétrante :

— Ho ! du canot ! Ho...

Silvère porta son embarcation de côté, pour éviter toute rencontre, et, lorsqu'à la suite du remorqueur vint à passer la grande ombre de la goélette, si fière de sa haute mâture, la même voix caressante partit du pont, derrière le bastingage.

— Ho! du canot! Ho...

— Silvère Pollenne... Elise Hénin... Ho !

— Chrétien Loirat.

— Et les Danzel et Coulon l'aîné ?

— A bord de même...

Hourra! les voilà qui rentrent à leur tour, les quatre
égarés du *Bon-Pêcheur*, Chrétien, les deux grands gars et le
vieux matelot. Sauvés aussi ceux-là. Firmin les suit sans
doute!

Alors, en un élan de tendresse heureuse, Elise se rejeta
dans les bras de son fiancé, qu'elle enlaça chastement de
ses mains délicates :

— Silvère, je serais morte si vous seul ne m'aviez aimée.
Nous nous marierons et nous soignerons ensemble maman
pilote.

XIX

A TRAVERS LA BAIE

Ils ne rentraient pas encore au bourg, les quatre du *Bon-Pêcheur*. Ils revenaient sur une goélette, à destination de Saint-Valery ; ils devaient donc espérer, jusqu'au petit jour, le reflux du matin, pour franchir à sec la baie et regagner leurs foyers. Mais, ce même soir, dès son arrivée au port, Silvère avait annoncé leur retour. Ce fut, pour les femmes, qui depuis longtemps les attendaient, une fête d'aller à leur rencontre.

Toutes s'étaient apprêtées pour le départ, en beaux habits, avec les bonnets clairs et les jupons, si francs de couleur, qu'ils luttaient avec la nuit. Le sable devait commencer à se découvrir vers deux heures du matin.

Tout était noir dans la baie. Seuls, les falots, allumés sur le quai de Saint-Valery, guidaient de leurs feux lointains le cortège, qui s'avançait à travers les inégalités du sable et les flaques d'eau, dans l'incertitude de l'ombre. Les enfants se traînaient, tout bouffis de sommeil, et les grand'mères, boitil-

lant de vieillesse, essayaient de suivre les jeunes femmes qui
marchaient allègres, comme si leur pas se réglait sur l'impatience de leur cœur.

D'abord les épouses des deux grands gars, chacune por-
tant un petit sur les bras, en traînant d'autres accrochés à
la jupe. Ensuite les enfants du vieux matelot : de grandes
filles déjà mariées, chargées de poupons aussi, et des
fillettes et des garçons ; tous groupés d'une seule masse, en
troupeau de famille. Enfin, la mère de Chrétien, vieillotte qui
n'avait pas grand âge, déjà tremblotante en son pas indécis.

C'est qu'elle n'avait pas manqué de combats, la bonne
maman Loirat, qui, pendant dix-sept ans de veuvage, avait
disputé sa vie à la grève aride. De son dur labeur, elle avait
nourri quatre garçons. Hélas ! la mer avait pris les trois
aînés, tous perdus en un seul jour, dans la barque au bonhomme Hénin. Et, maintenant que le plus jeune était d'âge à
gagner le pain pour deux, elle avait cru le perdre à son tour.

Comme tous les déshérités, que la misère a poursuivis
jusque dans leur vieillesse, elle était depuis longtemps résignée ; mais ses dernières énergies s'étaient réveillées sous le
coup suprême qui l'avait menacée. Son doux Chrétien, son
petit blond à l'œil si tendre, c'est lui, des quatre fils, qui ressemblait le plus à son père.

Le père Loirat appartenait à l'équipage d'un lougre du
Hourdel, d'un lougre semainier, qui pêchait à la côte et
rentrait, tous les samedis, à son port d'attache, pour fêter
le dimanche. Le gain était chétif et le métier incertain. Mais,
si l'on vivait mal, du moins, un jour par semaine, on pouvait
vivre en famille.

Quand la maman Loirat songe à ces dimanches d'autrefois, elle en a des larmes plein les yeux. Son homme tirait un
enfant de chaque main ; elle avait le troisième dans les bras ;
on se promenait en suivant la dune, sous le grand ciel ;
on regardait le temps. L'homme se couchait sur le sable,
fumait sa pipe, ne pensait à rien. La femme s'asseyait
près de lui, endormait le petit sur ses genoux. On ne cherchait jamais d'autre plaisir, que celui d'être ensemble, et la
bonne maman Loirat, qui n'avait pas connu de jours plus
heureux en ce monde, les regrettait comme la vision d'un
passé, plein de douces images et de souvenirs attendrissants.

  Un samedi de septembre, après une dure marée d'équinoxe, l'homme était rentré, brûlé de fièvre, les yeux ar-
dents, les membres terrassés. Et, vingt-quatre heures après,
il quittait la vie, juste un mois avant que son quatrième
enfant n'y fût entré. Le bon Loirat s'appelait Chrétien. En
mémoire de lui, le dernier né fut nommé de même et, plus il
avait grandi, plus il rappelait son père par la candeur de son
visage et la naïveté de son âme.

Pour la maman Loirat, il n'était toujours qu'un petit
enfant, son Chrétien, si blond, à l'œil si doux. Près de seize ans
avaient-ils donc passé, depuis qu'elle l'avait reçu ? N'était-ce
pas hier que, pendant les marées de jour, elle l'emportait
dans sa hotte et qu'elle l'asseyait sur le sable, tandis qu'elle-
même usait ses heures, courbée, à ramasser des coques. Puis,
quand elle s'en revenait, ployée sous le poids de sa cueillette,
elle oubliait sa peine en contemplant son petit au sourire si
clair.

Et, pendant les marées de nuit, elle le laissait endormi

dans la chaumière, avec les aînés tout jeunes encore. Alors
elle s'activait à sa besogne, de peur de rentrer en retard et
de trouver l'enfant éveillé, criant après le sein.

Pour lui, aussi bien que pour les autres, avait sonné l'heure
de se faire homme et d'apprendre un métier. Il était parti
sur le *Bon-Pêcheur ;* puis, certain soir, on était venu l'annoncer
à sa mère, comme perdu. Elle, qui avait supporté toutes les
volontés du destin sans se plaindre, la mort de son homme
et de ses trois aînés, elle avait eu, pour son Chrétien, sa
première heure de colère et de haine révoltée. N'avait-elle
pas acquitté sa dette au surplus et n'était-ce pas à d'autres
maintenant à payer le tribut, que la mer impose, en manière
de revanche, aux hommes qui la tourmentent?

Non. Elle ne pouvait pas y croire à la mort de son petit,
et, la veille au soir, elle avait accueilli la nouvelle de retour,
simplement, telle qu'une chose prévue. Toutefois, elle n'en
était pas moins impatiente. De son regard encore vif, sous
les plissements de rides qui le bridaient, elle cherchait, à travers les ombres de la nuit, la silhouette attendue.

L'aube pointait ; mais les lointains se perdaient encore
dans une pesante obscurité. Une étrange atmosphère arrivait
de la mer. On respirait à peine. En cette fin de nuit, on sentait une chaleur de plein jour. De longs en longs intervalles,
tout à fait vers le Sud, par delà le clocher de Saint-Valery,
des éclairs blafards sillonnaient le ciel.

Toutefois, l'orage semblait vouloir se maintenir au loin.
Sous la lourdeur du temps, le cortège avait ralenti sa
marche et, seulement aux premières lueurs du jour, il attei-
gnit le milieu de la baie. Il s'arrêta devant un ruisseau large,

sinon profond, qu'on ne pouvait espérer franchir sans avoir
de l'eau jusqu'aux genoux.

Déjà les deux femmes des grands gars avaient retroussé
leurs jupes, passé tous les enfants à bout de bras, comme à
la volée, et, sur leur dos, les grandes filles à califourchon.

— Allons, bonne maman Loirat, c'est votre tour.

Elle ne pesait guère, la pauvrette. Dans les bras robustes,
qui l'emportaient, elle tenait si peu de place, que la femme ne
put s'empêcher de lui en faire la confidence :

— On ne tirerait guère profit de vous, bonne maman
Loirat. Vous n'avez pas plus d'un quarteron de graisse à
revendre.

— C'est que la misère nourrit maigrement, ma pauvre
fille. Quand tu en auras mangé tant que moi, tu n'auras guère
plus de provisions pour te garnir la peau.

Mais on n'avait pas de temps à perdre en causeries. A
travers les blancheurs naissantes, l'église de Saint-Valery
détachait son clocher de la masse sombre de roches, de
maisons et d'arbres qu'elle domine, et, tout au pied de la
ville, le chenal de la Somme marquait en clair, d'une ligne
droite, son cours symétrique. Vainement les femmes en son-
daient la direction. Elles ne voyaient rien, n'entendaient pas
de ces éclats de voix, qui annoncent d'ordinaire le retour
joyeux des matelots au pays.

Elles se hâtaient et l'orage aussi. Par bonheur, lui n'approchait que lentement, tant il était alourdi par l'épaisseur
de ses nuées.

On arrivait au barrage de la Somme, lorsque le premier
éclair vint sillonner le ciel au-dessus de l'église de Saint-

Valery, un éclair brutal, aveuglant, suivi d'un tel fracas de foudre, que les enfants effarés se cachèrent le visage dans les jupes des filles.

D'un seul cri, tous appelèrent du secours. Le passeur n'était donc pas là. Encore un, payé par la commune à ne rien faire, à dormir au sec, tandis que les voyageurs sont noyés d'orage.

— C'est donc nouveau pour nous d'être mouillées, reprit de sa voix grêle la bonne maman Loirat, nous qui vivons trempées de marée. Vous avez trop de goût à la vie douce ; attendez, les filles ; elle vous fera compter des moments plus durs, à mesure que vous lui emprunterez des années.

Ces consolations n'étaient pas faites pour apaiser le bruit. L'orage enveloppait toute la baie. Sous les rafales de pluie, au bord de ce fleuve aux eaux profondes, qui le retenait à sa rive inhospitalière, ce troupeau de femmes clamantes et d'enfants gémissants ressemblait, par ses cris sauvages et ses attitudes effondrées; à des phoques naufragés.

. . . .

— C'est-il du sec que vous espérez là, leur cria de loin une voix qui s'efforçait d'être plaisante. Vous avez donc bien du sale à laver.

— Qui t'en dépite, grand balandeux? N'es-tu pas saoûlé d'eau comme les autres? C'est un fier temps pour promener ta Lise.

Et, quand Silvère et sa fiancée eurent rejoint le groupe des femmes et des enfants, ce furent des échanges de paroles et des explications sans fin :

— Qui t'amène sur nos talons mouillés, avec ta Lison ?

Elise, qui s'était tenue demi cachée derrière l'épaule de
Silvère, reparut en avant pour répondre. La veille au soir, à
son retour, elle avait trouvé un message, qui lui apportait
l'ordre de se rendre au bureau maritime, dès le lendemain, à
six heures du matin, relativement à son père. Comme tous les
gens de misère, pour éviter le péage du bateau, qui fait la
traversée, à l'heure de la baie pleine, elle avait préféré la
route à sec, profitant du reflux de nuit, prenant six heures
sur son sommeil, pour ne pas dépenser, en un voyage de vingt
minutes, le gain d'un jour entier.

Cependant rien n'apparaissait sur l'autre rive. Avec son
autorité d'homme, Silvère imposa son avis. Puisque le secours
ne vient pas, on ira au-devant de lui, en remontant au long
du chenal, jusqu'à l'endroit où les bateaux dorment à l'ancre.
Ce sera bien de la misère, si l'on ne trouve personne de qui
se faire entendre dans le port.

C'est-il du sec que vous espérez là (page 181).

XX

SUR LE QUAI DE SAINT-VALERY

Le port était animé, comme au milieu du jour. Parmi les bricks et les goélettes, qui viennent débarquer là les bois de Norwège, les femmes ne furent pas longues à distinguer un vapeur de mine peu commune. Il n'avait pas des aubes comme le remorqueur, était plus court qu'un aviso, moins fin qu'une corvette. Son pont était chargé d'échelles de cordes, de longs tuyaux, de costumes étranges; sur ses palans, se balançaient des embarcations, réservées d'ordinaire aux navires plus forts, un grand canot major, une chaloupe à vapeur.

— Dis donc, la Lison. C'est bien sûr à cause de ton bonhomme de père. On voit des masques, comme pour les ramasseurs d'épaves.

Le vapeur venait en effet répondre au désir d'Elise, en cela plus heureuse qu'elle n'eût pu espérer. La pétition était arrivée au préfet maritime de Dunkerque, en un

moment où des expériences de scaphandre se préparaient.
On voulait éprouver les différentes profondeurs, la nature
des eaux, les milieux difficiles, les remous, les courants
contraires. Précisément, les mauvais parages de Berck et
d'Étaples avaient été désignés comme centres d'essais. La
recherche que réclamait Elise devenait un but d'études,
une sorte de problème pratique à résoudre, en confirmation
des données scientifiques, et, tout naturellement, le vapeur,
qui devait fouiller l'Écueil des bancs, avait reçu l'ordre de
prendre contact avec le bureau de Saint-Valery, afin d'en
obtenir les renseignements complémentaires, nécessaires à
l'accomplissement de sa mission.

La série des expériences allait commencer à la prochaine marée, et tout le port s'était réveillé, bien avant
l'heure ordinaire. Sur le quai d'aval, du côté de la ville,
aux environs du vapeur, qui fumait déjà, des groupes de
matelots s'animaient à discuter. Parmi eux, les femmes
eurent bientôt reconnu de loin leurs hommes, plus occupés
d'écouter les récits que de revoir leur famille. C'est à
peine s'ils tournèrent la tête à l'appel que Silvère leur
lança du quai opposé.

Cependant un canot de service accosta. Peu d'instants
après, les mères, les femmes, tous les enfants avaient rejoint
leurs hommes. Les embrassades furent courtes. Les cœurs
n'étaient émus que par la grande nouvelle : on allait fouiller le
Vergoyer.

C'est que, d'âge en âge, s'était formée une légende
sur ce gouffre, à qui chaque année livrait des victimes.
A force d'entendre répéter les noms des marins, récemment

engloutis avec leurs bateaux et leurs gains, on en était
venu à s'imaginer que, de génération en génération, depuis
des siècles, d'immenses richesses s'amassaient en ce fond
maudit. N'était-ce pas ainsi que, deux printemps auparavant, après une tempête de nord, une de ces tempêtes qui
labourent les sables à coups de lames, un lougre de Cayeux,
enfoui depuis plus de trente ans, avait été rejeté à la surface
et remis à flot. Il était revenu tranquillement s'échouer à la
côte, tout aussi solide que dans son neuf. Il avait reparu,
flottant avec d'autres épaves, et, parmi elles, une caisse
ancienne, demi bourrée de pistoles, dont s'était enrichi l'in-
venteur.

Ce vieux lougre naufragé, qui s'était repris de goût à
la vie, après l'avoir si longtemps abandonnée, menait, depuis
lors, une heureuse existence. Il avait vraiment les hardiesses
d'un ressuscité, familier de la mort, et ne craignait plus
rien d'elle. Le patron qui l'avait acheté se jouait avec lui
de la tempête. Combien d'autres pourraient être ainsi
rendus au service des hommes! Sans doute on allait
ramasser plus de trésors qu'il n'en faudrait pour remplir
les poches de tous les côtiers de la baie. Et chacun rêvait
de prendre part à la trouvaille.

Peut-être obtiendrait-on de s'enrôler parmi les travailleurs? On ne connaît pas le métier; mais faut-il tant avoir
étudié pour se mettre en masque et piocher le sable mouillé?
Si l'on rencontrait un coffre d'or pareil à l'autre, on serait
assez riche pour armer la grande pêche; on deviendrait
patron à son tour. N'est-ce pas plus doux de commander
que d'obéir?

Et les matelots s'excitaient l'un l'autre, à qui de tous oserait le premier se présenter devant les officiers du vapeur, afin de savoir si des engagements pourraient être offerts et dans quelles conditions ils auraient chance d'être acceptés.

Ils ne se lassèrent pas de disputer, se desséchèrent de parler sans boire, entrèrent dans le premier cabaret qui fut ouvert, reprirent là, bien à leur aise, devant des pleines bolées de bistouille chaude, la poursuite de leur chimère commune.

Les enfants s'étaient endormis sur les bancs ou dans les coins. Depuis longtemps le soleil montait à l'horizon et nulle décision n'était encore prise : qui porterait la parole auprès des officiers ?

— Et la Lison! cria l'un des grands gars, de sa lèvre humide, l'œil allumé par trois cafés, qui lui rendaient l'esprit subtil.

D'un seul bond, tous, bousculant les bancs, avalant d'un coup ce qui restait au fond des tasses, se précipitèrent hors le cabaret à la recherche d'Elise.

Elise était assise à la porte du bureau, sur la première des trois marches, où, pendant des journées entières, elle avait, au cours de ces dernières semaines, épié si souvent la sortie du chef. Mais, en ce jour, à cette même place, hier si triste encore, elle attendait, toute au bonheur de ses nouvelles espérances.

Les femmes des grands gars arrivèrent les premières, tiraillant les enfants, qui en perdaient l'équilibre, provoquant leurs hommes à réclamer l'assistance de la jeune fille. Eux

criaient, gesticulaient, comptant sur la hauteur de leur
parole, pour donner l'illusion de la supériorité de leurs
droits. Et, tandis que la discussion se poursuivait autour
d'Elise, le vieux matelot, resté en arrière, soutenait l'assaut
de ses deux filles aînées.

Elles prétendaient qu'il réclamât aussi, pour être enrôlé
sur le vapeur. Si l'on devait trouver des trésors, ce serait
trop imbécile de les laisser à d'autres. Lui ne se soumettait
pas aisément et, plus la minute approchait de prendre un
parti, plus il hésitait. Décidément, il en avait assez vu comme
ça, de la misère par-dessus l'eau, sans aller en chercher par-
dessous. A son âge, on n'a pas de goût aux métiers de
forçats.

Cependant, par sa résistance, il sollicitait davantage
l'âpreté mauvaise de ses filles, qui s'acharnaient à le convaincre. La maman Loirat les entendit. Elle en fut si fâchée
qu'elle se crut en droit d'intervenir :

— Le vieux a raison. Ce n'est pas des métiers d'honnêtes gens. On en cause assez mal de tous ces ravageurs, qui
se font riches à voler l'argent des morts.

Puis elle se glissa jusqu'à Elise :

— Ne va pas t'entremettre pour eux, l'enfant Lise. Ils
veulent rapiner le bien des naufragés.

— N'ayez peur, bonne maman Loirat. Je n'ai guère l'idée
à l'argent. C'est seulement pour délivrer l'âme du père et
de vos trois fils. Vous viendrez avec Chrétien. Le droit, que
vous en avez, vous a fait assez pleurer.

Une pensée de colère, d'ambition déçue, traversa l'esprit
des matelots, furieux du dédain que leur témoignait Elise.

Ils grommelaient déjà des menaces.   .   .   .   .

.   .   .   .

— Holà ! mathurins, laisserez-vous le chemin libre à ceux qui en sont les maîtres ? Holà !

Les grands gars, toutes les femmes se retournèrent d'un même mouvement vers la voix aigre, impertinente, qui exigeait si cavalièrement le passage.

— Une tête de guibre sur un squelette de phoque. — Ah ! le mal troussé. — Il ne passera pas le mahieu ; il a des bosses partout et de creux nulle part.

Le petit commis se débattait. Elise s'élançait, pour lui faire rendre libre l'accès du bureau, lorsque brusquement les matelots se reculèrent d'eux-mêmes. Entre leurs deux files, respectueusement écartées, arrivait le sous-commissaire, grave sous la casquette à deux galons d'argent. Il reconnut Elise :

— Vous n'êtes pas en retard. C'est bien. Passez devant moi.

Elise hésitait. Elle cherchait du regard Silvère, qui était sur le port, en quête d'informations. Elle voulait l'attendre. Allait-elle affronter seule encore, sans aide, l'autorité du bureau ? Le chef l'obligea vivement d'avancer ; puis il entra derrière elle et fut suivi du petit bossu, qui repoussa furieusement la porte au nez des matelots ahuris.

Le commissaire était exact. Le dernier coup de six heures venait de sonner.

.   .   .   .

Quelques minutes après la porte se rouvrit. Le petit commis reparut et, du haut des trois marches, dominant les

matelots, fier, un rouleau de papiers à la main, il se posa
doctoralement, comme s'il se préparait à lire un avis impor-
tant. Autour de lui, tous les yeux s'étaient agrandis, toutes
les bouches ouvertes par la fixité de l'attention. Il étala son
rouleau, l'agita; enfin, lorsqu'il vit les spectateurs gagnés
à son subterfuge, il remit en poche le rouleau et, tranquillement, de son ton le plus ordinaire :

— M. Silvère Pollenne serait-il parmi vous, s'il vous
plaît?

Les mines s'allongèrent de désappointement. Précisément
Silvère était revenu de sa visite au port; il suivit le bossu
dans le bureau et la porte claqua rageusement, pour la
seconde fois, devant les regards hébétés des matelots.

Elle se rouvrit après un nouveau quart d'heure. Le petit
commis s'avança, presque entièrement caché derrière un
énorme registre, qui rendit l'espoir aux assistants. Sans doute
on avait besoin d'engagements; on voulait faire signer sur le
livre ceux qui seraient consentants? Déjà tous se boUsculaient, afin d'être les premiers à prendre rang. L'attente dura
plus de trois longues minutes; puis le registre se referma et
l'imperturbable bossu, grêlement, juste assez haut pour être
entendu, demanda :

— Madame Loirat, monsieur Chrétien Loirat. Auriez-
vous la bonté de répondre? On vous prie d'entrer.

Les deux personnes pénétrèrent dans le bureau et, presque
en même temps, la porte se rabattit avec deux rebonds plus
offensants qu'une paire de soufflets.

— C'est-il qu'il nous mésestime ce mahieu. Les matelots,
les enfants eux-mêmes, les femmes surtout, ramassèrent des

pierres, bien disposés à châtier cette carcasse d'insolent, si elle s'avisait de reparaître. Toutes les mains se levèrent, lorsque se fit entendre le bruit de la porte, prête à se rouvrir. Elles se rabaissèrent aussitôt.

Le commissaire venait de sortir, ayant Elise à son côté, et, derrière lui, Silvère, Chrétien, la bonne maman Loirat, puis M. Émile, le petit commis. Il agitait sa bosse de contentement, ce M. Émile, lorsqu'il passa sous la barbe des grands gars, fier comme un fou de roi devant des courtisans. Il avait la taille d'un enfant et, malgré son grand chapeau de forme haute, en vieux castor reluisant, il n'arrivait pas à la poitrine des matelots. Il n'en marchait pas moins faraud, entêté de son impertinence hautaine.

— Tiens, ramasse si tu peux ployer ta bosse.

Et deux revers de mains abattirent ensemble le grand chapeau dans la boue. Ce fut pour les matelots le signal de la débandade. Ils détalèrent en hâte, tandis que M. Émile restait là, devant son couvre-chef meurtri. Il avait l'air si naïvement triste, à contempler la détresse de ce cylindre écrasé. Sous les larmes qui les voilaient, ses yeux prenaient encore une atonie plus morne. Par bonheur, Elise l'avait aperçu. Prestement elle vint à lui, ramassa le chapeau, le lui remit débossué, nettoyé sur la tête.

— Je l'avais mis pour vous plaire, mademoiselle Elise. Tous ces rustres étaient jaloux de me voir à mon avantage.

— Venez vite. Votre patron a froncé le sourcil. J'en ai tremblé pour vous.

Ils rejoignirent le sous-commissaire, qui se retourna tranquille et dur en sa brièveté correcte :

— J'ai réfléchi, monsieur Émile. Je n'ai plus besoin de vous. Rentrez au bureau. Nous causerons ce soir.

— Oh! monsieur! implora Elise. Pardonnez-lui. Ce n'est pas sa faute, s'il est contrarié de la nature.

Le sous-commissaire ne fit pas mine d'avoir entendu; il continua sa route vers l'endroit du quai où s'amarrait le vapeur.

XXI

A FOND D'EAU

Le soleil, à sa hauteur dans le ciel, marquait sept heures, lorsque le vapeur parvint dans les eaux du *Vergoyer*.

Toute une flottille le suivait. Il en était venu de Cayeux, du Hourdel, de Berck et du Crotoy, du Tréport même et peut-être d'Étaples. De notre temps, les nouvelles font beaucoup de route en moins d'une nuit, par le télégraphe, et, sur toute la côte, grâce aux échanges de correspondance entre les bureaux maritimes, l'avis s'était rapidement répandu : on allait fouiller le gouffre; les vivants allaient voir, de leurs yeux, le domaine des morts.

Tels que des oiseaux voraces, escortant un cétacé blessé, des bateaux de toutes grandeurs, de toutes voilures, les sloops, les barques, les lougres, les flambarts, les canots mâtés, accouraient dans le sillage du vapeur. Ils arrivaient pour la maraude, attirés par l'espoir d'un gain facile. Souvent, les scaphandriers font éclater la mine à fond d'eau et disloquent les épaves, dont les débris viennent flotter à la ronde. On a profit alors à se rencontrer sur leur passage.

A bord du vapeur, Élise assistait le commandant. Ayant raconté comment, la veille, elle avait, avec Silvère, relevé l'estime sur le *Fond des Naufragés,* elle était chargée d'indiquer la direction vers la bouée de remarque.

Et le commandant, un de ces marins si nobles en leur vieillesse blanche, transmettait les ordres au timonier, qui les exécutait.

Elise, debout sur la dunette, en costume de bourre de laine, contrastait étrangement avec les habits brodés d'or des officiers qui l'entouraient. Toutefois, parmi tous les profils d'une dignité sévère, elle ne semblait ni moins fière, ni moins belle; son fichu clair sur son corsage sombre attirait tout l'éclat de la lumière, comme pour exalter l'émotion de son sein, et son visage en prenait plus d'harmonie. On eût dit qu'une émanation de son âme flottait autour d'elle, comme une auréole, et la parait de toute la grâce d'une foi nouvelle.

Le vapeur courait sur la lame, suivi par la flottille aux voiles blanches ou brunes, grises ou rouges. Il paraissait, avec cette armée qui lui faisait cortège, s'avancer vers quelque victoire certaine. Et c'est Elise, qui menait tout ce peuple à la conquête du *Vergoyer*.

— Stoppez. Le vapeur s'arrêta. La grande chaloupe fut mise à la mer, puis les autres embarcations et le canot-major, dans lequel Elise prit place avec le commissaire de la marine et les principaux officiers.

— Mon commandant, on voit notre bouée sur bâbord, s'il vous plaît de la regarder.

La bouée se balançait à deux encâblures, et bientôt les ordres se concentrèrent autour d'elle. Le porte-voix du commandant résonnait dans tous les sens et les embarcations vinrent se grouper, chacune dans leur ordre d'action, autour du fragile flotteur, qui, durement secoué par la vague, semblait une proie traquée dans un cercle de bateaux pêcheurs.

Tout contre, la grande chaloupe s'était mise en panne par son travers.

Vis-à-vis, à la bonne distance pour laisser place aux manœuvres, se gara le canot-major, accosté d'un autre que montaient Silvère, Chrétien et la maman Loirat. On eût dit deux tribunes de spectateurs, les officiers jugeant de l'épreuve, les parents attentifs aux surprises de cette fouille mystérieuse.

La chaloupe et les canots se tenaient à l'ancre. Plus loin, fermant le cercle, d'autres embarcations restaient libres à l'appel de la rame, pour répondre aux besoins du service. Enfin, lorsque le sondage eut vérifié les soixante brasses, les scaphandriers se mirent à l'œuvre. Elise contenait à peine les battements de son cœur.

Au long de la chaloupe, se déroula dans la mer une échelle de corde, qui semblait faite pour gagner le centre de la terre, tant se succédèrent d'enfléchures, qui disparurent l'une après l'autre sous le flot, à la manière d'un emmarchement sans fin, comme pour descendre dans l'éternité. Encore vingt-cinq brasses et cent échelons. Jamais un homme vivant ne s'affalera si profond; il emploierait plus de dix minutes à s'éloigner des vivants pour se rapprocher des morts. Elise en a le frisson jusqu'à la moelle des os.

Mais le déroulement de l'échelle s'est arrêté. Un homme enjambe le bord de la chaloupe, un homme en habits de caoutchouc, avec un casque à carreaux de verre et deux tuyaux sur la tête. Il a plus d'un pouce de plomb sous chacun de ses souliers. C'est pour mieux s'entraîner dans le gouffre.

Le malheureux. Il a saisi les premières enfléchures et touché l'eau. Il s'enfonce; ses pieds, ses jambes et le bas de son corps ne se voient plus qu'à travers la transparence des vagues. Misère! toute l'étoffe de son habit s'est gonflée aux épaules; on croirait la peau du corps, qui se soulève. Pendant un instant, l'homme a semblé retenu là, hésitant. Le gouffre le repousse et ne veut pas de lui.

— L'homme, arrêtez, s'écria Elise. J'ai bien le cœur à retrouver le père; mais ce n'est pas à vous de vous laisser périr à cause de nous. Je vais descendre. Infligez lui de remonter, mon commandant.

Pourquoi les officiers ont-ils accueilli par un sourire cette réclamation si simple d'Elise? Est-ce mal de vouloir arracher les innocents à l'abîme? Elle a vu le père si malheureux dans ces fonds. Faut-il que d'autres s'y perdent, sans raison. Et Barnabé, n'y est-il pas aussi depuis hier?

— Mon commandant, je vous en supplie, infligez à l'homme de remonter. Je vais descendre à sa place.

— Non pas vous, cria Chrétien de son bord. J'irai moi, mams'elle Elise.

Mais tous ces dévouements s'offraient en vain. On ne voyait déjà plus la forme à travers le flot; seuls le tremblement de l'échelle, le défilement de la corde de sauve-

tage et des tuyaux, témoignaient que l'homme poursuivait
sa descente. Des bulles d'air vinrent brusquement crever
par centaines à la surface.

— Oh! mon commandant, voyez donc. C'est comme
pour nos matelots, quand ils sont à se noyer.

— Tais-toi, cria la bonne maman Loirat; laisse faire
le métier aux autres et fais le tien. Les femmes, ça ne doit
pas gêner les hommes qui travaillent.

L'échelle cessa d'être ébranlée, le défilement s'arrêta,
et le lieutenant, qui commandait la manœuvre dans la chaloupe, parla, puis écouta par le bout de l'un des tuyaux.
Il s'interrompit pour donner des ordres à quatre matelots,
qui, sans relâche, suaient à la manœuvre d'une pompe;
puis, vingt fois de suite, il reprit son geste d'écouter et
de parler, ne cessant, par intervalles, que pour veiller à de
nouveaux commandements. A son appel une grande lanterne,
tout allumée, descendit, au bout d'un garant de palan,
dans la mer, dont elle éclaira la profondeur, comme ferait
un soleil de ses rayons. Du même coup, le long du bordage,
se déroulèrent d'autres cordes, l'une emportant une brassée
d'outils, pics, pelles et pioches; l'autre un seau vide, qui remonta, moins d'un quart d'heure après, chargé de sable, le
sable sous lequel était couché le père.

Les parlages à travers le tuyau recommencèrent. Bientôt
un second palan, qui balançait en l'air une grande barrique
de fer, la laissa glisser à fond d'eau. Puis, une nouvelle pompe
haleta et ce fut tout pour une demi-heure, pendant laquelle
Elise, penchée sur l'abîme, se surmenait d'attente, s'effarait
d'inquiétude et d'espérance.

Enfin, sur un signal venu des fonds, le lieutenant se reprit
à commander :

— Hissez la bouée d'élinguage.

Longtemps la poulie du palan tourna sous la remontée
de son cordage; elle grinçait à peine, comme si elle ne
faisait aucun effort et n'avait rien à relever. Elle ramenait
cependant la barrique, qui apparut sous les premières couches
de l'eau, mais si longue, avec une ombre qui n'en finissait
pas d'être profonde. Stop. La barrique arrivait au ras du flot.

— Parez à l'épave, sonna le commandant dans son porte-
voix, et deux petits canots, détachés, chacun de l'un des
orients du cercle, vinrent se ranger sur l'un et l'autre côté
de la bouée d'élinguage.

— Hissez. La barrique se souleva, jaillit dans un flic
flac hors du flot, ruisselante. Aussitôt le cordage mordit la
poulie qui se prit à gémir douloureusement. Stop. La bouée
s'arrêta. Elle restait fixe, tendue sous un poids énorme,
auquel elle était enchaînée.

— Amarrez l'épave. Lorsque les petits canots eurent
achevé leur manœuvre, la barrique se dressait libre, balancée
à son palan, et le fardeau qu'elle avait ramené se trouvait
à bord.

— Qu'est-ce, cria le commandant?

— Un gréement de misaine, deux hommes dedans.

Les officiers se découvrirent et penchèrent le front, par
une sorte de pieux respect.

— Accoste, ordonna le commandant, en remettant sa casquette. Accoste.

Au son léger de sa voix, on devinait sa conscience satisfaite.

Ses instructions étaient précises. Faire l'essai d'appareils perfectionnés, à des profondeurs encore inexplorées ; étudier l'influence proportionnelle de la pression d'eau, l'action des remous et des courants sur la marche des scaphandriers, éprouver la nature solide ou mouvante des sables, établir, en un mot, une sorte de carte, à l'usage des fouilles sous-marines dans les parages de ce mauvais fond. Telle était la mission du commandant, sorte de reconnaissance préparatoire, à laquelle les recherches de cadavres ne se rattachaient que très indirectement.

Par bonheur elles s'étaient terminées plus tôt qu'il ne l'eût espéré. Chargé de vérifier si l'Administration pouvait raisonnablement donner suite à la pétition d'Elise, il avait compté n'insister qu'à demi sur ce détail, qui lui semblait étranger à l'intérêt scientifique. Et les débuts étaient si favorables qu'en moins d'une heure de fouilles, les braves gens, qu'il avait ordre de rechercher, étaient retrouvés.

— Eh bien ! la fille. Es-tu contente ? Te le voilà rendu ton père. Es-tu contente ?

— Ce n'est pas le père, mon commandant. C'est Barnabé du Crotoy et son oncle de Saint-Valery. Ils n'ont chaviré que d'hier. Le père est plus à fond dans le sable.

Le vieil officier fronça le sourcil. Tant pis. Après tout, des noyés se ressemblent. On en avait retiré deux, à soixante brasses de profondeur. L'expérience était aussi concluante par ceux-là, qu'elle l'eût été par les autres. Allait-on fouiller pendant huit jours la même place, alors qu'on en avait tant à explorer ?

D'ailleurs, le ciel avait des hésitations inquiétantes. Le

vent, qui, depuis trois jours, ne savait se fixer dans aucune
encoignure et qui venait de passer de Nord en Sud, par l'Est,
montrait une tendance à revenir au Nord, par l'Ouest, en
accomplissant ainsi son plus grand circuit. Il semblait se faire
un jeu de tourner en rond. Présage mauvais. Lorsque le vent
s'amuse, le marin se chagrine.

— Lieutenant, vos estimes sont-elles achevées?

— Oui, faites revenir l'homme.

Elise se redressa révoltée :

— Mon commandant, et le père? Ne le ferez-vous pas
chercher? De l'heure que l'homme a pu gagner le fond, ce
n'est plus grand'peine que d'y remuer le sable.

— Faites revenir l'homme.

— Mon commandant, forcez-le plutôt de fouiller ; quand
il sera remonté, saura-t-il redescendre?

Le commandant froissa ses doigts d'impatience. Il n'était
pas accoutumé à de telles résistances autour de son autorité
et les façons rudes de la discipline lui avaient donné cette
sécheresse d'allures, qui distingue les marins à leur bord.

— Taisez-vous, la fille. Vous ne vouliez pas le laisser
descendre tout à l'heure, ni remonter en ce moment. Ce n'est
pas le caprice qui gouverne sur un navire. Lieutenant, faites
revenir l'homme.

Elise était désespérée ; toute sa force l'abandonna brusquement. Elle s'abattit, les mains jointes, le regard levé.
Deux larmes, glissant doucement, lentement sur l'iris noir de
ses prunelles, s'arrêtèrent palpitantes au bord de ses paupières et, ravivées par la lumière du grand ciel, elles semblaient venues là, pour faire jaillir l'éclat de sa douleur.

C'est qu'Elise avait tant espéré de sa visite au *Vergoyer*.
Elle touchait à la fin de sa tâche, elle allait acquitter sa dette
envers le père, gagner le pardon, mériter la récompense.
revoir Firmin. Ce résultat, si lent à venir, payé par tant de
luttes et de souffrances, on le lui disputait, on prétendait le
lui arracher, au moment où elle le tenait pour ainsi dire sous
la main.

— Mon commandant. Écoutez. Si l'homme remonte, je
veux descendre, moi. S'il n'ose piocher, je l'oserai bien.
J'oserai tout, pour...

Elle ne put achever, étranglée d'un sanglot. Le sca-
phandrier avait reparu. Débarrassé de son casque, il causait
librement et raconta, d'un bord à l'autre, à voix forte, les
détails de sa descente.

A cette profondeur, c'est à peine s'il avait pu voyager,
même en s'aidant de son pic comme d'un bâton de touriste.
Il s'était vu entraîné, à la façon d'un flotteur, sans direction et
sans pesanteur, l'équilibre perdu, les pieds risquant de faire
demi-tour à la place de la tête. Il avait été obligé de s'amarrer, à chaque bas de jambe, la pioche d'un côté, la pelle de
l'autre, afin de les traîner derrière lui, comme deux ancres, et
de se donner prise sur le sable. C'est seulement en cet équipage qu'il avait réussi à se promener. Il avait rencontré
l'épave assez près; c'était la seule d'ailleurs. Une autre, sans
doute la coque d'un canot, se devinait un peu plus loin. Mais
lui, n'avait pas osé s'aventurer jusque-là. A soixante brasses,
peut-on compter sur son équilibre?

A part ces deux débris, rien que du sable. Le fond s'étendait tel qu'une vallée plate, au pied d'une montagne à pic.

La surface, tout unie, se soulevait, par endroits, de monticules
en forme de tumulus, sur lesquels le sable semblait plus
résistant que vers les parages voisins. Précisément, à la place
où s'était opérée la descente, à la place indiquée par l'ancre,
que Silvère avait embossée la veille, l'homme avait rencontré
un de ces monticules, qui lui sembla des plus élevés. Il l'avait
fouillé, sans rien découvrir, jusqu'à la profondeur d'un
mètre environ, et n'avait pu poursuivre plus avant sa recherche; car, dans le sable mouillé, les trous se remplissent à
mesure qu'on les creuse.

— Vous entendez, dit le commandant, en se tournant
vers Elise? Nous ne sommes pas armés pour ce genre de
travail. Il faudrait des excavateurs. J'en parlerai dans mon
rapport au ministre.

— Le ministre est loin, répartit Elise, et nous sommes
près du père. Laissez-moi descendre.

— Finissons, dit rudement le commandant; l'échelle à
bord.

— Non! cria Elise exaspérée. Ne me retirez pas l'échelle
ou je me jette comme ça. C'est trop malfaisant d'être venu
pour fouiller et de s'en aller sans avoir rien trouvé.

— Nous avons relevé deux morts.

— Ce n'est pas le père. On vous a commandé de le
chercher. Puisque vous renoncez, laissez-moi travailler.
Vous avez deux masques. Silvère va descendre avec moi.

— Je veux prendre votre place, mams'elle Elise, s'écria
Chrétien. Ce serait une pitié de vous savoir périe. Si j'arrive
à fond, je creuserai ferme, en pensant que la besogne est
pour vous plaire.

— L'enfant Lise a raison, ajouta la maman Loirat. Les gens de misère ne gagnent qu'à s'aider eux-mêmes.

Le commandant, étourdi de toutes ces réclamations, frappait le pont d'impatience.

— Qu'ils en goûtent donc, reprit-il nerveusement! Le youyou, accoste! Un canot aux formes sveltes se détacha du cercle, prit à son bord Elise, Silvère, Chrétien, et les conduisit à la chaloupe.

— La fille d'abord à la descente.

— Non, moi, dirent les deux hommes, comme d'une même voix. Moi... moi...

— La fille d'abord. Dépêchez, lieutenant.

Plus de réplique possible. Le commandant avait ses raisons pour ne pas céder. Voulant en finir plus tôt avec les prétentions de ces rustres, il envoyait Elise la première, avec l'espoir secret que l'action engourdissante de l'air comprimé aurait plus vite raison d'une fillette que de gars rudes à la douleur. Ainsi, un seul voyage suffirait à décourager tous ces plongeurs d'occasion.

Cependant les jupes d'Elise ne lui permettaient pas de faire entrer aisément ses jambes dans le pantalon du scaphandre. Elle ne voulait pas se dévêtir devant les hommes; elle eut un moment d'indicible embarras.

— Lieutenant, attendrons-nous que cette fille ait fait venir une femme de chambre. Donnez le tour au petit blond.

Mais Elise avait pris son parti. Sa robe quittée, elle avait ficelé son jupon autour de chaque genou, en manière de culotte, et, prompte, elle revêtit le costume de caoutchouc jusqu'à l'emboîtement du cou. Sa tête au fin profil, qui

sortait fière de cette armure étrange, n'eut pas un sourcille-
ment, lorsqu'un marin vint la coiffer du casque aux quatre
verrines.

Le casque est vissé sur son armature. Comme il pèse aux
épaules. Les plis lourds des manches et des entournures
arrêtent l'élan des bras. Jamais les pieds n'enlèveront leurs
semelles de plomb.

— Qu'attendez-vous pour descendre?

Qui donc lui parle? Elise a perdu le sentiment d'elle-
même. Elle n'est plus qu'une volonté inerte, que l'âme d'une
machine. Sans raisonner, pour obéir à la force qui la pousse,
lourdement, elle s'est engagée sur l'échelle et descend.

Qui lui soulève les pieds. Elle n'a plus de poids à ses
semelles. On l'emporte ; on l'enlève. Quand donc entrera-
t-elle dans le flot? Si elle le touchait, elle en sentirait le froid
contact. Mais non. Elle est sous l'eau. A travers la plus
grande fenêtre de son casque, elle voit le roulis des vagues
au-dessus d'elle. C'est à troubler d'étourdissement. Qui lui
siffle aux oreilles? On dirait le vent.

— Appuyez sur la manivelle du casque.

N'importe qui lui commande, elle obéit sans conscience.
Misère! quelle peur. Un roulement à rendre sourd. Les
tuyaux se sont-ils crevés et l'eau s'y engage-t-elle? Elise ne
sait plus penser, tant ses tempes lui battent et tant son
front s'endolorit et se serre. Des brûlures à la peau, des
piqûres par toute la face, des bruits, des percements aigus
dans les oreilles. Elle halète et suffoque.

— Voulez-vous remonter? Pourrez-vous descendre jusqu'au bout. Vous n'êtes pas au quart de la route.

Où donc arrive-t-on par cet escalier d'abîme ? Elise ne sait plus reconnaître les choses au toucher, ni les enfléchures de l'échelle sous ses mains, ni le casque sur ses épaules.

— Ne voulez-vous pas remonter ? Appuyez sur la manivelle du casque. N'ayez pas peur du bruit. C'est l'échappement de l'air par la soupape.

Se rend-elle compte seulement si elle obéit. Elle ne reconnaît rien, ni qui lui parle, ni de quoi, ni comment. Mais entendre la voix d'un autre, ce n'est pas être seule, et, sans cette compagnie, aurait-on la hardiesse de plonger ainsi dans l'infini vitreux ? Quelle lueur livide, tout autour, et quelles formes douteuses passent en un tortillement si rapide.

Elle voudrait qu'on lui parlât encore. Oh ! n'être plus son corps, sa matière pesante ! Être soulevé comme si l'on s'envolait en l'air. Le néant sur la tête, le néant sous les pieds. Rien que l'on sente, sinon ces tiraillements dont on a la cervelle déchirée. Et, machinalement, suivre l'échelle, sans savoir où elle conduit, sans qu'elle semble jamais prête de finir... Ne plus vouloir et descendre toujours.....

— Appuyez sur la soupape.

.   .   .   .

A cet appel, Elise s'est réveillée de son vertige. Brusquement elle a retrouvé les échelons sous ses mains, qui les serrent. Elle est rentrée en possession d'elle-même. Le mal l'a quittée, le mal qui lui travaillait la tête.

— Attention, vous allez toucher le sable.

Il lui semble qu'elle arrive au pays du soleil. Quel éblouissement allume des éclairs sur les vitres du casque. Elle en a fermé les yeux. La grosse lanterne suspend là, tout près,

Père, si vous m'aidez, je vais vous revoir... (Page 206).

son feu, pareil à ceux des phares ; les fonds s'en illuminent
joyeusement : c'est la fête de la lumière. Quelle joie ! Revoir
la clarté après la nuit, l'interminable nuit. Se ressaisir en son
corps, debout sur le sol ferme, avec l'ombre que l'on pro-
jette, l'ombre familière, sur laquelle on se redresse, comme
sur une chose solide.

Que les sables prennent un doux éclat et les défunts,
dont ils gardent les froides dépouilles, doivent-ils être heureux de ces lueurs caressantes, qui leur présagent le prochain
retour à la lumière ? Sans doute, le père a senti la tiédeur
de ce rayonnement ; il a tressailli en sa prison humide.
Il est là, sous ces sables, qui, depuis trois mois, lui servent
de linceul, en attendant la sépulture dernière.

Mais est-ce respectueux de piétiner le sol qui recouvre
ceux qui ne sont plus, et doit-on marcher sur les tombes ?

A genoux, les mains jointes, courbée vers le père,
Elise n'écoute plus que son rêve. Elle n'entend pas les gron-
dements lointains, qui se répercutent d'espace en espace,
en cette épaisseur sans limites. Elle n'entend pas non plus
la voix qui la rappelle :

— Remontez. L'orage se lève. Le commandant ne vous
donne que cinq minutes. On appareille.

Elle n'entend pas, car elle prie ; toute sa pensée va
vers celui qu'elle reverra tout à l'heure.

— Père, si je ne vous ai pas cherché plus tôt ce n'est
pas que j'aie manqué de vous garder la vénération et la
mémoire aimantes. Père, je me souviens, toute petite, sur
vos genoux ; vous preniez des parlers si rieurs et des
façons d'yeux si appelantes. Je ne les ai pas oubliés, ni

quand vous nous commandiez bravement dans votre barque avec Firmin. Vous aviez la voix colère et le cœur pardonnant...

— Ne remontez-vous pas enfin? Le commandant ne veut plus attendre.

— Père, quand vous nous avez quittés, je vous ai conservé dans mon cœur et, depuis que vous m'êtes revenu devant les yeux, j'ai souffert pour vous...

— Remontez. On dérape. Le commandant est homme à partir sans vous.

— Père, si vous m'aidez, je vais vous revoir, vous tenir bientôt dans mes bras, comme vous me teniez autrefois...

. . . .

Est-ce la force du courant qui la soulève? Elle se raccroche au sable, y enfonce ses semelles de plomb, y crispe ses ongles. Mais la nuit recommence. Le feu de la lanterne a disparu. Sans lumière, comment fouiller les fonds, comment garder le courage de s'attarder dans ces ténèbres, au milieu des fracas effrayants de lames qui s'entrechoquent?

On ne lui parle donc plus. Elise appelle. Être seule dans le néant de l'eau. Et cependant doit-elle quitter le père, s'arracher pour toujours à lui, au moment de le revoir? Où sont les échelons? Elle a voulu les saisir; ses mains se débattent dans le vide.

Quels secouements traversent ces dessous d'océan; tout s'agite dans ces fonds d'enfer. Des ressacs déferlent sur la grève de l'abîme avec des écroulements terribles; ils bouleversent les sables, les fouettent, les tamisent sans miséricorde. Pauvre père.

Elise en est culbutée. Roulée sur elle-même, chavirée les pieds en l'air, battue par ce grand remuement, elle a perdu connaissance. Et les ébranlements de l'eau la font tournoyer à mourir. . . . .

. . . .

. . . .

La chaloupe était solidement amarrée, sur le pont du vapeur, qui courait à la pleine soufflée de sa machine haletante. Mais Elise n'était pas encore délivrée de son scaphandre. Des bouffées de sang lui remontèrent au visage, l'étourdirent, l'aveuglèrent, l'assourdirent, lorsque sa tête, sortie du casque, eut repris le contact de l'air libre. Elle fut longue à se remettre; elle aperçut Silvère, Chrétien, anxieusement penchés vers elle, tandis que le lieutenant lui parlait debout :

— A quoi songiez-vous de rester en bas par une semblable menace de tempête ? C'est qu'il ne faut pas jouer d'entêtement avec le commandant. Il avait donné l'ordre de couper la corde et les tuyaux. Par bonheur, l'amarre de sauvetage est solide.

XXII

LA MARÉE DES MARTYRS

Jamais pareille chassée de mer n'entraîna un bateau, comme celle qui poussa, en moins d'un quart d'heure, le vapeur au Tréport. Une vraie tempête de Nord.

Des lames courtes, précipitées, se fatiguant à se creuser profond, se frappant l'une l'autre en des rencontres furieuses. On n'avait pu songer à rentrer dans le chenal de Saint-Valery ; en gros temps, la baie de Somme est impraticable. On avait cinglé jusqu'au Tréport.

On laissait derrière soi combien de petits voiliers, qui ne devaient plus être à cette heure que des épaves. Et tous ceux qui avaient accompagné le vapeur sur le *Vergoyer?* Aux premiers signes venus du nord, ils s'étaient envolés, comme des mouettes devant l'orage. Tous auront-ils revu le port ce soir ?

Robuste à la nage, en dépit du grand déchaînement, le vapeur eut bientôt gagné le quai du Tréport. A peine débar-

qués, Elise, Silvère, Chrétien, la bonne maman Loirat, s'en
vinrent sur le musoir, au pied du phare blanc, afin d'assister
à la rentrée des autres bateaux. Mais, il ne s'en montrait
pas un seul à l'horizon. Les patrons aiment mieux courir le
large, sous la violence du vent, que de risquer l'éventrement à la côte. Un bateau n'évite pas, comme il veut, la dune
ou la falaise, et même, lorsqu'il a su gagner l'entrée du port,
a-t-il encore à craindre les jetées, sur lesquelles il peut
se briser tout aussi facilement qu'une soupière sur le pavé
d'un cabaret.

Cependant, vers le Nord-Est, apparut une loque de toile,
fouettée par la mer en démence. On la voyait, on ne la voyait
plus. Elle se redressait, quand on la croyait engloutie. Plus
que tout autre, Elise la suivait avec effroi; car elle avait
elle-même éprouvé, en une heure non moins terrible, combien
la mer est forte et le bateau faible. Elle s'appuyait à Silvère,
se réfugiait en lui, à l'abri de sa propre émotion :

— Silvère, c'est un métier de risque tout de même. Mais
la mer est si touchante à l'âme.

Puis, comme si le vent de la bourrasque la rejetait vers
son fiancé, elle se penchait sur lui, sans résistance, tendrement, pour s'y reposer des secousses de son cœur.

— Silvère, la mer paraît plus belle encore, à la voir si
méchante. J'en ai plus de peur que si j'avais à m'en défendre.
On tremblerait moins pour ceux de là-bas, si l'on pouvait
travailler avec eux.

Un matelot vint les interrompre. Il avait ordre de ramener Elise sur le pont du vapeur, où l'attendaient les gens de
la marine.

De sa vie elle n'eut une telle joie. Comme il l'avait promis à Florimond, le sous-commissaire du Tréport s'était employé à faire toutes les réclamations nécessaires au sujet de Firmin. Tout à l'heure, en retrouvant, à l'arrivée du vapeur, son collègue de Saint-Valery, il lui avait fait part du résultat tout récent de ses recherches.

Firmin avait été rencontré, errant dans le canot du flambart, presque mourant, n'ayant pas mangé depuis cinquante heures. C'était une corvette de l'État qui l'avait recueilli. Dix jours durant, il avait déliré, secoué par la fièvre ; mais, bien soigné, il s'était remis en santé et, maintenant, il était passé mousse, aussi hardi qu'un gabier.

Il vivait dans la hune, courant sur les vergues comme un autre sur le pont, se précipitant le premier vers les postes périlleux, au fond pour serrer les voiles, à l'empointure pour prendre les ris. Il était toujours en éveil pour répondre, avant les camarades, au sifflet du maître d'équipage, et la lettre, qui apportait de ses nouvelles, donnait, en même temps, tous les détails de sa belle tenue à bord.

Firmin réalisait enfin son rêve ambitieux. Dans sa naïveté d'enfant de la côte, il s'était imaginé que tout le monde doit être riche à bord des navires, tels qu'il en avait entrevus parfois au large, avec leurs ponts reluisant de vernis et de cuivres polis. Il s'était promis de tenter fortune à son tour, de ne pas laisser Elise travailler plus longtemps pour lui, de s'embarquer sur un de ces grands bateaux, où l'on devient un vrai marin, avec la veste à boutons d'or pour les jours de fête. Et la fortune, en l'amenant ainsi sur le pont d'une corvette, l'avait servi tout à gré.

Au récit du commissaire, Elise reconnaissait son Firmin, si volontaire, amoureux des rudes épreuves et des chances toujours nouvelles.

— Où est-il, monsieur? Puis-je aller à lui? Silvère m'accompagnera.

Mais Firmin était loin. C'est d'Islande qu'arrivaient les nouvelles. La corvette avait mouillé, pendant quelques semaines sur rade, à Reikjawick, et c'est là qu'elle avait confié ses dépêches à quelque navire de partance pour l'Europe.

En Islande. Dans l'île sans arbres et sans chemins, où les brumes s'étalent dans les vallées comme des lacs, où les chevaux broutent l'herbe sous la neige, où les hommes vivent comme des morts, dans des chambres creusées sous la terre. Le père Hénin l'avait visitée, l'Islande, au vieux temps, alors qu'il naviguait pour l'État. Il avait accompagné un de ses officiers dans une longue course vers l'intérieur, pour voir des montagnes blanches de neige, qui lancent du feu et de l'eau de soufre par la gueule. Il avait manqué mourir. Mais Elise n'est pas inquiète. Firmin est plus brave à l'aventure que le père; elle ne craint pas pour lui les dangers.

D'Islande, où elle était allée remplir une mission relative aux pêcheurs de morue, la corvette devait, à son retour, séjourner dans les mers d'Écosse, afin de surveiller la pêche aux harengs. Elle ne serait donc pas rentrée avant la fin de la campagne d'automne, aux premiers jours de décembre.

— Alors, j'irai la rejoindre, reprit Elise. Je n'ai pas le droit d'être malheureuse, puisque le petit a trouvé le bord à son goût. Il a le cœur d'un fier marin.

16

Elle semblait si doucement attendrie, que le sous-commissaire fut gagné d'émotion. Il promit d'apprendre le lieu du mouillage et de faciliter à Elise tous les moyens de reconnaissance.

— Merci, monsieur. Vous êtes bon. Mais le petit est hardi : il mérite qu'on l'aide.

Oui. Bientôt, elle l'aurait dans ses bras, son Firmin, comme autrefois, câlinement, pressé sur son cœur. Elle le reverrait plus beau, plus vaillant encore. Pour aller vers lui, elle s'engagerait avec Silvère, sur la barque du gros Poidevin. Elle ne demanderait d'autre salaire que sa nourriture; pourquoi ne serait-elle pas acceptée, puisqu'elle avait la main rude à la besogne, et qu'elle n'était plus réputée pour donner le mauvais sort ? Mais, on l'appelle encore ?

Sur le quai, Chrétien la hélait de tout son souffle :

— Mams'elle Elise !... mams'elle Elise... La petite voile vient de rentrer. C'est un lougre de Cayeux. Il ramène mes trois frères... Maman Loirat en est tombée de soûleur.

Et, stupide d'émotion, il répétait entre ses reprises d'haleine : Mams'elle Elise... mams'elle Elise !

— J'y vais, Chrétien. Donnez-moi le temps d'aviser le commissaire.

Puis, se retournant vers Silvère, Elise le prit au bras :

— Venez aussi. Jamais le cœur ne me manquera près de vous.

. . . .

Le lougre était tout proche, amarré dans le port, le mufle haut sur la vague, le couronnement presque enfoncé au ras de l'eau. Lorsque tous furent arrivés, les deux commissaires,

Elise, Chrétien, Silvère et bien d'autres encore, plusieurs
batelets, parés sur l'arrière du lougre, se mirent en devoir de
relever une amarre, qui plongeait à fond.

Ho ! hiss ! Le poids était-il si lourd ?... Gare ! les batelets
foncent du bord... Halte... Trois paires de gros talons de
bottes apparaissent à la surface...

— Maman Loirat, voilà les fils ; revenez à vous. Il faut
être debout pour leur rendre les devoirs.

Agenouillée près de la vieille, Elise s'efforçait de la
ramener au sentiment :

— N'êtes-vous pas heureuse ? Les tourments de vos
enfants sont à jamais finis.

Enfin, la vieille rouvrit les yeux, au moment même où,
sur le quai, venaient d'être déposés les trois frères, que la
mort elle-même n'avait pas osé séparer. Ils étaient enlacés
ensemble. C'est en cette étreinte dernière qu'ils étaient
entrés dans la nuit du néant. Une voile, que le hasard avait
enroulée autour de leurs corps, les avait protégés et leur
servait de linceul, le vrai linceul du marin. Le flot furieux
avait respecté leur suprême embrassement.

Ils avaient été rencontrés au plus fort de la tempête par
le lougre, qui les ramenait. Lui, courait sous le vent, follement,
ne sachant plus s'il devait lofer au large ou regagner la côte.
Devant cette lugubre épave, qui lui rappelait la mort, il
avait essayé de fuir, ne voulant pas s'alourdir d'un chargement inutile. Mais, il n'avait pu se soustraire à elle ; il la
retrouvait obstinément engagée dans son sillage. Elle le
poursuivait et, par crainte superstitieuse, il s'était enfin
décidé à la ressaisir avec un croc d'amarre. Il l'avait ainsi

traînée, malgré la rage de la tourmente, et c'est cette épave
qui l'avait sauvé. C'est elle qui avait supporté l'effort de la
vague, en augmentant l'étendue du sillage, en faisant l'office
de brise-lame. A la façon d'un gouvernail, elle avait maintenu
debout au vent le bateau, qui, grâce à elle, rentrait au port,
où d'autres ne rentreraient peut-être jamais.

Ils étaient là sur le quai, les trois frères, le visage accalmé,
comme après un long embaumement.

— Mes pauvres enfants..., mes fils...

Et la vieille s'évanouit de nouveau entre les bras d'Elise.

— Écoutez-moi, bonne maman Loirat. Réveillez-vous.
Vos fils ont gagné le repos. Le père Hénin le gagnera de
même. Il est à son heure de revenir. Il aura son argent en
poche; vous savez, dans la poche de son tricot de laine, la
bourse en peau de phoque. Il était si fier quand il la rappor-
tait pleine. Il s'en faisait comme une grosse pelote sur la
poitrine, tout juste contre le cœur. Il reviendra riche, bonne
maman Loirat. Je vous donnerai tout l'argent. Vous n'aurez
plus de misère.

La vieille ne savait entendre. Elle ne reprit ses sens
qu'au soir, dans un lit d'auberge, entre Elise et Chrétien, qui
la soignaient. Silvère s'était installé près des trois fils, sous
un hangar de douanes, en attendant la fin des constatations
administratives. Il demeura, les dernières heures du jour et
la nuit, en cette veillée funèbre, qui, pour le distraire de ses
pensées mornes, lui apportait les sifflements du vent et les
fracas de la mer en courroux. Enfin, quand les lueurs naissantes du lendemain vinrent lui rendre la paix de l'esprit, la
grande tempête de nord était passée.

Elle était passée; mais elle avait si rudement travaillé, si profondément remué le sable qu'elle les avait tous délivrés, tous ceux du *Fond des naufragés*.

.   .   .   .

Le bonhomme Hénin fut retrouvé, comme endormi dans sa barque, qui semblait n'avoir pas désappris le chemin du port. Pour lui, la mer le rendait tel qu'elle l'avait reçu, étendu sur sa couchette, la lèvre souriante et les yeux clos. Et tout auprès, dans la chambrée, sous la nappe d'eau, qui les protégeait des morsures du temps, sommeillaient encore ceux des compagnons que la mort avait surpris en leur heure de repos.

La barque s'était conservée intacte, comme ceux qu'elle abritait. Et, lorsque la tempête de nord vint la délivrer, elle était prête à reprendre, aussi hardiment qu'autrefois, son tra - vail de la mer.

Une fois rejetée hors des sables, remise à flot par le roulis puissant des vagues, elle s'était engagée dans le cou- rant de la baie, et, de cahots en cahots, elle était arrivée jusqu'à l'endroit de la grève, où, quelques jours plus tôt, Elise avait voulu mourir, en invoquant son père. Lui, venait répondre à l'appel de sa fille.

Elle n'était pas là pour le recevoir. Seul, Barbet, que sa maîtresse avait laissé au bourg, Barbet, errant sur la dune, accueillit, par ses cris joyeux, le retour du vieux père, qui ramenait avec lui la paix et le bonheur de son enfant.

Tous rentrèrent à leur tour, et l'ami Joseph, et le bel Amédée, et tant d'autres, sur lesquels avait passé depuis longtemps l'oubli. On en retrouva sur tous les points de la côte, entre Calais et Fécamp, et, de cette tempête, on a gardé le souvenir. Dans le pays, on l'appelle la « marée des martyrs ».

.   .   .   .

.   .   .   .

Trois jours suivirent. La tourmente avait chassé les mauvais temps. Le dernier souffle de brise était venu se fixer au Nord-Est, annonçant enfin la saison sereine. La mer, reflétant le bleu si tendre du ciel, égayait toute la baie de ses teintes vert-changeant, que rehaussait au loin la masse sombre de Saint-Valery. Sur la dune, aux lignes douces, couraient encore quelques nuages blancs, restes de balayures, demeurées là pour témoigner que le ciel impur venait d'être nettoyé par le bon vent.

Rien n'égalait la gaieté de ce matin d'août. Sur la route montante de la dune, un arc de verdure était dressé, un arc triomphal ; car le bourg célébrait la délivrance de ses enfants.

Dans la salle basse de la mairie, se trouvaient réunis tous les défunts, que le gouffre avait rendus. Vingt-trois, rapatriés l'un après l'autre, les uns par mer en bateau, les autres en charrette, par la route de terre, suivant qu'ils étaient venus s'échouer parmi des marins ou des côtiers.

Vingt-trois ! Pas un ne manquait à l'appel et l'on avait attendu pour la fête le dernier rentré, le boiteux, entraîné plus loin par le flot, comme s'il avait été plus faible pour lui résister.

De mémoire d'ancêtres, si glorieuse fête n'avait répandu sur le bourg une joie plus familiale. La mairie s'ornait de drapeaux et de guirlandes fleuries; tandis que les maisons étaient tendues de draps blancs, piqués de bouquets de fleurs.

De place en place, des balises ornées de branchages marquaient le parcours du cortège.

Vingt-trois cercueils. Tous les gars valides du bourg furent employés à les porter ; mais, sous les draperies blanches et les couronnes de fleurs éclatantes, on eût dit vraiment une procession triomphale. Les honneurs en furent réservés au père Hénin, que l'on fit avancer le premier des vingt-trois, enveloppé d'un drapeau. Autour de lui, deux files de jeunes filles, à longs voiles blancs, semaient des roses à pleines corbeilles.

Elise et Barbet marchaient au rang d'honneur, en avant du maire. Précédant de quelques pas le long défilé de tous les gens du bourg, ils semblaient conduire ce deuil heureux.

Décorée de chaque côté en reposoir, la maîtresse porte du cimetière fut grande ouverte, pour les recevoir, et, lorsque le fier soleil d'août, haut sur le zénith, marqua le midi, l'heure du repos, les vingt-trois étaient couchés dans le champ consacré pour dormir.

. . . .

Et, le soir, en rentrant avec Barbet dans leur chaumière, Elise n'eut plus peur d'y rencontrer l'image de son père. Ne devait-il pas avoir recouvré sa sérénité, depuis qu'il reposait près de la mère, dans le coin du cimetière, sous une plaque neuve, avec une belle épitaphe, en lettres soigneusement creusées et bien peintes.

— Père, êtes-vous heureux enfin ? Venez me le faire connaître. Je veux effacer de ma mémoire vos joues tirées et vos regards reprochants ; je veux revoir votre visage, si doux quand il était caressant.

Mais le père ne reparut pas. Rien ne devait plus troubler
la paix de son sommeil ; c'est ce que Barbet avait compris.
Il se redressa, les deux pattes sur les genoux d'Elise, et, les
yeux dans les yeux, il voulut dire :

— Amie, ne réveillons plus les mânes endormies. C'est
désormais l'heure de se reprendre à vivre, d'aller vers ceux
qui ont besoin de nous, d'appeler ceux dont nous avons
besoin.

Et Barbet a raison. Pas plus qu'une autre, Elise n'est
sur la terre pour souffrir sans partage. L'heure propice
l'attend, l'heure de recevoir dans ses bras le frère qu'elle
a perdu, l'heure de se donner à l'époux qu'elle espère.

XXIII

PARDON BIEN GAGNÉ

Le père Hénin était revenu avec l'argent en poche ; sa bourse, toute ronde, formait vraiment comme une grosse pelote sous son tricot de laine, à la place où le cœur, jadis, battait si généreusement. Sa barque fut, après un léger radoub, remise à flot.

Elise ne comptait rien garder pour elle, de toutes ces richesses. Avait-elle besoin de se ménager un sort, puis-qu'elle allait se marier? Elle voulait simplement retirer la part de Firmin, puis employer le reste à rendre plus heureux les derniers jours de la bonne maman Loirat. La pauvre vieille était retenue malade encore; peut-être même, ses forces épuisées ne surmonteraient jamais l'ébranlement de santé que lui avait causé le choc de sa dernière secousse. L'argent surtout est nécessaire aux faibles.

Par malheur, l'Inscription maritime avait tout placé sous séquestre, en vue de sauvegarder les droits des héritiers, et

les projets d'Elise s'étaient trouvés entravés, avant, pour
ainsi dire, qu'elle n'eût pu songer à les réaliser.

Pour elle, depuis le retour de Silvère, elle ne vivait plus
de misère. Elle acceptait, de son fiancé, le même secours que
d'un mari. Quand on a le cœur à s'épouser, c'est pour partager ensemble le bien comme le mal. Toutefois, leur noce ne
pouvait être célébrée avant la fin de la campagne d'automne;
car le gros Poidevin n'accorderait pas aux hommes de son
équipage une heure de plus qu'il n'avait promis, et l'appareillage de la *Jeune-Adolphine* était annoncé, à trois jours de
là, pour la veille de la nouvelle lune.

Tout d'abord, Silvère avait songé à rompre son engagement, à demeurer au bourg, juste le temps nécessaire pour
épouser Elise. Ensuite, on aurait rejoint Firmin, on se serait
rembarqué sur le premier bateau en partance vers l'Écosse.
Mais Silvère était un excellent marin, peu parleur, laborieux,
prudent et sobre, et son patron lui avait refusé la résiliation
qu'il demandait.

— Je ne supporterais plus l'idée de vous savoir seule,
la Lise. Vous irez loger près de maman pilote.

— Non, Silvère. Vous savez; ce que j'ai pu prendre de
votre main, puisque vous serez mon mari, je ne l'accepterais
pas volontiers d'une autre. La mère pilote me mépriserait,
si je lui réclamais de me nourrir. Je n'ai pas peur du travail.
J'ai la volonté de m'embarquer avec vous. Le Poidevin m'ac-
ceptera, bien sûr.

Depuis le jour heureux où elle avait mené le cortège, en
avant du maire, Elise était respectée dans le bourg. Non
seulement on oubliait, comme elle les oubliait elle-même, les

iniquités, dont on l'avait poursuivie, mais encore on lui prêtait
la gloire d'avoir été l'occasion du retour des naufragés. N'y
avait-elle pas assez travaillé, d'ailleurs, et, si on lui décer-
nait cet honneur, ne pouvait-elle l'accepter sans injustice?
Toutefois, elle ne prenait qu'une faible part des louanges
qui couraient à son sujet. Elle souhaitait seulement en
retirer une recommandation près du Poidevin.

Sans attendre davantage, elle entraîna Silvère jusqu'au
port, aux alentours duquel on pouvait être assuré de rencontrer le gros patron. D'ordinaire, il flânait sur l'estacade
ou, mieux encore, s'attablait à la taverne des matelots. Ils
le cherchèrent d'abord du côté de la mer. Deux douaniers
les renseignèrent.

— Le Poidevin? ce n'est jamais dans le sens de l'eau
qu'on doit le quérir; toujours le nez dans le tafia.

Il était, en effet, fort occupé de boire. Au moment de
franchir le seuil de la taverne, Elise fut secouée de tremblements. Elle se rappelait les scènes récentes, qui s'étaient
passées là, la haine de Florimond et de ses matelots, de
Barnabé, enterré la veille, au nombre des vingt-trois martyrs.

Barnabé, plus méchant par vanité que par vice. Elise
songeait souvent à lui, la dernière victime du *Vergoyer*. Par
bonheur, il ne laissait pas de famille et sa mort n'avait
atteint personne du bourg. Seule peut-être, Elise lui gardait
un souvenir.

Ce fut long de décider le Poidevin. Cinq tournées de bistouille, une heure de discussion et pas de promesses encore.

— Un dernier café, le Poidevin. Pour le coup de la fin,
Lise vous en fera l'honneur.

— Merci, Silvère. Vous savez que je ne suis pas fière avec la boisson.

— Eh bien ! pour en rire, la fille, si tu bois, je te promets tout de même.

— Votre parole est bonne, Poidevin. La Lise va boire à cœur donné.

Elle but, en effet, en toute franchise, et, lorsqu'elle lui eut rendu raison, le Poidevin tint sa promesse. On signa les engagements entre trois tasses de nouvelle bistouille, sur la table de bois graisseuse, dans la salle enfumée. En écrivant son nom au bas du papier, Elise sentit sa plume courir légère ; elle avait foi dans l'avenir, tant les choses semblaient désormais lui réussir à volonté.

Et, tout en pensant au départ prochain, qui devait la rapprocher de Firmin, elle laissa son regard errer par la porte ouverte, vers les bateaux ancrés dans le port.

Elle fut saisie et se retint à la table, en voyant apparaître le petit bossu, qui s'arrêta sur le seuil, en montrant sa face osseuse, plus pâle et plus longue, plus débile et plus triste qu'en aucun jour. Il n'entra pas et, de loin, fit signe à Elise de venir le rejoindre. Dehors, il se trouvait plus à l'aise pour les graves confidences qu'il avait à révéler.

On l'avait chassé de l'Inscription maritime, aussi durement qu'un commis infidèle. A peine de retour, le chef l'avait fait comparaître, lui avait rappelé la scène grotesque, provoquée en plein quai de Saint-Valery ; puis, insistant sur le discrédit qui pouvait atteindre l'Administration, il avait conclu de telle manière, que son commis en avait retenu les paroles syllabe pour syllabe :

— Je regrette pour vos parents, monsieur ; mais je suis
obligé de me séparer de vous. Si j'étais infirme, je mettrais
plus de soin à me le faire pardonner. Allez.

En répétant cette phrase, dont tous les mots lui tintaient
douloureusement à l'oreille, le petit bossu levait vers Elise
ses yeux mornes, à peine éclairés, et, sous ce regard empreint
d'une indicible tristesse de malade, la jeune fille tressaillit,
le sein tout gonflé de pitié.

— Pauvre monsieur Émile. Qu'avez-vous fait alors?

Ce qu'il avait fait? Il s'en était allé, traversant les rues de
Saint-Valery, pour monter dans le faubourg, qu'il habitait. Le
cœur navré, il s'était contenu afin de n'en rien laisser
paraître, ne voulant pas pleurer comme une fillette devant
tous les habitants, qui se seraient trouvés vengés par sa
disgrâce.

Puis, ses parents l'avaient gourmé d'importance, l'obligeant à présenter, dès le lendemain, des excuses, que le commissaire avait repoussées.

Promptement, Elise eut pris sa résolution. Elle décida de
partir, à la minute même, pour aller implorer l'indulgence
du commissaire. Après le succès de ses récentes démarches,
elle ne doutait plus qu'un peu de bravoure et beaucoup de
résolution ne fussent suffisantes à faire prévaloir le bon droit
auprès des grands personnages.

Elle se fit accompagner de Silvère et de Barbet, traversa
la baie et vint résolument frapper à la porte du bureau. Le
petit bossu, qui l'avait suivie piteusement, pas à pas, dans les
talons, comme un chien battu, s'était arrêté à certaine distance, caché derrière une décharge de grands madriers.

Au moment d'entrer, Elise le chercha, eut quelque peine à
le retrouver, le gronda doucement :

— Il faut venir, monsieur Émile. Gagne-t-on rien qu'on
ne le paie avec du courage. C'est la monnaie des pauvres gens,
tels que nous. Il faut venir.

Lui, se laissa pousser, plutôt qu'il n'entra de lui-même ;
mais, à peine le seuil franchi, il se renfonça sous sa bosse, se
cacha dans les jupes d'Elise. Il avait aperçu, derrière la pile
de cartons, à sa table, une tête frisée, montée sur un grand
corps. La place était prise ; toute démarche devenait vaine.

— On entrera, puisqu'on est venu, reprit Elise. On ne
doit jamais renoncer. L'essai n'en coûtera guère.

Toutefois, elle ne put retenir le petit bossu, qui se glissa
vers la porte si prestement, qu'à peine eut-elle le temps de
tendre les deux bras pour le ressaisir. Elle le sentit rouler
entre ses mains et le vit, en même temps, s'enfuir en toute
hâte. Si vite qu'il courût, elle l'eut bientôt rejoint.

— Venez donc, monsieur Émile. Je vous apporte la
chance, mais c'est à vous de savoir la mériter.

Vivement, en les voyant entrer tous quatre, le sous-commissaire reprit son aplomb sur son fauteuil. Il devinait une
attaque énergique et se mettait à son assiette, pour mieux
soutenir le choc. Il enveloppa, d'un même regard de mépris,
Barbet et le petit bossu, ne donna guère d'attention à Silvère
et termina son examen, en adressant à Elise un sourire inter-
rogateur.

Elle répondit par une exposition précise du fait. Monsieur
Émile ne pouvait gagner sa vie d'autre manière, et ses vieux
parents avaient besoin de son travail ; les places étaient rares

à Saint-Valery ; il demandait à rentrer ; il était repentant.

— N'est-ce pas, monsieur Émile, vous ne serez plus mal plaisant aux matelots? On vous rendra votre poste, si vous promettez de vous y tenir en convenance.

Sans relever les yeux, qu'il tenait fixés au sol, le petit bossu balbutia des excuses inintelligibles.

— C'est inutile, reprit le sous-commissaire. J'ai pourvu à votre remplacement.

Elise eut vite trouvé la riposte :

— Oui, nous avons vu le grand frisé ; mais de pareils gars, ça n'est pas fait pour les amusements d'écriture. Ils ont d'autres places à prendre que celles des infirmes.

Le sous-commissaire sourit. Il commençait à connaître Elise. Il oubliait qu'il l'avait crue folle, pour ne plus voir en elle qu'un esprit de logique et de décision, un sentiment de droiture généreuse. Il subissait le prestige de cette vaillance, si forte en cette âme si simple, et, par crainte même de paraître faible devant le charme qui le dominait, il s'efforça de rompre brusquement l'entretien :

— N'insistez pas. Je ne puis me priver du bon pour m'embarrasser du mauvais.

— Ce n'est pas l'affaire, puisque le petit promet de se ramender ; mais nous ne voulons, non plus, priver le grand de son pain. Vous lui trouverez un autre métier, plus en action avec sa taille.

— Je ne puis rien ; laissez-moi.

— Non, nous ne vous quitterons que vous n'ayez promis. Silvère veut comme moi, et Barbet aussi.

En entendant prononcer son nom, le chien remua

vivement la queue et poussa de petits cris d'assentiment.

— Faites au moins sortir cette bête. C'est la première
fois qu'on se permet d'introduire un chien jusque dans mon
cabinet.

— Aussi Barbet est plus digne que bien des gens. Il est
poli avec le monde. Allons, Barbet, fais un beau salut au
commissaire.

Barbet exécuta une révérence, sérieusement, comme un
maître de danse, et s'acquitta de sa corvée avec un air de
complaisance si comique, que le chef en partit de rire. Il
craignit d'avoir compromis sa dignité.

— Cette bête est par trop grotesque. Allons, ne me faites
pas perdre davantage mon temps avec elle.

— Il sait aussi les chansons du bord. Barbet, monte sur
la hune et chante le *Départ du Mousse*.

Le chien, qu'Elise avait placé contre une chaise, en
embrassa le pied, fit mine de s'y hisser, chevauchant ses
pattes à la façon d'un singe; puis, s'installant d'un ressaut de
ses jarrets sur le siège, il entama une série d'aboiements
modulés, aigres ou graves, gais ou langoureux, rythmés
en couplets. Il dodelinait de la tête, ouvrait ou fermait les
yeux, accentuait sa voix au plus bel effet, mimait le jeu
des paroles en contorsions tout à fait réjouissantes.

Le chef en perdit contenance. La singularité de cette
audience le mettait mal à l'aise. Déconcerté par la naïveté
de ces quatre intrus qui, sans autre malice, avaient pris
possession de son bureau, il ne résistait plus que faiblement.

— Votre bête est absurde. Finissons avec le ridicule
de semblables extravagances.

Il entonna une série d'aboiements modulés, aigres ou graves (page 226).

— Barbet sait aussi la manœuvre, répondre au commandement.

— Merci, ne lui faites pas dépenser sa peine pour si peu de profit. Je ne puis rien.

— Tout de même. Il est fier qu'on l'admire. Allons, Barbet, gouverne à la barre, tribord au vent.

Comme un pître devant une altesse, Barbet déroula tous ses talents, et spécialement l'exercice. Il l'exécuta à temps normaux, selon les principes d'un prévôt, avec une règle en guise de fusil, une règle qu'Elise avait empruntée résolument à la table du commissaire. Toutefois, il mit quelque mauvaise humeur pour donner le spectacle de la visite d'inspection. Il n'avait pas son hausse-col, ni ses galons, et cette infraction à la grande tenue ne lui semblait pas digne. Il dédommagea l'assemblée par des minauderies non moins surprenantes : la reconnaissance des bateaux, la conduite des enfants à l'école; finalement, sur un signe d'Elise, il vint, aux pieds du commissaire, se traîner en suppliant pour réclamer la grâce du coupable.

— On verra. Pour mon bureau, c'est impossible; j'ai donné la place. Mais je trouverai une autre situation.

— Non, nous prétendons que M. Émile reste devers vous. Votre grand frisé se fera matelot; c'est plus beau que d'écrire. Allons, parle encore, Barbet.

— Partez, laissez-moi. J'aime mieux rendre la place à votre protégé. Cette façon de quémander est intolérable.

— Alors, c'est bien à votre bureau que vous le garderez. Je lui ai promis; je ne veux pas que vous me fassiez mentir.

— Eh oui! partez tous avec le chien.

— Ne doit-on pas vous remercier à cette heure? Fais le salut, Barbet; vous, monsieur Émile, il faut vous accoster d'un baise-main.

Et, poussant le chien et le petit bossu vers le sous-commissaire, Elise exigea qu'ils fissent toutes sortes de démonstrations de reconnaissance. Puis, derrière eux, elle prit son tour de révérence :

— Je vous rends grâce pour M. Émile. J'étais l'occasion de son renvoi; j'avais le devoir d'obtenir son rapatriement. Silvère, offrez la poignée de main d'usage.

— Me laisserez-vous tranquille à la fin. Si vous ne partez et tout de suite, je retire ma parole. Mais cela reste entendu. Est-ce fini cette fois? Adieu.

Tous les quatre sortirent, Barbet fier, le bossu joyeux, Elise heureuse, Silvère étourdi de l'énergie de sa fiancée.

— Vous travaillez mieux qu'un homme, Elise.

— Est-ce donc moi, qui ai rien obtenu? C'est Barbet qui, par ses paroles gentilles, a gagné l'oreille du commissaire.

Ce n'était pas Barbet. Ce qui avait gagné l'oreille du commissaire, c'était la voix de la pitié, cette même voix qui l'avait une première fois décidé à accueillir un être malingre, incapable, comme avait dit si raisonnablement Elise, de trouver un autre moyen d'existence. Les bossus sont condamnés de naissance, gens d'échoppe ou gens de bureau.

Par un renvoi sévère, le chef avait eu simplement la pensée d'infliger une leçon à l'impertinence de son commis; il comptait sur les demandes ordinaires de retour en grâce,

sur les démarches du coupable, des parents, des amis, pour
avoir l'occasion de pardonner, et le grand frisé, qu'il avait
installé au bureau, à titre provisoire, n'avait d'autre rôle que
de laisser supposer l'expulsion plus définitive qu'elle ne
l'était en réalité.

Le sous-commissaire s'était proposé de faire durer la
punition assez longtemps, pour en rendre l'effet sensible.
Une mise à pied de plusieurs semaines, sinon de plusieurs
mois. Puis, devant l'intervention d'Elise, il avait cédé, esti-
mant comme une humiliation nouvelle, pour M. Émile, de
devoir un pardon à de simples matelots.

D'ailleurs, Elise et son chien l'avaient ému, par leur
naïveté brave, et, tout en refermant la porte sur le dos des
quatre visiteurs, il ne se sentait pas moins heureux qu'il ne
les supposait eux-mêmes.

A peine sorti, le petit bossu s'avança vers Elise. De
grosses larmes de joie lui coulaient au long du visage et
s'arrêtaient hésitantes sur chaque nœud des pommettes.

— Je n'ai plus qu'un bonheur à vous demander, mademoiselle. Accordez-moi de vous embrasser.

— Ce n'est pas moi, c'est Barbet, s'écria-t-elle en se
reculant.

— Non, c'est à vous que le chef prétendait plaire, parce
que vous êtes trop gentille. J'aurai tant de douceur à vous
en remercier.

— Vous embrasserez Barbet aussi.

Puis, se dominant par compassion, elle se pencha et
tendit gracieusement ses deux joues. Le petit bossu se haussa,
pour la serrer au cou, et la pressa sous ses lèvres décolorées,

mais brûlant la fièvre. Enfin, saisissant le chien à son tour, il le couvrit de caresses.

Et, sur la place de Saint-Valery, les matelots épars, qui l'aperçurent pleurant en cette singulière étreinte, se gaudirent à francs gosiers. Ce fut là toute leur vengeance.

XXIV

L'ÉCLAIR DU HARENG

C'est le troisième dimanche d'août, qu'Elise, confiante en un avenir de bonheur, sûre de sa chance nouvelle, s'embarqua sur la *Jeune-Adolphine*. Elle avait fait ses adieux à la mère pilote, qu'elle laissait bien triste, et qui, pour se consoler de sa solitude, avait voulu garder Barbet. Mais comment Barbet aurait-il pu vivre loin d'Elise ? Il prit la mer aussi.

On était au début de la pêche d'automne. On allait retrouver le hareng, non plus au delà de l'Écosse, mais en pleine mer du Nord, sur les confins extrêmes de l'Angleterre. Sans doute, la corvette, qui avait recueilli Firmin, stationnerait à Édimbourg ou Berwick. Elise comptait trouver le moyen de la rejoindre. Dans la mer du Nord, le centre de pêche est plus resserré que dans l'Océan ; les bateaux y sont mieux groupés et communiquent plus facilement. Ce serait une chance bien contraire si on ne rencontrait pas, bord à bord, ou la corvette elle-même ou, du moins, un de ces cabo-

teurs qui desservent la pêcherie avec le port anglais le plus
voisin.

Grâce à Silvère, Elise avait sa part de filets; il n'avait
pas voulu qu'elle pût être moins considérée à cause d'un
manque d'apport; il avait obtenu d'elle qu'elle acceptât un
gréement neuf.

Et, le surlendemain de la nouvelle lune, ce gréement descendit pour la première fois dans la mer.

Depuis le midi seulement, la *Jeune-Adolphine* était arrivée
sur le lieu de pêche. Sans plus attendre, elle noyait toute sa
tessure, tant la brise semblait propice et le ciel favorable.

Une clarté de soir répandait au loin sur le flot son harmonie sereine. Quand tous les filets furent affalés, quand le
bateau se fut mis à leur remorque au fil du courant, Elise,
séduite par la beauté de cette nuit blonde, n'avait plus songé à
dormir.

Appuyée sur le plat-bord, à côté de Silvère, elle suivait, du
regard, les miroitements d'or, sur cette mer changeante,
qui se prête à tous les rêves de l'esprit.

— Silvère, j'ai l'idée qu'on s'aime plus doucement quand
on a vu ensemble des choses si tranquilles. Dites-moi le
côté de l'Angleterre?

Puis, longtemps, elle resta muette, attentive à la direction que lui désignait Silvère.

— C'est là qu'est Firmin. Il était trop brave pour se tenir,
comme nous, simple matelot à la côte. Ne m'en voulez pas de
penser à lui. Je suis tout de même heureuse de me sentir
confiante en votre estime.

Il ne disait rien, le grand Silvère, tant il avait peur d'effaroucber ce murmure tendre, qui s'élevait jusqu'à lui. Il eût dominé Elise de toute la tête; mais, baissé vers elle, il l'admirait, si palpitante et si belle, sous l'auréole de lumière. Elle releva vers lui ses yeux inquiets, comme pour lui demander une réponse.

— Elise, soyez sûre. Je n'ai pas jalousie de Firmin. Nous serons deux pour l'aimer, comme pour aimer notre mère pilote. Vous n'êtes pas envieuse d'elle, parce que j'ai le goût à la respecter. Ça me vient du même cœur pour vous et pour elle, mais pas de la même chaleur. Il faut bien que ce soit le devoir, puisque c'est ainsi.

Et, pendant les deux heures de dérive, ils causèrent, n'entendant qu'eux-mêmes, indifférents aux chants, qui leur arrivaient par l'entrebâillement de l'écoutille.

Le gros Poidevin était ivre; deux heures de chambrée équivalaient, pour lui, à douze tafias, juste le compte pour faire son plein. Mais, s'il avait la cervelle endormie, il gardait l'œil éveillé, et, lorsque vint le moment de relever les filets, il fut le premier sur le pont, appela tous les hommes à la manœuvre.

— Holà! têtes de mailloches! Il s'agit de se cogner à la besogne.

Le gros Poidevin, ancien quartier-maître, portait la boisson comme pas un ancien du bord. Quand il brassait plein, il ne roulait pas plus que s'il était affourché à quatre amarres. C'était le plus solide buveur de la côte. Ferme sur l'axe de son ventre, il se faisait gloire, après douze bistouilles, de tenir l'aplomb, comme s'il avait simplement dîné de vent frais.

Au demeurant, bon vivant, gai compagnon. Privé de

famille, il ne se plaisait guère qu'à paquer de la toile. Il avait horreur du rivage, où, disait-il, il n'eût guère aimé de pourrir comme une chaloupe échouée.

— Holà! garçons. Quand la machine ronfle, le matelot s'éveille.

La machine ne ronflait pas encore; mais les vapeurs bleuissantes, qui flottaient sur la bouche de sa cheminée, annonçaient qu'elle était prête à mettre en mouvement le cabestan.

— Holà! garçons. Vent de Nord-Est avec la lune. Nous ramasserons le poisson à huches pleines. Holà! tous sur le pont.

Au cri du patron, Elise arriva, suivie de Silvère. Ils n'étaient pas d'avis que ce fût sage de relever déjà les filets. Tout en causant, ils avaient, de temps à autre, jeté quelques coups d'œil sur la ligne des barillets et ne l'avaient pas vue s'enfoncer progressivement, comme cela se produit lorsque la charge de poisson vient augmenter le poids de la tessure. Sans doute les filets flottaient vides.

L'avis semblait bon. Après longue discussion, le Poidevin consentit à le suivre; puis il disparut par l'échelle d'écoutille. Il allait retrouver, pour une heure encore, son pichet et sa moque.

— Allons dormir comme les autres, la Lise. C'est chercher le mal que de mépriser le repos.

— Non, pas ce soir, Silvère. La nuit est trop caressante. Elle donne la douceur au cœur. J'ai tant de plaisir à voir le flot, depuis qu'il m'a rendu mon père.

— Lise, les songeries, ça ne nourrit guère. Un bon

matelot, pour être fort, doit manger et prendre son sommeil. La pêche est assez dure, même quand on s'en délasse.

— Silvère, voyez donc. On croirait que la mer ruble là-bas. Est-ce l'éclair, dites?

Oui, c'était l'*Éclair du hareng*, qui s'approchait rapidement, comme une traînée phosphorescente. Le flot semblait en feu, tant il brasillait de clartés irisées. Des bleus de saphir, des verts d'émeraude, des rougeoiments d'or pailletaient, de leurs étincellements, la masse d'eau, lustrée d'argent. On eût dit un cortège sous-marin, qui s'avançait dans un éblouissement de métal rutilant et de gemmes précieuses. On n'y pouvait tenir le regard. La lune, si blanche d'ordinaire, semblait, en comparaison, d'un gris sale. Elle avait l'air si morne, qu'Elise lui lança un regard de compassion.

— Est-ce possible que le feu de la mer remouche la lune, comme font parfois les étoiles? Silvère, qui fait briller si dur le hareng? On en a les yeux brûlés.

Et elle cachait son visage dans la poitrine de son fiancé. Lui, souriait, retenant de sa main, qu'il s'efforçait de rendre plus douce, ce front si cher.

— Lise, les voilà; ils vont passer dans notre tessure. Regardez. Ce sera comme une magie d'artifices.

Aussi rapide qu'un lac de feu qui s'écoulerait, la traînée des harengs avançait, rasant l'eau, tous les dos et toutes les nageoires scintillant de lumière, déchirant la nuit de leurs clartés aveuglantes.

— Alerte, la Lise. Les voilà sur nos filets.

Une éclaboussure d'étincelles, un pétillement de braises

ardentes, un flic flac électrique qui se répercuta dans toute la
traînée, comme si le ruissellement, arrêté par une muraille,
revenait sur lui-même en jaillissements impétueux. Puis
toute la tessure, sortant hors de l'eau comme un frémissement lumineux, jusqu'à l'extrémité, là-bas, sur la longueur
d'une lieue. Et la déroute du hareng, se dispersant, par de
brusques détours, en arrière du bateau, comme les dernières
poussées d'un feu qui va s'éteindre.

Et quand, l'éclair passé, les yeux, reposés de leur éblouissement, purent distinguer les formes dans le demi-jour de
la nuit, ils virent enfin les filets affalés sous le poids de
leurs innombrables victimes, qui s'étaient étranglées en se
débattant.

— Patron, on peut relever; les barillets ont foncé.

Mais le gros Poidevin avait une heure de chambrée en
trop. Contre son habitude, il talonnait et tanguait. Lorsqu'il
voulut remonter sur le pont, il manqua les marches de l'écoutille et s'affaissa lourdement sur le plancher.

— Ce n'est pas le moment de se laisser tomber du commandement, patron. Il y en aura des brassées à remuer.

Le patron s'était relevé, furieux d'avoir failli à sa réputa-
tion de robuste buveur. Il concentra toute son énergie pour
atteindre le pont, sans nouvelle faiblesse, et, l'escalier franchi, debout sur le plancher résistant, il appela tous les
hommes d'un appel triomphal.

Alors, entre les halètements de la machine, les ronfle-
ments du cabestan et les cris des matelots, la manœuvre commença. Aussitôt cueillis, les filets furent secoués au-dessus
des huches, où le poisson tomba en pluie phosphorescente.

On le mélangea de sel à même, et, quand il eut comblé les huches, on lui ouvrit la matelôte. Il y entra par milliers de têtes.

Ce fut seulement le lendemain, au milieu du jour, que la corvée s'acheva. En une nuit, plus de la moitié des trous du bateau s'étaient remplis : la moitié de la campagne achevée. Six cents mesures. Une pêche à miracle.

On tendit encore au soir et les nuits suivantes. Tant que le poisson donne, on ne compte pas les peines ; chaque jour cependant en amenait de nouvelles.

On ne pêchait plus, suivant le temps, que deux cents mesures au plus, puis cinquante et vingt-cinq même. On n'a pas deux fois la chance de se rencontrer sous le vent du banc.

XXV

TESSURE EN DÉRIVE

A l'aube de la vingtième nuit, le bateau n'était pas encore en pêche franche. Comme le hareng, il redescendait insensiblement vers le Sud, sans quitter cependant les parages d'Écosse. A toute heure du jour, Elise explorait les lointains, y cherchait la corvette et Firmin, qu'elle n'apercevait pas.

Toujours le sort contraire. En vingt jours, n'avoir rencontré, non pas seulement la corvette, mais pas même un caboteux en service de ports anglais. Être si près l'un de l'autre, se désirer d'un tel cœur et vouloir sans pouvoir.

Eh bien ! elle forcera le destin à céder encore ; elle reverra la corvette, dût-elle se crever les yeux à fouiller les fonds à perte de vue. Elle passait toutes ses minutes de repos, appuyée au plat-bord, interrogeant, du regard, les horizons de la mer, qui ne lui apportaient jamais la réponse aux désirs de son cœur. Tout d'abord, elle avait eu l'intention de se garder les nuits pour l'observation ; elle s'était épuisée vainement, con-

fondant tous les falots entre eux, croyant reconnaître la corvette, au gréement de voilure, et s'apercevant, après long
examen, que l'illusion de l'ombre lui avait fait prendre un
petit bateau pour un navire.

Puis elle avait renoncé à ces veilles inutiles et, chaque
matin, avant que le premier point du jour ne perçât les ténèbres, elle était sur le pont, où elle demeurait jusqu'aux dernières lueurs du crépuscule.

Elle commençait à se désespérer, car, insensiblement, le
bateau, complétant sa charge de poisson, hâtait la fin du
voyage.

Elle était de quart, ce jour-là, au poste de la barre, et
louvoyait, en attendant l'heure de l'étente. Silvère, qui venait
de quitter le travail, prenait ses instants de sommeil; mais
Barbet veillait à côté de sa maîtresse. Malheureux Barbet.
Il ne se plaisait guère à bord, n'ayant jamais navigué. Les
premiers jours, il avait chèrement payé son noviciat. Étendu,
le cœur malade, entre des paquets de filets, il était resté,
gémissant à chaque mouvement du bateau, et c'est à peine
si, à la voix d'Elise, il avait eu la force de rouvrir ses yeux
languissants.

Cinq jours durant, il avait compté ses chemises, comme
les matelots lui disaient, en se moquant. Puis le mal avait fini
par céder à l'habitude et, dès lors, Barbet ne craignait
pas plus le roulis que s'il était un vieux de la cale. En ce
moment, il dressait le nez et les oreilles, et glapissait, pour
avertir Elise d'une approche imprévue.

Elle crut d'abord qu'il voyait la corvette et qu'il annonçait Firmin. Mais, si loin qu'elle regardât au large, elle ne

discerna rien qui ressemblât à quelque vaisseau d'État.

Jusqu'alors on n'avait rencontré que des vapeurs de commerce, et surtout de ces navires charbonniers, épais dans leurs façons, pareils à des masses noires. Ils sont lourds à manier, ont un faible équipage et ne se prêtent guère aux changements de route. Aussi vont-ils tout droit leur chemin, à la manière des grands fauves dans le désert, et c'est aux petits à veiller, pour les éviter. Ils ne se gênent guère d'une rencontre ; car ils ne sont jamais culbutés. Entre eux seulement, ils se craignent.

On en voit, dans cette mer-là, par troupeaux. Elise les redoutait, et les observait attentivement tant qu'elle occupait la barre. Elle avait instruit Barbet à les lui signaler ; mais ce n'était, non plus, l'un d'eux, qu'il lui dénonçait.

— Alors, qu'est-ce, Barbet? Ces brisants, qu'on distingue devant? On dirait une île flottante.

Le chien glapit plus fort.

— Ne t'impatiente pas. On va porter dessus. Autant caboter par là que par ailleurs... Misère ! on croirait des tessures... Tu réponds oui, Barbet... J'imagine qu'il n'y a pas de bateau perdu... Dis-moi, c'est-il des nôtres ?... Tu mens. Non, je ne me fie pas... Ce n'est pas du *Bon-Pêcheur*... J'aurais trop de tristesse à voir arriver du mal à Florimond... Barbet... vite... Va me chercher Silvère...

Le chien ne fit qu'un bond jusqu'à la chambrée, et bientôt revint, tirant par les jambes de son pantalon le grand Silvère encore tout ensommeillé.

— Avisez le patron, Silvère ; qu'il commande de parer au canot, pour aller estimer ce qui nage là-bas.

Lorsque le patron dormait, il n'aimait pas qu'on l'éveillât. Le canot était à flot, remorqué sur l'arrière. De sa propre autorité, Silère y descendit avec deux autres matelots. Bientôt ils eurent rejoint la tessure, entortillée si dure sur elle-même qu'elle semblait plutôt un bloc de roches.

L'amas de filets et de tonnelets dérivait à vau-l'eau, en façon de radeau. Les hommes y grimpèrent aussi tranquillement que sur un récif résistant. Ils couraient tout au long, fouillaient, crochetaient à coup de gaffes.

— Pas un homme dessous, cria Silvère à Elise.

Puis il souleva un des barillets et lut l'inscription peinte sur la rondeur du ventre : S. V. S. S. 1234.

— Est-ce le signal de Florimond? — Oui. — Barbet a raison. Douze cent trente-quatre, le numéro du *Bon-Pêcheur*. Les quatre premiers chiffres et l'annonce du bureau de Saint-Valery-sur-Somme. Il n'y a pas moyen de ne pas croire.

— Fouillez toujours, Silvère. Je m'étonne, si son sloop n'a pas d'avaries, que le cousin ait abandonné sa tessure. Il l'aurait plutôt traînée à son dos jusqu'à la baie d'Angleterre.

De nouvelles perquisitions n'amenèrent pas d'autre résultat. Des harengs, maillés çà et là et frais de la nuit dernière, prouvaient que l'accident était tout récent.

Pendant longtemps, les trois hommes recherchèrent le bout de l'haussière, afin de reconnaître s'il était déchiré ou coupé. Coupé, ce pouvait être par un équipage de forbans; déchiré, c'est le signe d'un abordage. Jamais l'haussière ne se casse toute seule. Dans l'entortillement de fils, de câbles et de cordages, le bout ne put être retrouvé.

— Alors, comptez les quarts, Silvère. A l'œil, on jugerait qu'ils sont tous là.

— Parbleu! En voilà cent au moins; autant par là; une trentaine encore ; plus qu'il n'en faut pour faire le compte.

La tessure entière flottait à la dérive.

— C'est embrouillant tout de même, Silvère. Je m'avise que le *Bon-Pêcheur* est en mauvais risque.

Et, tandis que les trois hommes regagnaient le pont, Elise consultait Barbet :

— Barbet, sauras-tu dire où est le cousin Florimond?

Le chien, qui était tranquillement assis sur son train d'arrière, reprit son aplomb à quatre pattes. Il se posa carrément dans la direction de la brise, qui lui arrivait du Nord-Est, et, longtemps, il en aspira les senteurs. Mais il ne percevait rien. Il fronçait le sourcil, reniflait du museau avec dédain, paraissait mécontent du temps et de lui-même. Il vira lentement, obliquant d'un tiers ou d'un quart, insensiblement, cherchant son orient au vent.

L'Ouest ne lui apprit rien. Au Nord-Ouest, il crut à une piste, redressa tous ses poils, entama des jappements, puis il s'arrêta découragé, se rassit, secouant sa grosse tête comme pour dire : C'est inutile de tendre le museau. Par ces demi-brises de la saison chaude, l'air n'a pas de courants et les odeurs ne voyagent guère.

— Allons, Barbet, je ne te reconnais plus de mollir à l'ouvrage. Tu n'as pas flairé les quatre encoignures.

Le chien se dandina sans conviction.

— Barbet, je t'en prie. C'est mal de ne pas s'employer à secourir les autres. Je t'en prie.

Il revint à l'orient du Nord-Ouest, flaira de nouveau, ne sentit rien, et, simplement pour complaire à sa maîtresse, tourna sur lui-même, opérant une révolution sur son axe, comme une aiguille de boussole autour de son cadran. Il sonda l'Ouest et le Sud sans rien découvrir. Il se rassit encore.

— Barbet, tu es mal intentionné. Tu ne mets pas de cœur. Si tu ne sais pas te faire honneur, je ne prétends plus être ta compagne d'amatelotage.

Elise et Barbet étaient amatelotés, c'est-à-dire qu'ils faisaient couchette commune. Les matelots dormant à deux et le nombre des couchettes étant fort limité, Elise avait eu grand'peine d'obtenir le partage de la sienne avec Barbet. Pour lui, c'était le plus doux moment de la campagne. Quand venait l'heure du sommeil, il laissait Elise se glisser au fond, et, du côté ouvert sur la chambrée, il s'étendait, la tête entre les pattes, les dents tournées vers l'extérieur.

Tant qu'il entendait du bruit dans la pièce, il restait ainsi, se reposant, du demi-sommeil des chiens, qui savent se maintenir en éveil, les yeux fermés. Mais, après chaque relève, quand les derniers descendus s'étaient couchés à leur tour, dès qu'il percevait leur lourd ronflement, alors, rassuré, il se glissait vers Elise, appuyait sa tête vers elle et s'endormait en un rêve tranquille. Le roulis du bateau le berçait mollement et, tandis qu'Elise revoyait Firmin dans ses songes, Barbet s'abandonnait au bonheur de sentir sous son front la tiédeur d'une poitrine aimante.

Pour tout au monde, il n'eût voulu perdre cette place si douce. Sous la menace d'Elise, il se redressa, prêt à tout,

plutôt que de fâcher sa compagne d'amatelotage. Il reprit
son tour de cadran.

Ouest-sud-ouest... rien. Sud-ouest... Sud-sud-ouest...
rien... rien encore. Sud... Sud-un-quart-sud-est.

— Deviens-tu fou, Barbet? Tu me culbutes.

Le chien tirait, à pleine gueule, Elise par la jambe. Ne
se voyant pas encore compris, il se jeta sur la barre,
comme pour la pousser dans la direction qu'il avait re-
connue.

Lorsqu'enfin Elise eut gouverné selon qu'il ordonnait, il
courut en avant vers le foc et, par ses bonds et ses morsures,
il obligea le matelot de manœuvre à changer le bord de la
voile.

Le bateau, virant sur lui-même, se prit à courir Sud-un-
quart-sud-est.

Alors, fier comme un commandant sur son tillac, Barbet,
d'un saut, s'installa sur un tonneau non loin d'Elise et, de
là, surveillant à la fois la barre, les voiles et l'horizon, il exa-
minait si vraiment le bateau ne perdait pas, par la force du
courant, le sentiment de sa conduite.

Elise avait une autre inquiétude. Commise à la barre,
elle était responsable de la direction et n'était pas maîtresse
d'y rien modifier, avant d'avoir reçu un nouvel ordre de son
patron. Elle appela Silvère :

— Réveillez le Poidevin. Nous n'avons pas le droit de
prendre le large, sans qu'il ait permis tout de même.

Le grand Silvère hésitait, sachant ce qu'il gagnerait à
troubler le sommeil du gros Poidevin; des injures et des refus,
pas autre chose.

— Eh bien ! je le réveillerai, moi. Peut-être sera-t-il moins contrariant pour une femme.

Et, confiant le bateau à Silvère, Elise prit le chemin de l'écoutille. Barbet cherchait à la suivre.

— Non, pas toi, mon vieux Barbet. Tu sais que le patron ne te chérit guère, depuis le jour où tu lui as chaviré son pichet de tafia. On ne doit pas être maladroit pour se faire aimer.

XXVI

A LA FLÈCHE DE MISAINE

Elle tremblait fort, en descendant l'échelle d'écoutille, et son cœur battit double, quand elle entendit la respiration sonore du patron, qui ronflait. Toutefois, l'inquiétude de savoir le *Bon-Pêcheur* en détresse, la crainte d'amener le secours trop tard, la décidèrent :

— Patron... c'est moi... je suis fâchée, mais c'est grave.

— Heu... heu... Le Poidevin se retourna pour se rendormir sur son autre côté.

— Patron, entendez-moi. C'est grave.

Elise n'obtint pas de réponse. Elle avança la main et frappa doucement sur l'épaule, toute en graisse, du Poidevin.

— Tête de mailloche! ne cogne pas ou gare...

Et le patron se renfonça la tête dans le pli du bras, avec un grognement qui n'admettait plus d'insistance.

Elise remonta sur le pont, appela l'un des matelots à la barre, prit Silvère par le bras, le ramena jusqu'à la chambrée.

— Avec vous, je serai plus forte. Je vous tiendrai la main pour unir vos forces avec les miennes. Viens, Barbet; on n'est pas trop d'amis pour se donner courage.

Ils descendirent tous trois, Elise, appuyée sur son fiancé, mais rayonnante cette fois, forte de cette idée qu'elle était soutenue par un homme pour en braver un autre. Elle savait, pour l'avoir assez éprouvé, que Silvère n'était pas un lâche; elle se trouvait grandie de toute la taille, de toute la vaillance de son protecteur :

— Patron, il faut vous relever.

Le Poidevin souffla comme un cachalot furieux. Il tapa lourdement, de son poing fermé, la paroi de la couchette, qui trembla à réveiller tous les autres dormeurs.

— ... Par ma sainte femme de mère !

— Sud-un-quart-sud-est, patron ?

— Me laisseras-tu dormir ?

— C'est pour le cousin Florimond.

— Florimond... Vaut-il seulement une demi-moque de bistouille.

— Il est à mal, patron. C'est l'heure de le secourir.

— Un glorieux. Qu'il s'en débrouille seul, puisqu'il est si faraud avec les autres.

— Tout de même, patron. Il faut vous relever et mettre le cap sur lui.

— Non, mort de ma toile, non.

Et, pour la troisième fois, le Poidevin se rendormit.

— Alors c'est moi qui vais gouverner. Vous me quittez libre ?

— Par ma sainte femme de mère !...

C'était le gros jurement du Poidevin, son apostrophe
ordinaire, lorsqu'il voulait en finir avec une discussion, qui le
montait au plus haut degré de sa colère :

— Par ma sainte femme de mère !...

— Eh bien ! patron, par votre mère, par tout ce qui nous
est sacré à nous, les gens de risque et de misère, je vous dis
qu'il faut vous relever. Et, s'il y en a qui sont martyrs par
votre malfaisance, c'est vous qui souffrirez de la peine de
leur âme ! Vous les reverrez, la nuit, en apparition corporelle,
avec leurs yeux qui reprochent et leurs doigts qui vous mon-
trent. Vous les reverrez, blêmis de ne pas dormir, et vous n'en
aurez plus de sommeil. Ce n'est pas l'honnêteté de s'anéantir
de boisson et de laisser la mort aux autres. Ils vous poursui-
vront, le Poidevin. Vous mettrez plus d'action à vous affoler
pour la bistouille, mais vous les reverrez, de même que si
vous étiez à cœur jeun. J'ai revu le père et j'en aurais voulu
mourir. Je vous dis qu'il faut vous relever.

Le Poidevin s'était assis, hébété. De ses petits yeux
grisâtres, tout pochés aux paupières, il regardait Elise,
puis Silvère, puis les autres matelots, rassemblés au bruit de
la dispute.

— Allons ! halez-vous bas, patron. La Lise n'a pas tort.
Entre matelots, on se doit.

Tout grommelant, secouant péniblement son ivresse, le
patron se planta sur ses pieds, puis remonta jusqu'à la barre.
Il vérifia la direction, la trouva bonne. Et le bateau continua
sa marche, cap Sud-un-quart-sud-est.

Alors Elise, épuisée de ses efforts, vaincue par sa propre
émotion, se laissa retomber aux bras de Silvère.

Ses doigts raidis se tendirent pendant quelques instants au-dessus de l'eau (page 236)

— La Lise, la Lise aimée. Vous êtes plus apercevante que tous les hommes et plus à la main que toutes les femmes.

Et, nerveusement, il l'étreignit sur son cœur et sous ses lèvres, en un élan d'irrésistible adoration .   .   .   .

. . . .

Depuis une heure déjà, on courait dans la direction désignée par Barbet et l'on n'avait rien vu. Le Poidevin était dégrisé à force d'impatience. On perdait le fil du hareng, on compromettait la pêche prochaine, et tout cela, pour s'amuser à suivre des idées de caniche. Il accordait encore dix minutes, mais pas une bordée de plus. Si l'on attendait la nuit pour se retrouver dans le lit du poisson, on risquerait trop de se recoucher à côté.

Plus le temps s'écoulait inutile, plus Elise explorait anxieusement :

— Barbet, ne t'es-tu pas trompé ?

Mais le chien ne répondait plus. Il était humilié qu'on eût douté de son instinct. Depuis une heure qu'Elise lui infligeait l'ennui de répéter, à tout propos, son même signal, il s'agaçait à son tour. Muet, résolu, le regard fixé vers le point d'où lui arrivait la senteur des naufragés, il se taisait, attendant d'avoir vu pour parler.

Les dix minutes étaient passées. Le Poidevin n'avait pas de montre ; mais il connaissait l'heure au soleil, sans jamais se tromper d'une seconde. Pour lui, c'était la bonne horloge, qui se remonte toute seule et qu'on n'a pas le souci de garder en sa poche. Attentif à la déclivité des rayons sur l'horizon, juste au moment où elle marquait la fin du délai promis, il commanda :

— Parez à virer, filez l'écoute du foc.

— Non, le Poidevin. Encore dix autres minutes et je ne vous en réclamerai plus même une. Je vous promets, le Poidevin.

— Parez à virer...

— Ils ne doivent pas être si loin, patron, vu la dérive de leur tessure. Barbet, ne vois-tu rien ? Parle donc, mon vieux Barbet.

Le chien restait muet et le patron indécis.

— Dix minutes. Est-ce tant à dépenser pour gagner le repos. Vous m'en saurez du bon gré, le Poidevin.

Dix minutes, brèves comme dix secondes.

Elles coururent vite et ne rattrapèrent rien.

Rien à l'horizon. Un bateau est assez gros pour se laisser voir de loin. On en distinguait au large, mais toujours des charbonniers avec leurs gréements grossiers et leurs voiles noircies. Le Poidevin avait l'œil fixé sur le soleil. Les dix autres minutes étaient passées.

— Parez à virer. Filez l'écoute du foc.

— Patron, si vous saviez comme j'ai souffert à cause du père, vous risqueriez cinq minutes encore. Cinq minutes, vous damnerez-vous en si peu de temps ?

— Tu m'entortilles, la Lison. Nous culons déjà lourd avec notre charge de poisson... Nagerons-nous assez lestement pour regagner le banc ce soir ? Une fois perdu, qui sait quand on le retrouve ?

— Nous nous mettrons tous à la manœuvre.

— Tu déraisonnes. Pousseras-tu le bateau ?

— Patron, ne vous damnez pas. Vous ne savez pas la

torture... Ne vois-tu rien, mon vieux Barbet? Si petit que tu voies, fais-le connaître au Poidevin.

Muet, muet toujours Barbet.

— Parez à virer. Filez l'écoute du foc.

Et, sans plus d'hésitation, le bateau prit la direction du retour. Désolée, songeant au cousin Florimond, si fort et si beau, que la mer jalouse va prendre pour elle tout à l'heure, Elise s'affaissa au long du bord.

— Lof pour lof, serrez le vent.

— Patron, je vous en supplie...

— Brassez au plus près.

— Patron, Barbet parle... Virez... Barbet a parlé... Virez donc vite... Oui, là-bas... Mais non... Barbet se moque... Ce n'est pas un bateau. On croirait une balise... La longue-vue...

Déjà, Elise avait regagné l'écoutille. Elle tomba de l'échelle, dans sa hâte d'en dégringoler. Relevée, elle décrocha la longue-vue, remonta aussi vite sur le pont, mit au point.

— Virez, patron! trois hommes là-bas. On les supposerait sur une bouée.

Elle courut au Poidevin, lui plaça l'objectif devant les yeux. Elle tremblait si fort, qu'elle l'empêchait de rien reconnaître.

— Quitte-moi seul ; tu me dandines sous le nez à me faire chavirer les idées.

Il se carra, corrigea soigneusement la mise au point, s'y reprit à trois fois pour voir. Elise frémissait de hâte nerveuse. Enfin, le Poidevin avait vu. Il se rejeta sur la barre et, d'une voix retentissante, comme un tremblement de tonnerre:

— Toute la toile dehors. Pas un souffle à perdre. Cap Sud-un-quart-sud-est.

Et le bateau se retourna dans la direction des naufragés. Les hommes, que la manœuvre n'occupait pas, se disputaient la longue-vue. On distinguait maintenant presqu'à l'œil nu ; mais la lorgnette ne montrait pas trois hommes seulement. Ils étaient six ; six à cheval autour d'un mât, de bouée ou de balise, on ne savait guère.

— Parez le canot, parez les gaffes et les cordages.

Et le bateau ne courait pas assez vite au gré du patron. Ce gros Poidevin, il reprend chaud au cœur, dès qu'il ne l'a plus trop noyé. Il ne craint pas que de pleurer ça l'enrhume, et les larmes lui gonflent les yeux, parce qu'il est navré de la détresse des autres.

— Mort de ma toile, la Lison. Ils en auront à te revaloir, ceux-là, s'ils savent reconnaître le bien qu'on leur fait.

— Patron, gagnons de vitesse. Les matelots ne voient plus que cinq hommes au bout de la lorgnette. Pour sûr, ils étaient six. C'en est un qui vient de tomber.

Ils n'étaient même plus cinq ; quatre seulement, lorsque le bateau les eut rejoints. Tous l'avaient vu venir, mais leurs forces ne leur permirent pas de l'attendre.

Impatiente, Elise descendit dans le canot, en entraînant avec elle Silvère et deux matelots. Elle devait gouverner ; Silvère se réserverait au sauvetage ; les matelots rameraient.

On approchait des naufragés ; le mât qui les soutenait était un mât de bateau, reconnaissable à son gréement, à sa girouette de fer-blanc qui, par ironie, marquait encore la direction du vent.

Avant de sombrer pour toujours, le *Bon-Pêcheur*, éventré, nageait entre deux eaux, et, par un dévouement suprême de brave serviteur, il offrait, à la flèche de son mât de misaine, un refuge pour les derniers survivants de son équipage.

Florimond était là. On sut plus tard les détails de son naufrage. Il avait été abordé, la nuit précédente, au cours de l'étente. Un navire charbonnier, plutôt que de virer d'un tiers ou d'un quart, avait passé par le travers du *Bon-Pêcheur*, qui, empêtré dans sa manœuvre par le flottement de la tessure, n'avait pu éviter le choc. Douze hommes, dont le mousse, s'étaient réfugiés dans le canot du bord, tout au plus capable d'en supporter la moitié. Qu'étaient-ils devenus ?

Depuis quinze heures, les six autres pendaient en grappe au mât de misaine.

Ils avaient aperçu des embarcations de toutes sortes, en ces parages de mer, presque aussi fréquentés qu'une route de terre ; mais aucune ne les avait vus ou n'avait voulu les voir. Ils allaient se laisser couler d'épuisement et de désespoir, lorsque la *Jeune-Adolphine* leur était apparue. Hélas ! deux d'entre eux déjà n'avaient pu surmonter leur défaillance, pendant les quelques minutes qui les séparaient du secours.

— Tenez tête, cousin Florimond. Souquez ferme, les gars. Visez juste, Silvère.

Ce n'était pas facile d'aborder les naufragés. Le gréement de misaine, tendu autour du mât, en gardait l'approche et l'on devait se contenter de laisser les hommes s'affaler à l'eau, pour les repêcher ensuite à coups de gaffe. Ils étaient si faibles, si réduits à leurs dernières ressources de souffle et

d'énergie, qu'on ne pouvait compter sur leur aide. Par une
contraction pour ainsi dire inconsciente, ils restaient encore
accrochés là, sans paraître capables d'autre faculté que de cette
force d'inertie. Le patron en haut, tout au bout de la flèche,
et trois hommes au-dessous de lui.

— Visez juste, Silvère. Affale-toi, le Disputeux.

Le Disputeux était un matelot familier du *Bon-Pêcheur* et
grand amateur de coups de poings ou de couteau. Elise le
connaissait, pour avoir fait la première campagne avec lui et
l'avoir vu souvent parmi ses adversaires. Que de fois il avait
excité contre elle Florimond! C'est lui qui occupait le poste du
tapecul, lors de la querelle de Silvère et de Barnabé, lui qui,
par ses cris, les avait lancés si fort l'un contre l'autre. Mais
Elise oubliait l'injure et Silvère, en ce moment, ne voulait non
plus se souvenir :

— Dépêche, le Disputeux. Les autres attendent.

Il n'osait pas. La faiblesse de son corps avait gagné l'esprit. Il regardait niaisement, sans avoir l'air de comprendre.
Un coup de pied, que Florimond lui asséna brutalement sur la
tête l'abattit dans le flot. Il plongea et disparut ; mais la gaffe
l'avait suivi. Il reparut et, crocheté comme un esturgeon au
fer d'un harponneur, fut aussitôt embarqué.

Au tour du second. Un orphelin, presque idiot, que les
matelots, très friands de sobriquets, avaient appelé le Bégayard,
par commisération sans doute ; car les mots lui manquaient
plus par obscurité de la cervelle que par empâtement de la
langue. Elise le connaissait aussi, comme elle connaissait tous
ceux du *Bon-Pêcheur*. Méchant par infirmité, il l'avait bruta-
lisée par occasion. Elle lui pardonnait :

— Affale-toi, le Bégayard...

Il s'agriffa bestialement au mât et jeta des cris de chimpanzé en détresse. D'un coup de pied, qui résonna sur son crâne dur, il fut rejeté tout étourdi dans la mer, et, ressaisi à croc de gaffe, il vint rejoindre son compagnon dans le canot.

— Hourra, Silvère! crièrent ensemble le Poidevin et tous ses matelots, qui, du pont de la *Jeune-Adolphine*, assistaient à cette pêche étrange. Hourra!

On dut faire le tour du mât pour aller chercher le troisième, qui ne sut pas s'aider mieux que les deux autres. Il mit plus de résistance encore à se laisser choir et ne tomba dans l'eau qu'après avoir reçu quatre coups de pied. Il était évanoui, quand il fut embarqué, cueilli par le coup de gaffe infaillible de Silvère.

Puis on rama vers la *Jeune-Adolphine*, afin d'y transporter les trois premiers sauvés. Avec eux, le canot n'aurait pas été libre de se mouvoir.

— On revient à vous, Florimond. Tenez toujours.

— Il n'y a pas de soin, Lise. On tiendra ce qu'il faut. On n'est pas une vieille femme, tonnerre!

Toujours l'homme de surprise, ce Florimond. Solide comme pas un, après quinze heures de pendaison à bout de bras, il aurait attendu là plus d'un jour encore et la nuit par-dessus. Dès qu'il vit le canot revenir, il se laissa glisser contre le mât jusqu'à fleur d'eau, refusa le secours de la gaffe qu'on lui tendait, et, comme un virtuose au bain, se mit à la nage.

Il était beau le cousin Florimond, ses bras musculeux

19

fendant la lame et son visage, aux tons de hâle, au regard si
fier, dominant la surface du flot. Brusquement, il fut pris
d'un sursaut et s'arrêta comme empêtré :

— A moi, Silvère!

La gaffe lui arriva jusqu'à portée de la main ; il ne put la
saisir. Ses doigts raidis se tendirent pendant quelques instants au-dessus de l'eau et l'on ne vit plus rien.

— Ne le quittons pas à périr, Silvère; il était trop beau.
Barbet, à nous, mon vieux Barbet.

Le chien a sauté par-dessus bord et reparaît bientôt,
barbotant comme un chat; il rapporte, à sa gueule, un pli de
blouse. La gaffe arrive à l'aide et ramène un paquet de chair
et de vêtements, qui semble inerte..... Des bras en sortent et
s'accrochent au secours qu'on leur tend... Enlevez, Silvère.
Il est sauvé.

— Misère..... A nous, le Poidevin.....

Entraîné par le poids de Florimond, jeté à bas d'équilibre,
le grand Silvère s'est abattu dans la mer.

— A nous, le Poidevin...

Mais l'aide est trop longue à venir. En un tour de bras,
Elise s'est passé un cordage autour de la ceinture.

— Amarrez ferme, les gars, et tirez dur quand j'aurai
plongé.

Elle s'est élancée. Les matelots la relèvent à bout du cordage. Quelle masse étrange revient avec elle. En cette contraction suprême de l'homme qui se noie, Florimond enveloppe Silvère désespérément. Ils luttent corps à corps, l'un se
cramponnant à l'autre qui le repousse. Entraînés par leurs
débats, ils échappent à la main d'Elise et disparaissent une

seconde fois. Elle replonge. Lentement elle remonte, hissée
par le cordage et tirant son fardeau des deux mains.

— Je ne peux plus. C'est Florimond qui nous entraîne...

Barbet entend ce cri. Il était là reprenant haleine,
nageant dans les parages, attendant qu'on eût besoin de lui.
Il se hâte et bientôt, se débattant sous la morsure qui
l'étrangle, Florimond desserre son étreinte.

Elise ramène d'abord Silvère, puis Florimond qui, dans
ses bras robustes, tient convulsivement Barbet demi broyé.

N'est-ce donc pas fini ? Elise fonce à nouveau.

Pourquoi et que veut-elle chercher encore, puisqu'ils sont
tous sauvés, Silvère, Barbet et Florimond ? Espère-t-elle
retrouver les deux matelots du *Bon-Pêcheur,* qui se sont
laissés retomber d'épuisement tout à l'heure, avant l'arrivée
de la *Jeune-Adolphine.* Hélas ! le flot a dû les entraîner à
son caprice.

— A bord, la Lison. Votre Barbet tourne l'œil.

— Qu'a-t-il, misère ? Dépêchez, les gars, de me rembarquer.

Lorsque, moitié tirée, moitié s'aidant, Elise fut remontée
dans le canot, elle trouva Barbet râlant, la langue pendante,
l'écume au coin de la bouche, le regard blanc.

— Mon vieux Barbet, parle donc ! Dis-moi que tu n'as
pas du mal ! Ce serait trop dur d'avoir gagné de mourir en
travaillant à la vie des autres, mon vieux Barbet.

XXVII

CŒUR INGRAT

Il était soigné comme un enfant. Douillettement étendu sur un lit de filets et de sacs, il occupait, lui seul, la couchette entière; Elise la lui avait abandonnée. Les malades ont besoin d'aise. Elle prenait ses repos, assise sur le coffre tout auprès de la couchette, et fidèlement, en vraie compagne d'amatelotage, elle soignait son Barbet.

Sans cesse elle lui préparait des pansements et des boissons rafraîchissantes. Il tournait vers elle son regard, brillant de l'éclat profond des fiévreux, puis sa tête retombait molle et sans force.

— Guéris vite, mon vieux Barbet. Que dira Firmin s'il te revoit en cet état? Il me grondera de t'avoir laissé gagner du mal.

Au souvenir de Firmin, Barbet ne se ranimait guère. Habitué à ne compter dans la vie que les choses du cœur, pouvait-il s'émouvoir pour un gamin plus sensible à l'ambition qu'à l'amitié ? Certes, il voulait guérir, mais uniquement pour plaire à Elise, à celle qui l'avait toujours aimé, qui l'aimait dans la tristesse aussi bien que dans la joie, dans la maladie plus encore que dans la santé.

Il avait failli trépasser, victime d'un malentendu. En se jetant sur Florimond, il ne s'était proposé d'autre but que de le séparer de Silvère, afin de rendre le sauvetage plus aisé. Il avait été mal payé de ses bonnes intentions, étouffé, en un moment de rage suprême, par celui-là même qu'il prétendait secourir.

Quant à Florimond, toujours robuste, il n'avait pas souffert longtemps dé la secousse du naufrage. Il était de ceux qui laissent le mal aux autres et n'en gardent rien pour eux. Une nuit de repos avait suffi pour qu'il oubliât la fatigue du corps.

Il se trouvait moins fort contre l'accablement de l'esprit.

Non pas qu'il se mît en peine de la perte de son bateau. Il comptait sur les compagnies d'assurances pour un ample dédommagement. Il était riche d'ailleurs. Une vieille tante, qui aimait en lui la force et la beauté, l'avait jugé le plus digne d'être son héritier. Depuis lors, il était en situation de ne plus naviguer lui-même et de faire naviguer les autres pour son compte, en armateur. Mais il aimait trop la mer et n'avait pu se résoudre à la quitter. Il en est las, aujourd'hui. Il vient d'éprouver combien elle se plaît à trahir ceux qu'elle a le mieux comblés de ses faveurs.

Elle est la vraie coupable, et, lui, il a le dépit d'avoir torturé jadis une autre, à cause des perfidies de celle-là. Pauvre Elise, l'a-t-il assez poursuivie, en l'accusant d'une trahison,

dont il la reconnaît enfin innocente. Il l'a martyrisée et, pour
toute rancune, elle l'a sauvé.

Sans elle, il allait être englouti, la conscience lourde de
remords, et, d'abîme en abîme, dans l'éternité de l'eau,
entraîné par le poids de sa faute, il aurait roulé sans miséricorde, les yeux vidés, le nez et les joues rongés par les crabes,
l'âme en peine. Elle l'a sauvé, non seulement de la mort,
mais des tortures de l'expiation.

Brave entre toutes, oublieuse de l'injure, vaillante au
sacrifice d'elle-même, comment l'a-t-il méconnue. Elle a le
cœur aussi noble que beau le visage. Faudra-t-il vraiment
qu'elle épouse ce Silvère, sans épaules et sans poitrine, un
tout en long, rien en large. S'il était riche encore, ce grand
balandeux, mais il n'a seulement pas de quoi se faire patron
de bateau. Son père gagnait gros, en qualité de pilote; par
malheur, il n'était guère ménager de son bien, qu'il mangeait
au service du prochain, en bienfaisances inutiles.

Et, soucieux, Florimond se promenait sur le pont de la
Jeune-Adolphine. Dans la chambrée il étouffait d'ennui, s'in-
commodait de la lourde atmosphère; il ne sentait d'aise que
sous la fouettée de la brise, car il avait le feu de l'inquiétude
au cœur.

Parfois, le rencontrant si battu de tristesse sur le pont,
le Poidevin lui jetait une parole réconfortante :

— Il vaut mieux noyer votre peine, patron Florimond,
plutôt qu'elle ne vous noie. Venez; le pichet nous espère ; ce
ne serait guère honnête de le laisser dessécher d'attendre.

Mais ni le tafia, ni la bistouille n'auraient pu consoler
Florimond. Le Poidevin s'en allait boire tout seul et s'en

acquittait de bon cœur, cherchant au fond de sa moque un bon avis.

Il n'avait pas sa pêche franche, c'est-à-dire que tous les trous de son bateau n'étaient pas remplis ; cependant, il restait indécis de savoir s'il ne mettrait pas le cap sur le port.

En courant à la recherche des naufragés, on avait perdu le fil du hareng, et, quoi qu'on tentât pour le retrouver, on n'y parvenait pas. D'ailleurs, malgré la saison avancée, les journées étaient chaudes et pouvaient hâter la fermentation du hareng dans les huches. On avait passé la première semaine de septembre ; les marées d'équinoxe approchaient. C'est la saison où les grains se promènent si communément, qu'on les rencontre à tous les détours de la route. Décidément, mieux valait sauver ce qu'on avait ramassé de poisson et s'en retourner coucher huit jours à terre. Tel fut le parti que le gros patron se résolut à suivre, après un conseil qu'il tint, pendant un jour entier, avec sa moque.

— Allons, les garçons, j'annonce la campagne finie. Qu'on avise la barre. Cap sur le port.

Elise était occupée près de Barbet, quand le patron lança son ordre à pleine voix.

Elle tressaillit en l'entendant. Et Firmin ? ne le reverrait-elle pas ? Quitter les parages d'Écosse, c'était renoncer à le rejoindre. Sans plus réfléchir, elle vint au Poidevin :

— Menez-moi d'abord vers l'Angleterre, patron. Je veux voir mon petit.

Bien qu'il eût été averti des intentions d'Elise et qu'il fût décidé à ne pas les contrarier, en tant du moins que ses complaisances ne compromettraient pas la sécurité du bateau,

le Poidevin demeura tout étourdi de la demande. Il leva les
bras au ciel, mâchonna quelques bouffées de mauvaise
humeur :

— Mort de ma toile ! Ça ne te coûte pas plus qu'une
chique à cracher, de nous souffler au nez tes réclamations. Je
serais fou d'obtempérer. Tâche d'accoster la corvette en route
ou tu n'auras guère la chance d'embrasser ton Firmin. Que
veux-tu, c'est le métier comme ça.

— Il faut me mener, patron. Je suis venue avec l'idée de
voir mon petit ; je ne m'en irai qu'après avoir mis à bien
mon projet.

— Par ma sainte femme de mère...

Et le Poidevin tourna si furieusement le dos, qu'Elise
comprit l'inutilité de toute insistance. Elle passa la nuit
auprès de Barbet ; puis, dès l'aube, remonta pour se remettre
en observation.

A ce guet continu ses yeux avaient pris une faculté de
pénétration suraiguë, qui lui rendait sensibles les formes les
plus lointaines, les plus fugitives.

Il était quatre heures à peine. L'horizon se perdait en une
sorte d'obscurité pâle, indécise et brumâtre. Par intervalles,
le regard croyait y découvrir quelques points sombres, qui
disparaissaient aussitôt ; puis il s'enfonçait, plus anxieux
encore, vers l'immensité mystérieuse, comme si, d'une seconde
à l'autre, allait en saillir la corvette attendue, la corvette au
gréement élégant et fort.

Tristement, Elise songeait que, là-bas, derrière les brumes,
en un rivage qu'elle ne connaîtrait plus, les côtes d'Écosse
s'étendaient verdoyantes sous l'élan majestueux de leurs

forêts anciennes. L'Écosse, riche et belle comme un séjour préféré de la nature, elle est déjà loin, depuis sept heures qu'on cingle vers le Sud, et les confins de l'Angleterre sont dépassés. Édimbourg et Berwick! Elise n'a plus l'espoir d'y jamais aborder.

Ce soir, on atteindra les parages du golfe, où la Tamise aux flots sombres déverse ses boues impures. L'air est noirci des exhalaisons de charbon et le ciel s'en attriste. Le golfe, qu'on n'apercevra pas du large, tant ses côtes sont basses, on le devinera seulement, à la marche des navires à vapeur qui s'y dirigent. Elise le redoute, car la zone de Tamise franchie, ce serait folie de plus rien espérer.

Ne dirait-on pas une fumée cependant, vers le Nord, à l'horizon? Non, c'est un vol de goélands, qui s'éveillent avec le jour.

Misère! La grande sœur aura-t-elle moins de courage que le petit frère. Il a su, lui, se sauver du flambart; doit-elle donc hésiter? Elle achètera le canot du Poidevin contre sa part de filets ; elle s'embarquera avec Silvère ; tous deux, ils rameront jusqu'à la côte, jusqu'à Firmin.

Sur les navires d'État la discipline est rude et les maîtres sont durs. Avec son esprit de révolte, le petit doit souffrir, désirer sa sœur. Sans doute, il l'appelle, chaque soir, dans ses prières, et se consume du désir de la revoir.

Ce n'est plus l'heure de tarder. Elise se lève pour aller marchander avec le patron. Il doit dormir encore, ce gros Poidevin. La veille au soir, il a fait dans la chambrée une cuisine d'enfer. Il fêtait la décision du retour, en vidant, deux fois plus que de coutume, sa moque pleine.

Non. Ce n'est pas un vol de goélands, qui fait une si longue traînée dans le ciel. C'est vraiment une fumée moins épaisse et moins lourde, moins noire aussi que la fumée des charbonniers.

Que sert d'espérer? Ce doit être un vapeur, comme tant d'autres, en partance d'Angleterre. Le Poidevin se fâchera, s'il en a fantaisie; mais, à la grâce; quand on veut obtenir, ne faut-il pas savoir demander?

Cependant, on croirait une corvette; les profils du grée-ment sont fiers. Au bout de la longue vue, qu'elle ne quitte jamais plus, Elise distingue, à présent, les trois mâts de hune et leurs vergues, qui s'élèvent insensiblement sur la mer. Ce matin, la brise est molle et la fumée, qui monte haute et droite, s'est vue la première.

Les bas mâts apparaissent à leur tour et la coque enfin, armée de sa batterie découverte. C'est bien une corvette sous voiles et sous vapeur. Elle est tout entière au bout de la lorgnette; ses façons fines fendent rapidement la lame. Elle semble prendre la chasse et suivre le sillage. En un quart d'heure elle aura rejoint la *Jeune-Adolphine*... C'est elle à coup sûr... Pavillon de France... Oui... c'est elle, que monte Firmin.

Chancelante de bonheur, Elise a peine à se mettre debout; puis, brusquement, elle se retrouve, saute, comme un coup de vent, dans la chambrée et, de sa pleine haleine, elle a crié :

— Silvère! la corvette, voilà notre Firmin.

Tous les matelots en ont été surpris dans leurs rêves. Seul, le Poidevin ronfle encore. Silvère est sur pied, prêt à partager la joie de sa fiancée.

— Allez faire votre estime, Silvère ; mais mon cœur ne m'a pas trompée.

Puis, en hâte, Elise vient à la couchette, où Barbet souffre sans se plaindre.

— Le voilà, ton petit Firmin, mon vieux Barbet. Si tu veux te guérir vite, nous serons trop heureux tous les trois... Qui te prend de te refrogner comme ça ?... C'est mal de ne pas se fier à l'attachement de ceux qu'on aime... Tiens, je te quitte, Barbet, tu me fais trop de peine.

Deux légers glapissements retinrent Elise. Le chien tournait vers elle sa tête toute dolente ; ses yeux s'assombrissaient de mélancolie.

— Je te pardonne, mon vieux Barbet. C'est la manière des malades d'être inquiets et soupçonneux. Va, notre Firmin n'est pas un oublieux.

Et, doucement, Elise appuya sa joue au museau du chien.

— Toujours le nez chaud, mon vieux Barbet ; toujours tes tremblements. Il te faut l'air du pays pour te remettre. Cette fois, nous rentrerons au bourg sans regrets.

Elle le caressa délicate et souriante, promenant sa main câline sur le front, où les tempes battaient la fièvre, et dans le cou, dont elle aimait la tiédeur, mais qu'elle trouva cuisant à mort. Alors elle courut chercher un pichet de tisane fraîche, et, cuiller à cuiller, patiemment, en bonne soigneuse, elle fit boire son malade, dont elle essuya les lèvres ; puis elle lui confia toute sa tendresse, dans un baiser d'adieu.

Prompte, elle ouvrit le coffre, placé en avant de la couchette ; elle en tira sa meilleure jupe et son plus gentil bonnet, et, quittant son suroît et son costume de toile cirée,

se para comme pour la fête de son cœur. Elle sourit une dernière fois à Barbet :

— Ne t'inquiète pas, mon vieux Barbet ; je t'amènerai
Firmin, dès qu'il sera monté sur notre pont.

Et, tandis que le chien la suivait de son regard morne,
comme attristé d'un mauvais présage, elle s'élança dehors.
En deux enjambées elle gravit l'escalier de l'écoutille ; elle
tressaillit en apercevant déjà, tout près du bateau, la corvette au pavillon de France. Vivement, elle gagna le plat-
bord, y grimpa, chercha Firmin.

Elle l'aperçut, à la pointe extrême du beaupré, debout,
sans autre maintien qu'un cordage. Il se trouvait en avant
de la coque, de toute la longueur du mât, de quinze mètres
au moins, et planait ainsi dans les airs, au-dessus de la mer.
Il semblait une de ces figures hardies, que l'imagination
donne comme guides aux navires, dans les voyages
allégoriques.

Elise fut secouée d'une telle émotion, qu'elle dut descendre, tout éblouie, du plat-bord et se réfugier sur le
niveau solide du pont.

C'était bien son petit, toujours pareil à lui-même,
insoucieux du danger. Elle n'osait faire un signe, jeter un
cri, par peur que le moindre trouble ne vînt à passer dans
le cœur de l'enfant et lui faire oublier la prudence de
l'équilibre. Elle se dissimulait derrière un coin de toile et
ne s'était pas encore fait reconnaître, lorsque la corvette,
parvenue sous le vent du bateau, réduisit sa voilure, pour
laisser arriver, et se prit à courir bord sur bord, afin
d'entamer un échange de propos :

— *Jeune-Adolphine*. Patron Amable Poidevin. Ordres supérieurs.

Le patron, hâtivement prévenu, apparut au même moment, encore tout étourdi de sommeil. Il s'y reprit, à deux fois, pour le commandement et le bateau s'arrêta enfin, tandis que la corvette stoppait à côté de lui.

L'entretien fut rapide entre les deux bateaux. Une lettre du préfet maritime, arrivée de l'avant-veille en station de Plymouth, prescrivait de rechercher, dans les parages d'Écosse, la *Jeune-Adolphine* et d'y transborder l'enfant recueilli en mer. Cette lettre était le résultat des démarches faites de commun accord par le sous-commissaire du Tréport et celui de Saint-Valery; ils avaient concerté leurs efforts afin de ménager à Elise la surprise et la joie de rentrer en possession de son frère.

Cependant les appels s'échangeaient sur le pont de la corvette :

— Maître d'équipage, à l'ordre.

Un matelot déjà vieux, aux rides sévères, se présenta.

— Faites avancer le mousse Hénin.

En entendant de loin cet ordre, Elise ne put contenir l'élan de son âme :

— Firmin, mon doux petit, mon Firmin, dépêche. Je ne sais plus attendre.

Mais, lorsque le maître d'équipage vint pour l'appeler, Firmin se raffermit au cordage et ne bougea pas.

Elise était folle d'impatience :

— Firmin, tu me navres le cœur à tarder ainsi. Viens vite. Tu vas revoir Barbet.

L'enfant s'obstina longtemps. Douces paroles ou cris sévères, rien ne réussit à le ramener sur le pont. Le maître d'équipage ordonna d'aller le saisir. Deux matelots s'engagèrent à califourchon sur le beaupré et, chevauchant ainsi, parvinrent jusqu'auprès du révolté.

Mais comment se mettre debout, sans appui, sur cette flèche glissante, à peine large pour le pied d'un oiseau, et, là, comment entamer la lutte sans risquer vingt fois de basculer dans la mer.

L'enfant les regardait s'avancer, impassible, l'œil fixe, stupide d'entêtement.

Il avait été informé des ordres survenus à son sujet et se refusait à quitter le navire. Pour lui, la vraie vie, c'était non pas celle du matelot, à bord des petits bateaux de pêche sales, empuantis de saumure, mais bien la vie du marin sur les vaisseaux reluisants, tout odorants des senteurs de bois vernis ; c'était la vie nouvelle qui s'ouvrait à lui, pleine d'espérance en un avenir de richesses et de gloire. Il ne voulait pas revoir sa sœur encore ; il s'était juré de ne revenir vers elle qu'avec les galons de quartier-maître.

Cependant la corvette ne pouvait demeurer en panne, à la merci d'un caprice de mousse. Après de longs pourparlers avec l'un des officiers, un gabier grimpa, tout en haut du navire, jusqu'au point où s'attache le cordage, qui, d'une seule élancée, relie la pointe extrême du mât de misaine à celle du beaupré.

Alors, sans hésiter, sans même s'apercevoir du danger, le gabier se suspendit au cordage et, de main en main, descendit tout au long, lentement, évitant les secousses, afin de ne pas laisser deviner son arrivée.

Les matelots, restés à cheval sur le bout du beaupré, avaient vu la manœuvre et faisaient mine de préparer une attaque, afin de tenir en éveil Firmin, qui les observait, prêt à la défensive.

Pas un bruit. Sur les deux bateaux, tous les hommes regardaient, les yeux ouverts, les lèvres fermées par l'attention.

Et le gabier, continuant sa descente, approchait sans avoir été vu... Deux brassées encore... le mousse est pris.

Mais, dans ce grand silence, comme une fusée qui éclate, partit un long cri strident :

— Veille à la hune ! mon petiot fieu...

Un cri qui vint frapper de stupeur les officiers et les hommes et qui se répercuta, d'écho en écho, au loin dans la mer : Veille à la hune ! mon petiot fieu.

Exaltée par l'attente, surexcitée d'inquiétude pour son enfant, inconsciente, Elise avait jeté ce cri de sœur aînée.

Et, tandis que le gabier s'arrêtait d'étonnement, Firmin, levant la tête, le vit tout proche.

Il n'eut pas même un frisson de surprise. Lestement, résolument, fixe en son idée de fuir, traqué d'en face et traqué d'en haut, il s'aplatit sur la flèche, se laissa glisser au long des câbles tendus sous le beaupré. Il espérait se faire un chemin jusqu'à la figure de Fortune, qui décore l'avant du navire, et, là, se pelotonner sur la poitrine, à l'abri des hommes, comme au sein d'une divinité protectrice.

Par malheur, dans sa hâte, il fit un faux mouvement, perdit l'équilibre et disparut sous le flot.

Une clameur d'épouvante retentit sur le pont de la *Jeune-Adolphine*, une clameur de mère en détresse.

Mais, au même instant, de l'autre flanc de la corvette survint une chaloupe, juste à temps pour recueillir Firmin, reparaissant à la surface, et pour le ramener vers la *Jeune-Adolphine*. Deux matelots l'ont saisi à bras-le-corps et lui nouent une amarre autour des reins. Il est arrimé.

— Enlevez !

Misère ! tandis qu'on le remonte, il a su détacher son lien ; il retombe à l'eau et coule entre la chaloupe et le bateau.

— Crochez-le vite, il ne sait pas nager.

. . . .

Que disait Elise ? Le voilà, le moussaillon ; il nage comme un marsouin. Il a passé par-dessous la chaloupe ; il a rejoint la corvette et remonte à l'échelle. Il est rentré au bord, qu'il aime.

— Mon capitaine, gardez-moi mousse. Je veux me faire officier.

Le capitaine appelle Elise et les pourparlers recommencent. La lettre du préfet maritime n'était positive qu'en un point ; elle prescrivait de ramener l'enfant à sa sœur, et les ordres sont exécutés. Si maintenant Elise consent à l'engager, on pourra maintenir son frère à bord. Il a le cœur d'un bon marin ; ce serait dommage d'en priver l'État.

— Allons, ma fille, décidez-vous.

Les yeux noyés de larmes, le front baissé, la voix presque éteinte, Elise a consenti :

Modère, Lise; nous ferions moquer les autres (page 271)

— Capitaine, à vos volontés. Accordez-moi seulement de l'embrasser ?

Enfin, elle presse sur son sein l'enfant perdu, l'enfant aimé. Quel délice de caresses et quelle fièvre de baisers !

— Mon Firmin, mon doux petit. Tu es beau toujours. Je tremble du bonheur de te revoir.

— Modère, Lise, nous ferions moquer les autres.

— N'aie peur. On ne prête pas à rire quand on s'aime. Laisse-moi te regarder encore.

— Lise, vois plutôt comme c'est luisant sur un navire.

— C'est tes yeux qui brillent ; je n'ai pas de goût à d'autres clartés.

— Hein ! comme tout est paré et le gréement hardi.

— Que m'en soucie ! C'est toi seul que je veux admirer, longtemps, longtemps, mon beau petit, pour t'emporter au moins dans mon âme et dans mes yeux.

— Modère, Lise. On se reviendra l'un à l'autre, plus tard. J'aurai des galons. Tu seras glorieuse.

— Oh non ! Ces profits-là nous coûteront trop cher. Depuis que tu es né, nous n'avons pas été séparés.

— Lise, va-t'en ; tu me ferais manquer d'être officier. Le capitaine pourrait reprendre son dire. Il n'est pas porté sur la patience.

Et Firmin repoussa sa sœur jusqu'à la place du bastingage, où l'échelle était fixée.

— Va-t'en !...

Elise se sentit vaincue. Elle avait fait trop d'efforts sur son cœur pour en comprimer davantage les battements. En dépit des étouffements, elle eut la force d'un adieu.

— Je vous le quitte, capitaine. Soyez bon pour lui.

Elle ne sut pas seulement si on la remontait sur la *Jeune-Adolphine*. Elle semblait sourde, même à la voix de Firmin, qui lui criait gaiement :

— Adieu, Lise, tu me reverras avec de l'honneur aux manches.

Elle passa muette devant Silvère, Florimond et Poidevin, devant tous les matelots réunis, marcha rigide et droite jusqu'à la chambrée; mais, à peine arrivée, elle perdit sa volonté d'énergie et s'abattit sur le coffre. Le front appuyé au plancher de la couchette, elle pleurait à côté de Barbet :

— Mon vieux Barbet, il ne nous aime plus, il ne nous a jamais aimés. Il ne m'a pas parlé de toi, mon vieux Barbet.

Alors, d'un regard doucement éclairé par le reflet de son âme tendre, Barbet exprima sa pensée :

— Amie, c'est la loi de souffrir, quand on est trop aimant. Si l'affection d'un autre peut vous consoler, soyez sûre de la mienne. Elle vous est fidèle pour la vie et pour la mort aussi. Amie, il est encore un qui vous chérit et vous vénère, votre grand Silvère, qui ne sait pas le dire, mais qui sait le prouver. Ne le sentez-vous pas silencieux et triste derrière vous? Il pleure de vos larmes et son cœur bat de vos battements. Ses bras vous sont ouverts, abandonnez-lui votre douleur. Le cœur d'un ami n'est-il pas le refuge de tous ceux qu'a meurtris l'ingratitude humaine?

XXVIII

NUIT DE QUART

Depuis le matin, la *Jeune-Adolphine* nageait dans les
eaux de la Manche. C'était la dernière nuit qu'elle passait au
large ; car le lendemain, à la marée du soir, elle devait être
amarrée bord à quai, dans le port de Dieppe, où elle allait
vendre sa pêche.

Elise était désignée, pour le deuxième quart, au poste de
la barre, et Silvère avait voulu la remplacer. Depuis qu'il la
voyait désolée, il se montrait plus attentif, lui épargnait les
fatigues, la surveillait, la prévenait dans ce qu'elle pouvait
désirer. Hélas ! des désirs, elle n'en avait plus, gagnée par
l'indifférence qui naît de la douleur. Il ne la quittait pas, la
consolait du regard, la soutenait de cette tendresse muette,
dont les âmes délicates ont le secret.

Qu'aurait-il su dire ? Il avait essayé de parler de Firmin
et il avait si bien ravivé chez Elise les peines du cœur, qu'elle
s'en était mise à pleurer. Il se contentait de la suivre

comme un chien fidèle, comme eût fait Barbet s'il n'était retenu sur la couchette.

A partager cette vie d'amertume, Silvère pâlissait, tant les nuits de veillée l'avaient épuisé. Les grands corps ont courte résistance. Non seulement Elise refusait de lui tous nouveaux secours, mais, en ces dernières nuits, elle avait obtenu, à force de prières, qu'il consentît à reprendre ses habitudes de repos. Elle-même s'était étendue, pour la première fois depuis qu'elle avait un malade; elle revoyait Firmin en rêve, quand le cri de la relève vint l'arracher à cette vision heureuse.

Jamais elle ne se faisait attendre à son poste. Sans se préoccuper de son compagnon de quart, plus lent à s'éveiller, elle se hâta de monter sur le pont et de remplacer l'homme à la barre.

On touchait à la fin de la pleine lune et la nuit était claire; toutefois, des nuées épaisses et de marche lente obscurcissaient le ciel, par longs intervalles. Lorsque Elise entendit le rabattement de la trappe, elle ne put distinguer celui des hommes qui venait d'en sortir, celui que, pendant plusieurs heures, elle allait avoir pour unique compagnon. Par les brises douces, deux hommes suffisent à garder le bateau.

Elise écouta les pas qui résonnaient dans la direction de l'avant. L'homme prenait sa place de vigie.

Le temps pesait un peu lourd. Parfois, quelques-unes des nuées, trop chargées, crevaient au-dessus du bateau, qu'elles noyaient d'une pluie tiède et fine, et c'est contre elles qu'avait été prise la précaution de fermer l'écoutille.

Une sorte de mollesse planait dans l'atmosphère. Malgré sa vigueur coutumière, Elise était pénétrée de l'accablement même du temps, aussi lasse en son corps qu'en son âme; mais, sous le pressentiment qui venait l'agiter, elle se releva, dominant sa langueur et prête à la lutte.

En dépit de la nuit, qui s'était faite plus noire, elle avait eu l'intuition vague que la silhouette, à peine entrevue, était celle de Florimond. Que venait-il faire et quelle imagination nouvelle le poussait à se charger du service des autres? Depuis qu'il avait été recueilli sur la *Jeune-Adolphine*, il ne s'était pas, une seule fois, offert pour aider à la manœuvre. Il avait jusqu'alors gardé, vis-à-vis de l'équipage, son respect de patron, et voilà que, ce soir, il s'avisait d'occuper le poste d'un simple matelot.

Était-ce lui vraiment? Pour s'en donner la certitude et pour reconnaître l'homme au son de la voix, Elise fit l'appel ordinaire :

— Ouvre l'œil devant?

Elle n'eut pas de réponse.

— Qui, la vigie?

— . . . . .

— N'est-ce donc pas vous, cousin Florimond?

— . . . .

Soudain, elle manqua tomber de la barre. Les nuées lourdes venaient de s'entr'ouvrir, laissant vibrer la clarté de la lune à travers leurs déchirures, et, sous le brusque retour de la lumière, Elise aperçut, tout près d'elle, Florimond qui se glissait, courbé, à l'abri du bord.

Alors, inconsciemment, elle eut peur. Elle se rappela le

jour, où, face à face avec lui, elle l'avait vu si farouche, dans le trou de la machine au cabestan.

— Que méditez-vous, cousin Florimond? Je ne vous ai pas fait du tort à nouveau, je présume.

Il se redressa; il la touchait presque de la main. En cette minute, les rayons argentins éclairèrent, derrière lui, la voile de misaine et le profilèrent, grandi sur le blanc de la toile, avec sa haute taille et sa vaste carrure.

Autour de lui, sur le pont, tout s'effaçant dans l'ombre, il prenait une allure presque surhumaine. Sa poitrine s'ouvrait large entre ses bras solidement plantés aux épaules. Son cou, aux muscles épais, soutenait fièrement sa tête, qui restait mâle, malgré la pureté de l'ovale. Il n'était pas terrible, il était beau.

Elise sentit courir dans ses veines un frisson mystérieux, le frisson de la vierge naïve devant la majesté superbe de la force.

— Que me voulez-vous, cousin Florimond? Si c'est honnête, je n'aurai jamais le cœur à vous le refuser.

— Je veux ta parole pour nous marier, la Lise. Tu es la plus avisée du bourg et je suis le plus fort. Nous ferons le couple à nous deux.

— Y pensez-vous, cousin? Je ne vaux guère qu'on s'arrête à moi.

— Tu m'as sauvé de la mer. Tu es plus hardie que toutes les filles.

— Je ne suis qu'une pauvresse et pas faite pour les riches comme vous.

— Tu es faite pour celui qui aura la passion de t'avoir.

Je n'en retrouverais pas une autre pour s'être gagné autant d'honneur.

— Qui vous prend à me désirer? Vous ne m'aviez guère en amitié.

— Je te dois de vivre. J'ai la volonté de m'acquitter.

— Plus tard nous causerons. Ce n'est pas l'heure. Laissez-moi gouverner ma barre.

— Entends, Lise : je veux. J'ai l'idée qu'un homme aura de la gloire à t'épouser.

Et, dans les yeux de Florimond, Elise surprit les éclairs haineux qu'elle redoutait. Depuis les premiers moments, elle essayait d'amener son refus, sans prendre prétexte de son engagement antérieur. Vaguement elle comprenait qu'il lui eût suffi de prononcer le nom de Silvère, pour exalter l'instinct jaloux du fier patron, qui venait si brusquement se poser en rival.

Elle fit un nouvel effort pour éviter le choc :

— Retournez à votre poste, cousin Florimond. Nous serions en faute, si nous laissions venir un abordage.

— Les autres bateaux sauront bien nous éviter.

— Veillons tout de même. C'est le devoir.

— Tu veux m'embrouiller, la Lise. Ne me connais-tu pas encore? Si c'est ton Silvère qui t'en gêne pour nous épouser, on le forcera de changer de bord.

— Pourquoi le menacez-vous ? Vous a-t-il jamais fait du mal ?

— C'est un grand mou, une moitié de lâche.

— Il est brave, au contraire, et généreux comme pas un ; lui seul. ...

Elle s'arrêta confuse de cet élan de son âme, qui avait proféré le cri d'indignation malgré ses lèvres.

Elle ne craignait rien pour elle-même, ne pouvant s'habituer à croire aux vilenies du robuste cousin, qu'elle ne cessait d'admirer, qu'elle avait connu presque enfant, le plus bel enfant du bourg, qu'elle avait vu se faire homme et toujours le plus beau. Elle le savait présomptueux et violent, dédaigneux des autres ; mais, à son jugement, ce n'étaient là que des façons de caractère, naturelles aux hommes supérieurs. Elle lui prêtait tant de mâles vertus, l'estimait brave, incapable de lâchetés vulgaires.

Cependant elle s'inquiétait pour Silvère, qui n'était pas de taille non plus à tolérer une rivalité, et, prévoyant une lutte prochaine entre les deux hommes, elle résolut d'en détourner l'effet sur elle :

— Reprenez votre poste, cousin Florimond.

— Non. Renonce Silvère. Il est trop indolent pour toi.

Et Florimond se raffermit sur ses jambes, comme pour mieux marquer le contraste, dont il évoquait le souvenir.

— Oh! cousin Florimond.....

— Renonce-le, tonnerre !

— Jamais. Je lui ai promis.

— Alors malheur. Il t'en coûtera cher.

— Ça ne me coûtera pas, pour sûr, de manquer à ma parole.

— Ça te coûtera ton fiancé, la Lise. Est-ce qu'on me résiste à moi?

— Vous n'avez pas le droit de me disputer à lui. Au temps que vous me teniez en mésestime, lui seul m'a marqué de

l'attirance. Je serais trop malgracieuse, si je perdais la mémoire du bien qu'il m'a fait. Reprenez votre poste, cousin
Florimond. Silvère a ma foi ; il l'aura toujours, tant que ma
volonté vivra pour la lui garder.

— Assez, tonnerre ! Tu t'amuses à me faire affoler.

— Il m'a protégée contre tous ceux du bourg. Il a le cœur
bon et l'âme douce. Ne me parlez plus d'épousailles ; il m'a
donné son amitié, je lui dois la mienne.

— Tais-toi. Veux-tu que je coure l'écraser.

— Il ne vous craint guère, cousin Florimond. Il a fait
façon de plus forts que vous, et, puisque vous êtes ingrat du
secours que vous lui devez, je vais vous dire ce que vous en
méritez. Vous êtes plus avantagé du visage, mais vous avez
au front la tache du haineux. Vous prétendez qu'on vous
aime, et vous ne recevrez que de la méprisance... ne m'accostez pas... ne m'accostez pas...

Florimond s'était avancé, les bras menaçants :

— Tu as trop de langue au soir, la Lise. Tu désires apprendre ce qu'on gagne à me braver. Pour une dernière fois,
je te dis : Renonce Silvère.

— Non, puisque je l'aime.

— A nous deux, tonnerre ! Tu m'as cherché, la fille...

Et, vigoureusement, il pesa sur Elise, dont il meurtrit les
chairs sous les tendons épais de ses dix doigts.

— Me martyriserez-vous parce que je ne veux pas mentir ?

— Alors renonce.

— Jamais, cousin Florimond...

— Tais-toi. Je ne sais plus me connaître. Le renonceras-
tu, tonnerre... Renonce-le donc !

Et, ne pouvant abattre Elise à genoux, il se recula d'un pas pour reprendre son élan.

— Non, jamais ! jamais !... jamais.

Pendant la minute où elle s'était retrouvée libre, Elise avait ramassé une arme, au hasard, et la maniait avec énergie.

— A moi, Silvère ! A moi, le Poidevin ! A moi, les autres !

Au même instant, Florimond roulait, terrassé par deux mains et deux genoux, qui le maintenaient inoffensif. Il s'épuisait en efforts désespérés ; les soufflements de sa poitrine, les soubresauts de ses reins résonnaient en ébranlant le pont. Il râlait de rage. Tous les matelots arrivaient, courant à la file, effarés, et le gros Poidevin lui-même, l'air ahuri sous son bouffissement d'ivrogne mal éveillé.

Tous pâles, tous stupides de surprise mêlée d'effroi, ils ouvraient les yeux démesurément, cherchant autour d'eux quel cauchemar étrange les avait amenés, ainsi hébétés, sur le pont, à la façon d'un troupeau pris par la peur.

— Ne le largue pas, Silvère, si c'est lui le malfaisant.

Et les matelots se tenaient à l'entour, n'osant approcher, craignant le contact de l'homme, qui venait d'être pour eux l'occasion d'une telle déroute.

C'est que Barbet avait crié d'une voix si lugubre. Étendu sans force, incapable de se soulever, mais cédant à l'anxiété de sa fièvre, percevant peut-être à travers le panneau fermé de l'écoutille, la détresse d'Elise, il avait lancé un premier appel, que les oreilles endormies n'avaient point entendu ; alors, réunissant ses dernières forces, il avait hurlé, hurlé pour réveiller de la belle manière tous ces ronfleurs au sommeil si lourd qu'ils en perdaient le sentiment.

Et tous s'étaient précipités, Silvère le premier, se souvenant brusquement de sa fiancée. C'est lui qui avait jeté bas Florimond. En ce moment, il le serrait d'une vigueur singulière.

Il avait la poigne ferme, ce grand balandeux, qui semblait indécis par timidité, faible par bonté. Il était si craintif avec les femmes, qu'il osait à peine les regarder dans les yeux, et, dès qu'il approchait Elise, il modérait tous ses muscles, comme s'il avait à toucher un enfant. Mais il était terrible à son heure, quand il s'affrontait avec les gars ses pareils. Sous sa forte étreinte, il mettait à mal Florimond.

— Ficelez-le, dit tout à coup le Poidevin ; nous ne pouvons établir un poste d'hommes pour le tenir en perpétuité.

A bord, on a le goût des exécutions sommaires. C'est le moyen le plus simple d'assurer, contre les meneurs d'aventures, la sécurité du bateau. Les matelots excitaient Silvère, et, parmi eux, les survivants du *Bon-Pêcheur*, le Disputeux, le Bégayard se montraient les plus acharnés :

— Il râle déjà. Tortille-le d'un coup, Silvère.

Alors Elise, s'ouvrant un passage à travers les hommes, arriva jusqu'à Florimond et le dégagea.

— Je n'ai pas le caprice qu'on se culbute à cause de moi. Reprenez votre poste, cousin. Je vais remonter à la barre et Silvère me veillera.

XXIX

LE CREUX AUX CORNEILLES

. . . .

— Bois, je t'en supplie, mon vieux Barbet... Entends ta Lise... Bois un peu... tout doucement... mais bois au moins... Tu es tout froid... Laisse-moi te réchauffer, mon vieux Barbet.

Goutte à goutte, elle lui présentait, dans la paume de la main, de l'eau-de-vie pour le ranimer. Il restait insensible au breuvage, les lèvres fermées en une crispation de mauvais symptôme. A sa descente de quart, Elise l'avait retrouvé rigide et sans souffle, comme s'il avait exhalé son âme d'animal en son dernier appel de détresse.

— C'est tout pareil à l'autre fois ; mais ce n'est pas vrai davantage... Si tu buvais, tu serais sauvé, mon vieux Barbet.

Il gisait inerte sous le regard d'Elise qui pleurait.

Le Poidevin ronflait ; tous les hommes s'étaient rendormis. Assis sur un coffre, au coin le plus sombre de la chambrée, Florimond s'était assoupi de lassitude ; mais les rides de son front, le plissement de sa bouche, le sursaut de ses bras, trahissaient la fièvre de vengeance qui l'agitait en tout son être. Seul, Silvère veillait à côté d'Elise.

Il saisit à deux mains la gueule de Barbet et mit toutes ses forces à la disjoindre. Les lèvres semblèrent se desserrer faiblement. Par leur commissure entr'ouverte, Elise réussit à glisser quelques gouttes de cordial, qui traversèrent le corps du chien sans marquer leur passage par un seul frémissement.

— Ce n'est pas vrai ; ce n'est pas vrai, s'écria Elise, et, de cet instant, elle ne quitta plus Barbet jusqu'au débarquement.

. . . .

C'était dans le port de Dieppe, où la *Jeune-Adolphine* venait d'arriver, pour y laisser sa charge de poisson. Tandis que les hommes se hâtaient vers la taverne la plus proche, Elise prit le chemin de la ville avec son Barbet dans les bras.

Elle avait envoyé Silvère demander des adresses de médecins au bureau sanitaire, et l'agent, imaginant donner le renseignement à l'usage de l'homme, avait indiqué les principaux docteurs. En voyant arriver le singulier malade qu'on leur apportait, l'un se prit à rire, l'autre à se fâcher ; mais tous renvoyèrent Elise sans avis, toute triste. De rue en rue, elle promena son chien, monta vainement les étages, se heurta partout au même genre de refus.

Enfin, la servante d'un de ces médecins, une vieille, plus compatissante que les jeunes, conseilla Elise. Elle lui enseigna un monsieur très savant pour soigner les bêtes, un monsieur qui demeurait entre la ville et la campagne, à l'abri du vent de mer, dans un endroit tout bienfaisant d'air et de verdure.

— Il ferait bon vivre là, mon Barbet, dit Elise, en arrivant à la porte ; mais aurai-je le cœur à nous séparer ?

Barbet ne pouvait répondre ; sa tête ballottait flasque par-dessus le bras d'Elise ; ses yeux, sans regard, ne savaient plus rien dire. La consultation ne fut pas favorable. Le vétéri-naire fit son diagnostic avec deux pincements de bouche et trois hochements de tête.

— Il est crevé. Laissez-le. On l'enterrera demain.

— N'êtes-vous pas fou, monsieur ? Enterrer Barbet. Est-ce qu'on retrouverait un ami tel que celui-là ! Je lui donne-rais ma vie, de même qu'il m'a donné la sienne.

— Ce serait inutile ; s'il n'est pas crevé, c'est tout comme ; il sera dans la fosse avant deux jours.

— Oh non ! monsieur. Vous inventerez de quoi le guérir, puisque vous êtes médecin. Je ne me chagrinerai guère de la dépense. Le hareng a bien fourni la pêche...

Vivement Elise remit Barbet entre les bras de Silvère, et, tirant de dessous sa jupe une poche de toile, elle l'éleva jusqu'au regard du vétérinaire.

— La vente du poisson va la remplir. Ça vous donnera-t-il assez pour guérir Barbet ?

Silvère intervint pour promettre davantage.

— Vous êtes deux naïfs, reprit rudement le vétérinaire. Laissez toujours la bête. On verra.

— Vous me prendrez à la même pension, monsieur. Je ne suis pas difficile.

Ce fut long de persuader Elise. Un hôpital d'animaux n'est pas une auberge ; le chien y fut reçu tout seul. Par bonheur, un cabaret n'était pas éloigné ; Elise s'y fit réserver

Élise avait ramassé une arme au hasard et la maniait avec énergie (page 280).

un lit. Elle allait demeurer là, pendant les quelques jours de
la vente du hareng et du déchargement.

A toute heure, elle arrivait à la porte de l'hôpital, sonnait
hardiment, dérangeait le concierge, les domestiques, le maître
lui-même, pour obtenir les nouvelles qu'elle désirait. Elle
voulait voir son Barbet. On le lui refusait, sous le prétexte
de la guérison ; mais elle se rendit si importune, que le vétérinaire finit par s'intéresser à ce chien, objet d'une amitié si
tenace. Barbet fut ainsi sauvé. Il était en voie de guérison,
lorsque la *Jeune-Adolphine* reprit la mer. Après un examen
plus patient et plus sûr, qu'il n'en accordait d'ordinaire à ses
malades, le vétérinaire avait, à force de volonté, reconnu l'état
de la lésion, appliqué le bon remède, pratiqué un pansement
solide ; puis, il avait rendu la bête, avec une bonhomie
bourrue, chassant rudement Elise, qui s'obstinait à vouloir
payer les soins donnés. Elise s'exaltait de contentement :

— J'étais sûre de te reprendre à la mort, mon vieux Barbet. On est fort contre le mal, à lutter pour ceux qu'on aime.

.   .   .   .

Cependant la *Jeune-Adolphine* cinglait allègrement vers
son port. Barbet avait voulu demeurer sur le pont ; il
était étendu à l'avant, en un tas de cordes et de fauberts, et
c'est de là que, six heures après la sortie de Dieppe, il revit
la baie familière, la baie aux contours gris estompés de
brume. Elise était près de lui. Doucement, elle lui haussa la
tête et, de loin, il put apercevoir les maisons blanches du
bourg derrière les sables rosés de la dune. Alors, en reflétant
ces images chères, son œil, si longtemps troublé de fièvre,
recouvra sa sérénité limpide.

Le soleil déclinait à peine, lorsque la *Jeune-Adolphine*
apparut dans le port. Depuis une demi-heure, à son
entrée dans le chenal, elle était signalée, et tous ceux dont
elle avait emporté le repos du cœur l'attendaient sur l'estacade, impatients de l'accostage. Elise et Silvère avaient
reconnu la mère pilote et la bonne maman Loirat. Ils jetèrent
vers elles un long cri d'allégresse, le cri du retour, le plus
léger, le plus joyeux de tous ceux qui échappent à la poitrine
humaine.

. .   .   .

Une semaine à terre, Elise la passa dans sa chaumière, à
soigner son Barbet. Elle était engagée pour tout le cours de
la campagne et ne pouvait penser à se dégager. Cependant
Barbet était trop faible encore pour reprendre la vie du bord
et la séparation devenait proche ; car la *Jeune-Adolphine*
appareillait pour le surlendemain.

Elise en pleurait à toute heure. Elle n'osait laisser son
chien à la mère pilote, qui n'avait pas l'esprit assez sûr pour
veiller un malade ; elle voulait le confier à Chrétien.

Chrétien ne s'était pas rembarqué. Il avait cédé au désir
de la maman Loirat, très vieillie par sa récente secousse et
qui préférait l'état de misère à l'état d'abandon. Il s'employait
au port ou tendait des lignes sur le sable, suivant la saison.
Métiers chétifs, mais sans risques du moins.

Toutefois, dès qu'Elise fut revenue au bourg, il ne quitta
plus le chemin de la chaumière. Il arrivait, observait longtemps à travers les vitres, avant de frapper à la porte. A
peine entré, il s'asseyait et restait, une heure ou deux,
sans rien dire, en contemplant Elise de son regard d'enfant.

Depuis midi, Chrétien était là, en un coin de la chaumière, et plus indécis, plus muet qu'aux autres jours. Ses
yeux, si tranquilles d'habitude, s'éclairaient par intervalles
de lueurs étranges. Il les fixait longuement vers le bouquet
de mariage, qui, sur le buffet, à l'abri de son globe, faisait
scintiller son feuillage en papier d'or ; puis, il les reportait
vers Elise, comme pour exprimer une peine secrète.

— Qui vous navre, Chrétien ? Dites-moi. J'aurai peut-
être matière à vous consoler.

Elle n'eut pas de réponse ; elle vit seulement le bleu
regard se retourner plus anxieux vers le bouquet et revenir
vers elle avec une sorte de douceur suppliante. Il semblait
si triste, si désireux, qu'elle ne put résister au plaisir de
devancer cette muette prière.

Elle courut au buffet, souleva le globe, prit le bouquet,
l'épousseta d'un souffle de ses lèvres, en détacha la plus lui-
sante de toutes les feuilles, la remit au jeune homme :

— On dit que ça porte chance aux amoureux. Vous avez
donc une promise, Chrétien ?

— Je ne me marierai jamais.

— Que racontez-vous là ? Vous êtes fait, au contraire, pour
le bonheur du ménage.

— Non. Je n'espère plus être heureux, puisque vous
en épousez un autre. J'aurai du moins plaisir à mourir pour
vous servir.

Elise était revenue s'asseoir près de Barbet et, tout en
causant, elle lui passait ses doigts entre les poils, dont elle
démêlait les longues mèches, embrouillées comme une cheve-
lure de malade. Au mot de Chrétien, elle se redressa de sur-

prise et retira si brusquement sa main, qu'elle arracha une touffe des poils. Barbet n'eut pas un cri, mais il ne put retenir un soubresaut de douleur.

— Mon vieux Barbet, est-ce possible que je t'aie fait du mal? C'est vous qui êtes cause, Chrétien, avec vos malheureux propos.

Et, se penchant vers le chien, elle le consola de sa meilleure tendresse.

Le fil des confidences ainsi rompu, Chrétien ne trouva plus un mot à dire. Il demeura longtemps encore, contemplatif et doux; puis, vers le soir, il sortit en jetant vers Elise un long regard d'adieu.

— Chrétien, où allez-vous?... Répondez-moi...

Il était loin déjà. Elle le suivit des yeux pendant quelques secondes. Il allait vers la dune, par le chemin qui mène au cimetière. Elise revint à Barbet, lui mit un baiser sur le front.

— Ne t'impatiente pas. Chrétien a l'air drôle; je veux savoir ce qu'il va chercher là-haut.

Elle partit en hâte et courut, tant qu'elle n'eut pas aperçu la fine silhouette du jeune homme. Elle ne le revit qu'après avoir gravi la montée de la dune; il n'était plus seul, ce petit Chrétien. Autant qu'on pouvait distinguer les choses à cette heure, on l'eût dit avec le grand Florimond et le gros Poidevin.

Rien ne porte à la mélancolie comme une tombée du jour. Le cœur oppressé, Elise s'efforce de doubler son pas. Qui les attire là, tous trois, si tard, sur le chemin des ombres. Serait-ce donc vrai ce qu'elle redoute?

— Je saurai bien m'opposer, pensait-elle ; toutefois, plus
elle avançait, plus elle se sentait gagnée par la réalité de
ses craintes.

Elle se rappelait les allures étranges du cousin Florimond
en ces derniers jours. Il n'était pas homme à se reposer
sur des défaites et, depuis le retour au bourg, il renouvelait
auprès d'elle ses tentatives et ses menaces. Il profitait de
l'absence de Silvère qui, parti en un fond de campagne pour
annoncer à quelques vieux parents son projet de mariage,
s'attardait à régler d'anciens intérêts. Mais contre toute
attente, il avait rencontré un nouveau champion des droits
d'Elise, Chrétien, heureux de remplir près d'elle, pour une
semaine au moins, un rôle protecteur.

Les deux hommes s'étaient-ils provoqués? Rien que d'y
songer, Elise en tremblait d'épouvante. Car elle savait comment finissent tous ces duels de matelots, duels au couteau,
duels sans merci.

Elle crut défaillir lorsqu'elle vit les trois silhouettes dis-
paraître brusquement dans le *Creux aux Corneilles*. C'est là
qu'on a coutume de se battre, comme en une fosse, pour
mieux se serrer corps à corps, pour éviter que l'un puisse
échapper à l'autre. Elise voulut courir, ses jambes chance-
lèrent ; elle voulut crier vers les adversaires, les effrayer
d'une approche étrangère, et sa voix s'arrêta suffoquée à
mi-gorge.

Elle entendait les ordres du Poidevin, commandant le
combat :

— A la besogne, garçons. Vous savez l'habitude. En cas
de galanterie, on se cogne à mort.

Et des intervalles effrayants par leur silence ; et le tour-
noiement des mouettes au-dessus du trou, des mouettes
attirées par l'espoir du sang ; et les conseils du Poidevin
jugeant les coups. Puis une clameur rauque et deux voix
ensemble :

— Il a son compte. — Oui. — Tu l'as décousu comme
un sac.

Qui ? Chrétien pour sûr. Pauvre maman Loirat ! Et, saisie
par le frisson d'une indicible angoisse, Elise tomba, renversée sur le sable. Elle était évanouie.

.   .   .   .

.   .   .   .

— Mams'elle Elise. C'est moi, ne me reconnaissez-vous
pas. Le bouquet m'a porté chance.

Elle reprit ses sens entre les bras de Chrétien, qui l'emportait à la chaumière.

— Ne craignez plus, mams'elle Elise. Florimond ne vous
fera jamais de peine. Il avait juré de tuer Silvère.

XXX

TOUS A LA NOCE

La *Jeune-Adolphine* ne partit pas le lendemain. Bon
homme au demeurant, le Poidevin avait le cœur sensible.
Sitôt après la bataille, dont il avait été le témoin, il était venu
à la taverne pour laver les traces de son émotion ; il les lava
si bien qu'il effaça jusqu'au souvenir de sa raison.

Errant par le bourg, las de taper à toutes les portes, dont
les serrures se refusaient à sa clef, il finit par s'accommoder
d'un gîte assez doux, au fond d'un ruisseau humide, qui bor-
dait la route. Quand, au matin, on le releva dégrisé, mais
tout boueux, avec des feuilles de cresson à même la barbe et
les cheveux, il était perclus. Sa graisse seule l'avait sauvé
d'un mal plus définitif. Hurlant de rhumatismes, il s'alita
pour un mois, tandis que la *Jeune-Adolphine* attendait impatiente dans le port.

Silvère voulait mettre à profit ce répit pour épouser
Elise. Lors de son voyage récent, il avait recouvré quelques
sommes importantes, prêtées jadis par son père à des parents

de campagne. Il était à l'aise de temps et d'argent. Qu'avait-
on besoin d'autre chose pour célébrer la noce?

On avait besoin que Barbet fût guéri. Du moins Elise
pensait-elle ainsi. Elle serait mal mariée, si son vieil ami ne
pouvait l'assister.

— Dépêche de guérir, mon pauvre Barbet; je te veux pour
témoin.

Il le fut, en effet. La maladie du Poidevin s'était pro-
longée au delà des prévisions du médecin, les semaines
gagnant sur les jours. La fin d'octobre approchait et la
Jeune-Adolphine ne pouvait plus avoir l'espérance de reprendre la campagne avant la nouvelle année. Déjà les
matelots travaillaient au dégréement. On n'était donc pas
pressé par la crainte d'un rembarquement et, cependant,
Elise commençait elle-même à désirer la réalisation de ce
mariage depuis si longtemps annoncé.

— Dépêche de guérir, mon Barbet. Tu nous laisseras
gagner par les saisons mauvaises.

Depuis une quinzaine, Barbet se levait par la chambre
et se traînait sur ses jambes de derrière. Les forces ne lui
revenaient que lentement.

— Tu ne peux danser à la noce avec tes façons de cul-de-
jatte, mon pauvre Barbet.

Il ne se rebutait d'aucuns remèdes, bains salés, frictions,
sirops toniques; mais, quelque volonté qu'il mît à guérir, il
n'y parvenait pas. Enfin, aux environs de la Toussaint, après
un jour de longs efforts, qui lui coûtèrent bien des douleurs,
il se trouva debout sur ses quatre pattes et se prit à marcher. Vingt fois devant Elise, il renouvela son essai.

— Tu marques bien, à présent, mon vieux Barbet.

Et le mariage fut décidé pour le samedi qui suivait la Saint-Martin. Ce jour-là, le ciel clair apparut, avec le lever du jour, de ce bleu que l'automne décolore et pâlit vers l'horizon. Le vent du Sud soufflait sa brise caressante, tandis que les corneilles grises, les alouettes et les sansonnets, les verdiers, les pinsons, tous les oiseaux de passage, remplissaient l'air de leurs cris joyeux.

Dès l'aube, Elise vint, avec Silvère, jusqu'au cimetière demander à ses parents la première des bénédictions qu'elle dût recevoir en ce jour. Elle gravit le chemin de la dune, doucement, appuyée sur celui que, tout à l'heure, elle allait accepter, devant les hommes et pour l'éternité, comme son seul maître, son protecteur et son mari.

A mi-côte, elle s'arrêta. Là-bas, le gouffre cachait, sous son miroitement, l'abîme de ses fonds; mais, en l'apercevant au loin si riant et si trompeur, Elise n'eut pas les frissons d'autrefois. On n'a plus peur des choses que l'on connaît.

— Silvère, dit-elle simplement, on s'attache mieux au bonheur, quand on l'a si durement disputé.

Puis elle jeta un dernier regard au delà du gouffre, vers l'Angleterre, et son sein se gonfla de l'émotion du souvenir; ses pensées s'envolaient vers Firmin, vers cet enfant d'élection, qu'elle avait tant aimé. Malgré tout, elle se reprochait de l'abandonner; elle se disait que d'autres soins l'occuperaient bientôt tout entière. En un jour, prochain peut-être, son cœur allait sourire à d'autres enfants, qui prendraient chacun leur part de sa tendresse, qui éveilleraient en elle de nouvelles inquiétudes et de nouveaux devoirs.

Silvère la contemplait, perdue en cette rêverie lointaine.
Par une inconsciente attirance, elle éleva les yeux vers lui,
se sentit devinée, cacha sa confusion dans un sourire. Mais
sitôt il la rassura :

— Vous l'aimez donc toujours, votre Firmin? Puisqu'il
est votre frère, il sera le mien, Lise. Toutes les amitiés
doivent se mettre en commun dans un ménage.

. . . .

Après la bénédiction des parents, vint le moment de recevoir celle du maire. Le cortège partit de la chaumière.
Silvère, en tête, semblait fier de ses habits neufs, avec le béret
brun et le maillot de laine bleue brodé d'un cœur. Toute
glorieuse, se haussant jusqu'au bras de son grand fils, la
mère pilote trottinait gaiement, sous son costume de fête,
en jupon rouge et châle vert.

Elise se mariait en blanc. C'est la loi des jeunes filles.
Elle marchait au second rang du cortège et n'avait accepté
le bras de personne, afin de garder Barbet à ses côtés.

Lui, s'avançait gravement, selon le cérémonial. La veille,
en voyant apporter la robe blanche et la couronne d'oranger,
il avait prévu la fête et n'avait donné de repos à Elise qu'elle
n'eût sorti de l'armoire les galons tout poussiéreux et le
hausse-col terni. Il avait exigé qu'elle les frottât, les polît
pendant plus d'une heure, et, paré selon son goût, il ne
cédait le pas à personne.

Puis venaient les parents de Silvère, et Chrétien, et la
bonne maman Loirat. Enfin, Monsieur Emile, qui disparaissait à moitié sous un énorme bouquet de chrysanthèmes. Un
bouquet tout enrubanné de blanc. C'était le cadeau du sous-

commissaire de Saint-Valery, et Monsieur Emile le jugeait
si beau qu'il voulut le porter tout le jour. Il le tenait à pleins
bras, obligé de si bien pencher la tête en arrière que, vingt
fois, il faillit perdre son haut chapeau de castor, tout reluisant
à neuf.

Le maire accueillit le cortège de son meilleur sourire. Il
fit semblant d'accepter, pour témoin, Barbet, qui joua son
rôle d'importance et répondit à chaque demande en même
temps que les intéressés. Quand, interrogée sur la formule traditionnelle : « Consentez-vous à prendre pour époux
M. Silvère Pollenne, ici présent, » Elise fit sa réponse à voix
douce, modestement; Barbet, ne jugeant pas sans doute le
« oui » dit avec assez de hardiesse et de fermeté, l'accentua
de son jappement le plus fort.

Cependant il manqua se fâcher, lorsque, à la sortie, Elise
prit le bras de Silvère. Il prétendait conserver, tout au long
du défilé, sa même compagne, au lieu de la mère pilote qu'on
lui imposait au retour.

Elle était si riante la mère pilote, si follement heureuse,
qu'elle mit de la bonne humeur à se contenter de son nouveau
compagnon.

— Tu ne gagnes guère à changer, Barbet. Que veux-tu?
Du jeune au vieux ; c'est comme ça la vie.

Ce fut pis encore pour Barbet, à l'église. Il était entré
bonnement, tel qu'un personnage imposant. Le bedeau vint
pour le chasser ; il montra les dents. Alors Elise, sans souci
de sa robe blanche, le prit bravement et l'emporta sur la
place. Elle imagina, pour le consoler, des excuses si câlines
et des promesses si fidèles qu'il se résigna.

Ils se retrouvèrent plus heureux après la cérémonie et, devant tout le bourg groupé sur son passage, sous les volées de fleurs que les filles lui lançaient, au milieu des détonations de poudre et de fusils dont les gars l'étourdissaient, entre les souhaits des vieilles gens et les cris émerveillés des enfants, le cortège défila jusqu'à la maison de Silvère pour le repas de midi; puis, fidèle à la bonne coutume, la collation prise, il se remit en route et gagna la campagne.

Dans les prairies, ravivées par les pluies de l'automne, les bestiaux paissaient; Elise reconnut celles qu'elle avait parcourues en une nuit funèbre; elles restaient vertes encore de leurs derniers regains, tandis que, plus loin, à la place des blés mûrissants et des œillettes en fleur, la terre, rajeunie par un récent labour, attendait la semence de sa nouvelle maternité.

Longtemps le cortège maintint ses rangs, conduit par deux violons et par un fifre, qui avaient réclamé l'honneur de prendre part à la noce.

Silvère dépassait de la tête la file des parents et des amis, et, dominant tout son monde, il ne manquait pas de fierté. D'ailleurs, depuis qu'il se sentait plus assuré de la confiance d'Elise, il s'était raffermi dans ses allures; ses grands bras, aux mains longues, qui l'embarrassaient autrefois, savaient trouver maintenant des gestes francs, presque volontaires.

Il tenait Elise par la main, à la façon des amoureux de village, et ne causait pas. Seules, les âmes simples peuvent aimer et se taire. Il allait, regardant autour de lui, avec cet œil étonné du marin, qui ne sait rien voir des choses de la campagne. Mais, au contact de la main d'Elise, il éprouvait le frisson d'effluves délicieux, qui lui montaient comme une caresse jusqu'à l'âme.

On parvint au premier village, quelques chaumières blotties dans une poussée d'arbres. On était attendu. Sur le pas de l'auberge, des jeunes filles, en leurs habits du dimanche, offrirent du gâteau, de la bière, en échange de petite monnaie blanche. C'est une tradition de pays. Elise dut trinquer avec Silvère. Elle mouilla légèrement ses lèvres au verre et le tendit à son mari, qui le vida d'un trait, comme s'il y buvait le parfum de celle qu'il aimait ; puis, ils se partagèrent une portion de gâteau, en échangeant un regard d'une douceur infinie, un regard où se lisait la pensée de leur cœur. Désormais, tout leur était commun, la tristesse comme la joie, la force et la faiblesse, le bien et le mal, toute la vie du corps et celle de l'âme.

Ce fut ainsi d'auberge en auberge. On ne put en éviter une seule, suivant la coutume. On s'arrêtait, on buvait, on payait et l'on reprenait la marche qui commençait à perdre de sa dignité trop régulière. Les jeunes gens s'animaient et prenaient la cadence des violons, à l'entrée des villages. Alors Silvère conduisait avec Elise la marche nuptiale. Mais lorsque, exalté par un ravissement de bonheur, il l'enlevait à la taille ou se penchait vers elle trop près, dans l'ombre des cheveux sur le front, alors doucement, avec des façons de grâce gentille, elle se dégageait, courait vers les mamans attardées par l'âge, loin en arrière. Elle les embrassait, les encourageait et prenait l'occasion de sourire à Monsieur Émile ainsi qu'à Barbet.

Tous deux fermaient la marche en accord avec les vieux,

le petit commis suant sous son bouquet, le chien, par la
fatigue, regagnant un peu de raideur aux jambes.

Seul de tous, Chrétien ne semblait pas heureux. Son œil
gris de ciel prenait, en se tournant vers Elise, une sorte
de rêverie attristée. On ne guérit pas en un jour d'une
blessure au cœur.

Le souper, le vrai repas de noce, avait été commandé à la
taverne aux matelots. Elise n'avait pas voulu que la mère
pilote en eût la fatigue. A la grande table, où les pichets de
bière et les assiettes blanches étincelaient sous les feux des
quinquets, chacun reçut sa place selon son honneur et son
rang. Les mariés au milieu, en regard du maire, puis les
témoins et les parents. Aux deux bouts, les jeunes gens. Il ne
fut pas servi de poisson ; on s'en rassasiait assez tous les
jours. Et quand les plats de grosse viande eurent fatigué les
mâchoires, les bouteilles de vieux cidre moussèrent dans les
verres. C'était le moment heureux, où les estomacs contents
laissent parler les langues. Les quolibets coururent d'un
bord à l'autre, et les franches paroles, et les fortes moque-
ries. Barbet, lui-même, de son siège à côté d'Elise, malgré
la majesté de son costume, se mêlait à l'ivresse de cette
causerie...

Brusquement la porte s'ouvrit, laissant le passage à
toute une foule tapageuse, qui se bousculait pour entrer,
comme d'une poussée, dans la salle. En avant, le Disputeux
et le Bégayard, et l'autre matelot du *Bon-Pêcheur*, les trois
qu'Elise avait sauvés. Ils apportaient leur présent, un petit
sloop fabriqué en commun. Le premier avait taillé la coque,
le second avait gréé les mâts et les cordages, le troisième

Elle voulut l'emporter (page 302).

avait établi la voilure et rhabillé le tout de belles couleurs. Le nom du *Bon-Pêcheur* se lisait sur l'arrière, avec la date en souvenir.

Souvenir auquel se mêlait quelque mélancolie. Le dernier du *Bon-Pêcheur*, Florimond, n'était pas là. Il vivait cependant. Du coup de couteau, qu'il avait reçu, vingt autres seraient morts. Bâti comme il était pour l'existence, il s'en releva, mais balafré du front à la poitrine, défiguré. Ne pouvant plus être le beau patron de la côte, il avait quitté la contrée et s'était fait armateur à Calais.

Les trois s'avancèrent pour offrir leur cadeau. Le Bégayard prétendait parler, le Disputeux l'en voulait empêcher ; ce fut l'autre qui, ne trouvant rien à dire, donna le bateau, naïvement, en baisant les mains de la mariée.

Puis entrèrent quatre gars, choisis parmi les plus robustes, un matelot, un douanier, un maréieur, un homme du port, toutes les corporations du bourg. A jeu de coudes, ils se firent place et se rangèrent en arrière d'Elise.

Et le maire se leva. Il n'était pas orateur. C'était un négociant en spiritueux, bonne face d'homme, aux joues rougeoyantes sous des cheveux gris tout ras. Il parla simplement. Le bourg entier voulait fêter Elise, lui rendre en un jour de réparation ce qu'elle avait souffert d'injustices en tant de semaines. Il fit un signe ; les quatre gars avaient déjà saisi la chaise de la mariée.

— Attendez, ma commission n'est pas faite.

Et, se faufilant par-dessous la table, le petit bossu vint déposer son bouquet sur les genoux d'Elise.

— Dénouez-le, madame. Je suis trop heureux.

Les rubans détachés, le bouquet se sépara de lui-même en deux touffes, ayant chacune une enveloppe épinglée au cœur. La première ouverte apportait un brevet d'aide-pilote à Silvère.

Et les cris et les trépignements, qui, dans la salle, accueillirent cette nouvelle, se répétèrent, comme un écho de bonheur, dans l'escalier, puis dans la pièce basse et sur la place.

Elise tremblait en déchirant l'autre enveloppe ; elle y trouva une lettre, et, quand elle l'eut parcourue, les yeux brillants, les joues empourprées, rencontrant sous son regard le visage joyeux du petit bossu, elle le saisit à deux mains et l'embrassa de tout son cœur.

C'était une lettre de Firmin. Il annonçait qu'il avait franchi le premier des degrés, qui devaient l'élever jusqu'à la fortune ; ses bons services, ses progrès à l'école du bord, l'avaient fait distinguer. Il était reçu mousse en titre.

Aussitôt le maire renouvela son signal. Les quatre gars emportèrent Elise. Le marié, les invités suivirent.

La place si morne, quand la noce l'avait traversée avant le repas, s'était transformée. Elle semblait en fête. Au milieu, un mât tout enguirlandé et cerclé de trois étages de lanternes, marquait l'endroit réservé pour le bal, l'endroit même où, plusieurs mois auparavant, le bourg s'était uni pour lapider celle en l'honneur de laquelle il allait danser tout à l'heure.

Avant d'ouvrir le quadrille, on but le vin d'honneur. Le maire, à la fois généreux et riche, en faisait les frais. Chacun avait apporté son verre et venait le remplir à l'un des quatre tonneaux, dressés aux quatre coins de la place. On était

convenu de prendre rang pour passer devant les mariés, pour
trinquer avec eux et boire à leur santé ; mais les gens de
pays n'ont pas le sens des cérémonies. On ne parvint pas à
former une file. On se pressa, on se foula si bien, que les
verres arrivèrent à moitié versés sur les robes ou les vestons.
On dut s'en retourner les remplir et les vider, cette fois
à la sortie du tonneau.

Et quand on eut bu, on dansa. La nuit était froide ; mais
on avait le droit de se réchauffer aux barriques.

Bien avant minuit, les gens d'âge s'étaient allés coucher.
Elise avait quitté le bal, pendant une heure, pour accompagner la mère pilote, la pauvre vieille, dont elle prenait
l'unique enfant.

— Ne pleurez pas, maman pilote, ce n'est pas un fils qui
s'en va de vous, c'est une fille qui vous advient.

Si gaie tout le jour, la vieille s'était sentie brusquement
gagnée par la douleur de se retrouver seule à la maison.

— Ne pleurez pas, maman pilote, vous aurez deux enfants
au lieu d'un pour vous aimer.

Les effusions d'intimité filiale ne rendirent que plus sensible la séparation, et lorsque Elise rejoignit les danseurs,
elle gardait encore empreinte en son âme une ombre de
mélancolie.

Vers le matin, les jeunes gens firent la conduite des
mariés. Sur le pas de la chaumière, Elise embrassa toutes
les filles, ses compagnes. Après les adieux, par la porte
grande ouverte, Silvère voulut la faire entrer la première ;
elle se retourna pour s'assurer si Barbet l'avait suivie,
Barbet, que, dans le bruit de la fête, on avait oublié. Mais

Barbet n'était pas là, et tous ceux qui attendaient devant la
porte qu'elle se fût refermée sur les mariés s'employèrent
à le chercher. Elise et Silvère le retrouvèrent, couché sur le
seuil de la maison qu'habitait Chrétien.

— Que fais-tu là, mon vieux Barbet? Tu me boudes de
t'avoir manqué d'amitié?

Il essaya de répondre dans un regard. Elise ne le comprit
pas tout d'abord. Elle voulut l'emporter, lui fit une scène
d'excuses, de prières et de tendresse. A tout il résista.

Ce qu'il voulait dire, elle n'en devina le sens que plus
tard. Puisque désormais elle avait un autre dévouement
pour la soutenir, puisqu'elle allait être, jusque dans ses
derniers jours, aimée, protégée par un autre, Barbet n'avait
plus sujet de la servir; il devait reprendre son ancien métier
de chien de douane et de chien du bourg, reconnaître les
bateaux à l'horizon, conduire les enfants de l'école.

— Lise, quittons-le. Sans doute, il est jaloux de ce que
vous êtes mariée.

Elise leva vers Silvère ses beaux yeux pensifs; elle le vit
tout souriant d'amour et d'extase discrète. Alors, pénétrée
d'un trouble indicible, inconsciente, cédant à l'élan nouveau
de son âme, oubliant, dans l'ivresse d'un bonheur inconnu,
son compagnon des mauvais jours, son plus sûr ami, pour la
première fois de sa vie, elle fut injuste envers Barbet. Elle
aussi le crut infidèle et jaloux.

Mais, quatre années plus tard, quand arriva le jour où,
déjà mère de deux garçons, elle dut envoyer à l'école son
aîné, son petit Baptiste, elle retrouva Barbet pour le protéger. Vigilant et fidèle, le chien eut pour le fils les soins

tendres qu'il avait eus jadis pour la mère. Alors, seulement,
Elise comprit Barbet. Voué au secours des affligés et des
faibles, il eût manqué à son destin s'il fût resté près d'elle.
Le nouveau maître qu'il s'était choisi, un maître à la fois
triste et doux, Chrétien, soutenu par cette amitié consolante,
s'accoutumait à la douceur de vivre. Il allait entrer en douanes
et remplacer à l'égard du bourg le premier maître de Barbet,
défunt le capitaine.

Mais Barbet n'avait pas attendu cette époque lointaine
pour reprendre son service; et, chaque soir, quand il lui
ramenait le petit Baptiste, bien propre et bien surveillé,
Elise baisait à plein museau son bon ami le chien.

— Je m'en veux de t'avoir méconnu, mon vieux Barbet.
N'est-ce pas ton sort d'avoir toujours raison?

FIN

TABLE DES MATIÈRES

PARIS. — IMPRIMERIE P. MOUILLOT, 13, QUAI VOLTAIRE.

www.ingramcontent.com/pod-product-compliance
Lightning Source LLC
Chambersburg PA
CBHW050142030726
47505CB00005B/1199